わたしのヤンデレ吸引力が強すぎる件

ギグフラム
騎士の研修を受ける優秀な青年。
物腰が柔らかく理性的。
アル
暴漢に襲われた
メーシャを助けてくれた祭司の青年。
彼女の初恋の相手。
メーシャ
病んだ男達を引き寄せる
凶相持ちの娘。祭司になることを目指し
日夜勉強に励んでいる。

カレン
文官の研修を受ける娘。
なにかとメーシャを敵視している。
ユスター
医官の研修を受ける
中性的な美青年。少し口が悪いが
メーシャには優しい面も。
メーシャの祖母
孫娘同様、凶相の持ち主。
五人の夫を手懐け
賢く生きている。
登場人物紹介

絢爛豪華《けんらんごうか》な結婚式が終わったその夜、花嫁と花婿は愛を交わす。

夫婦に用意された部屋は、華美ではないが格式高い調度品でまとめられており、落ち着いた雰囲気を醸《かも》し出していた。彩《いろど》りのために飾られた生花のかぐわしい匂いが部屋中に満ちている。

寝台と呼ぶには大きすぎるそれには、純白のシーツが敷かれていた。少し前までは皺《しわ》一つなく完璧に整えられていたが、今はもうぐちゃぐちゃに乱れている。

広い寝台の上で甘い吐息を吐きながら、花嫁はぎゅっとシーツを握りしめた。リネンの上で波打つ水色の髪は、花嫁が体を震わせるたび灯りにきらめいて、よく晴れた日の海のようだ。

「……メーシャ、口を開け」

覆《おお》い被さっている花婿は、黒みがかった赤い髪をしていた。つり目がちな鈍色《にびいろ》の眼差しが、愛《いと》おしげに花嫁の顔を覗きこむ。

メーシャと呼ばれた花嫁がうっすらと口を開くと、唇が重ねられた。小刻みに震える舌を搦《から》め捕られ、舌の根まで強く吸われる。口づけられたまま腰を突き入れられると、快楽で腰が浮いた。

「……っ、あぁ！」

彼の雄杭はいつだって、メーシャの最奥を蹂躙《じゅうりん》する。

「お前のここを知るのは、俺だけだ。俺だけが、お前の一番深いところを可愛がれる」

そう言いながら、彼はメーシャの下腹を撫《な》でた。内側だけでなく外側からも刺激されて、甘い痺《しび》れが全身に広がっていく。彼以外は届かない場所——自分だけの特別な場所を、彼は嬉々として穿《うが》つ。

「やっ、……あ、ユスターっ、わたし、もう……」

迫り来る官能の波に呑みこまれそうになり、わけもわからずふるふると首を振ると、ユスターと呼ばれた花婿が優しげな声色で訊ねた。

「一緒にイくか？」

普段は言葉遣いが悪い彼の、とびきり甘い囁《ささや》きはメーシャの心を酔わせる。頷くと、いっそう強く彼が腰を突き上げてきた。

「ひあっ！」

ユスターの背にしがみつき、彼の腰に足を絡ませる。下腹部が密着すると、もっと奥まで彼が入ってきて、体がじんと疼《うず》いた。

彼だけが知る場所を愛されつくし、メーシャはとうとう絶頂を迎える。震える蜜壺に熱い迸《ほとばし》りが注ぎこまれる感覚に酔いしれた。

名残惜《なごりお》しそうに頬にキスを落としてから、ユスターは硬いままの自身を引き抜く。彼のものはまだ続けられそうな具合だったが、順番がある。

寝台から少し離れた場所には、二人の美丈夫が座っていた。――そう、彼らはずっとこの場にいて、メーシャとユスターの交わりを見ていたのだ。

実は彼らも、メーシャの夫なのである。

「次は私の番ですか。わざわざ別々にしなくても、いつもと同様に三人一緒でもよかったのでは？」

「せっかくの初夜だからね。たまには、一人ずつ彼女を抱くのもいいだろう」

そんな会話を交わしてから、長身の男がユスターと入れ替わるようにして寝台の上に乗ってきた。

漆黒《しっこく》の髪は短く切りそろえられていて、精悍《せいかん》な顔立ちに似合っている。服を脱ぐと、盛り上がった胸筋と逞《たくま》しく割れた腹が露《あら》わになった。

彼はメーシャの額《ひたい》に滲《にじ》んだ汗を、筋張った太い指先でぬぐってくれる。

「ありがとう、ギグフラム」

名前を呼ばれて、長身の男――ギグフラムは口角を上げた。メーシャの頬に、肩に、鎖骨にと優しいキスを落としていく。

「ああ、メーシャ。私たちのメーシャ……」

彼はメーシャをうつ伏せにし、背中にも惜しみなく口づけを与えた。臀部《でんぶ》に口づけると、メーシャの可愛らしい声とともに双丘が揺れる。

ギグフラムの雄の部分は反り返り、太い筋を浮き立たせていた。彼は熱く滾《たぎ》る剛直をメーシャの秘裂にあてがう。

「……っ！」

太いものが一気にねじこまれ、息が詰まりそうになる。蜜口は目一杯に拡がりながら、彼のものを根元まで迎え入れた。その淫唇《いんしん》を、ギグフラムは指でなぞる。

「ひあっ！」

「私のものはユスターほど奥まで届きませんが、あなたのここをこれだけ拡げられるのは、私だけです」

ギグフラムの言う通り、彼の熱杭はユスターのものより一回り太い。先ほど、ユスターが自分だけの場所を愛したのと同様に、彼もまた、自分のみがメーシャに与える特別な感覚に固執《こしつ》していた。

彼が腰を引くと、メーシャの媚肉《びにく》はすがりつく動きを見せ、突き入れれば、奥へと誘うように中が脈打つ。

「あっ、あぁぁ！　うんっ、はぁ……」

最初はゆっくりと、焦《じ》らすように中を探られる。徐々に速度が増していくと、メーシャの細いうなじに汗が滲《にじ》んできた。彼の肉厚な舌が、それを舐め取る。

「んうっ！」

「ンッ、中がしまりましたね。私のもので沢山拡げられながら、舐められるのが好きですか？」

ギグフラムは蜜壷を穿《うが》ちつつ、メーシャの首筋を舐める。軽く歯を立てられ、メーシャはがくがくと体を震わせた。

「あ――っ、……っ！」

「……ッ！　イってしまいましたね？」

果てたばかりのメーシャの中を剛直が容赦なく擦《す》り上げていく。びくびくとわななく秘肉は太い雄杭に翻弄《ほんろう》され、快楽が収まる気配もない。

ギグフラムは腰の動きを止めず、メーシャの細い体にさらなる愉悦《ゆえつ》が降りかかってきた。

「やっ、ま、待って、ギグフラム……っ、あん！　イ、イってるから……っ」

「気持ちいいのでしょう？　何度でもイっていいのですよ？　……ああ、可愛い……」

彼のものが、メーシャの中でいっそう大きくなる。

「あぁっ！」

「またイきましたね？　……こんなに小さいのに、私のものを頑張って受け入れて……なんて愛らしい」

彼は再び結合部を撫《な》でる。淫唇《いんしん》を擦《さす》る指の感触にすら強い快楽を感じ、メーシャはまたもや絶頂を迎えた。彼のものを強くしめつけると、剛直が打ち震える。

「――ッ」

雄液がメーシャの奥に叩きつけられた。

「そんなに強くしめつけられたら持ちません。まだ楽しみたかったのですが、仕方ありませんね」

ギグフラムが己を引き抜くと、広がった蜜口から体液がこぽりと溢《あふ》れ、シーツの上に糸を引きながら垂れ落ちた。上半身を伏せ、臀部《でんぶ》を突き上げたままの体勢で、メーシャは絶頂の余韻《よいん》に浸《ひた》っている。

その小刻みに震える体を、ギグフラムと入れ替わりで寝台に上《のぼ》ってきた三人目の男が優しく撫《な》でた。

「アルフレッド様……っ」

彼の名はアルフレッド。光に当たった部分が紫色に煌《きら》めく黒髪が、妖艶《ようえん》な雰囲気を醸《かも》し出していた。

「さて。ユスターは前から、ギグフラムは後ろから。では、僕はどこからがいいだろうね？　やはり、下からかな？　君はどうされたい？」

尻を撫《な》でながら、甘美な声色で訊ねる。

「わ、わかりません……っ」

「おや、声がかすれているね。まずは水を飲ませてあげよう」

アルフレッドはベッドサイドの水差しに手を伸ばすと、グラスにそそぐ。しかしそれをメーシャに渡すことなく、己の口に含んだ。そのまま彼女を抱き起こし、唇を重ねる。

「ん……っ」

口移しで水を飲まされた。唇の隙間から溢《あふ》れた水が首筋を伝うと、ぞくぞくしたものがこみ上げてくる。渇いた体に水を与えられて、火照《ほて》りきった全身から熱が引いていく気がした。

「少し落ち着いたようだね？」

度重《たびかさ》なる絶頂の余韻《よいん》でとろけていたメーシャの表情に、凛《りん》とした輝きが戻ってきたのを確認し、アルフレッドは満足げに口角を上げた。彼は服を脱ぎ、胡座《あぐら》をかく。その下腹部にあるものは、ユスターのものほど長くも、ギグフラムのものほど太くもない。

けれど、それが自分を酷く惑《まど》わせるものであることを、メーシャはわかっていた。

「ほら、おいで」

アルフレッドはメーシャの手を引いて、自分の上に座るように促《うなが》す。対面座位となる体勢で、メーシャは膝立ちになった。彼の剛直の先端が、熱い秘裂に触れる。

「あっ!」

「ねえ、メーシャ。自分で腰を落としてごらん?」

「……は、はい」

アルフレッドは、ここにいる三人の夫の中で一番身分が高い。彼自身にそのつもりはないだろうけれど、言葉の端々《はしばし》に漂《ただよ》う絶対的な雰囲気に圧《お》され、メーシャは彼の言う通りに腰を落としていった。蜜口は淫猥《いんわい》な水音を立て、彼の剛直を呑みこんでいく。

「っあああ!」

半分ほど受け入れたところで、もう駄目だった。背筋を弓なりに反らしながら絶頂を迎え、なにも考えられなくなる。

「ふふ……。いつも、そう。君は僕のを受け入れただけで、イってしまうんだよね?」

自身の半分を締めつけられつつ、アルフレッドは満足げに微笑む。

「君と一番相性がいいのは僕だ」

アルフレッドのものは、飛び抜けて硬かった。しかも弧を描くように反り返っていて、先端の丸みが大きい。独特な形の熱く硬い滾《たぎ》りを挿《い》れられると、それだけでメーシャは達してしまう。

彼は半分だけ受け入れたままの体勢で動けなくなっているメーシャの腰を掴むと、下から腰を突き上げてきた。先端の丸みを帯びた部分が、ぐりぐりと媚肉《びにく》を押し分ける。

「ひあっ！」

ずん、と根元まで一気に挿入され、再び絶頂がメーシャに襲いかかってきた。震える唇から赤く小さな舌が覗き、蜜口は熱杭を強くしめつける。

「あっ、ああ……！」

強くしめつければしめつけるほど、彼のものの硬さと形を如実に感じた。熱杭に浮き出る筋の感覚さえわかるほどだ。

「可愛いよ、僕のメーシャ」

メーシャを抱きかかえながら、アルフレッドが腰を突き上げる。後頭部を押さえられ口づけられると、きゅんとお腹の奥が疼《うず》いた。

全身が気持ちいい。髪を撫《な》でられるだけでも達してしまう。

何度目の絶頂を迎えたかわからなくなった頃、ようやくアルフレッドも達したようだ。彼の雄液がメーシャの中を満たしていく。

――しかし、それで終わりではない。

「で、どうするんだ？　次もまた一人ずつか？」

腕を組んだユスターが声をかけてきた。

「メーシャの後ろ、物欲しげにひくひくしていますよ。こちらも同時に愛してあげないと、可哀想じゃないですか？」

「そうだな。そういう体に僕たちがしたのだから、次は皆で愛し合おうか」

アルフレッドが剛直を引き抜くと、ユスターとギグフラムが寝台に上《のぼ》ってくる。アルフレッドとギグフラムがメーシャに触れようとしたところで、それを遮《さえぎ》るようにユスターが水の入ったグラスを差し出した。

「疲れたか？　少し休むか？」

彼は、さりげなくメーシャを休ませようとしてくれている。ユスターの声に、他の二人はメーシャに伸ばしかけた手を引っこめた。メーシャが望めば、休めるだろう。

それでも――

「……もっと、愛して欲しい」

水を受け取りながらメーシャは答える。体の奥でまだ熱が燻《くすぶ》り続け、本能が彼らを求めていた。疲れていないと言えば嘘になるけれど、このまま終わってしまうほうが辛い。

メーシャが答えると、彼らの瞳に劣情が灯った。その雄の眼差しにどきりとして、血が騒ぐ。

（――まさか、わたしが三人の夫を迎えるなんて思っていなかったわ）

実はメーシャは、わざと異性から嫌われる行動をとっていた時期がある。その時の自分からは、とてもこの状況は想像できない。けれど今、メーシャは喜びと幸せを感じていた。三人ともメーシャにとってかけがえのない大切な人なのだ。

「メーシャ、……愛している。俺をここまで乱すのは、お前だけだ」

「あなたと出会ってからというもの、私の心はずっと焦《こ》がれ続けています」

「僕の可愛いメーシャ、一生手放さないよ。僕の愛を永遠に捧げるから、君の愛も僕に捧げてくれ」

競い合うように、三人に愛を囁《ささや》かれる。言の葉に乗せられた思いが胸に響いて、メーシャはどこまでも深い愛に溺れていった――

プロローグ

地面に落ちた枯れ葉が風で舞い上がる。メーシャの頭上を悠々《ゆうゆう》と越した葉は、ゆらゆらと舞いながら再び地に落ちた。降り積もった枯れ葉同士が擦《こす》れて、乾いた音が耳に届く。

一度枝から離れ落ちた葉は、風の気まぐれで宙に浮くことはできても、絶対に元の場所へは戻れない。あの葉は大地の上で朽《く》ち、人知れず養分となるだろう。

（一度落ちてしまえば、もう戻れない。わたしは、そうならないように気をつけないと）

紙袋を抱えて枯れ葉を踏み歩きながら、メーシャはぐっと唇を噛みしめた。

メーシャは今年十八になったばかりである。真冬の空と同じ澄んだ水色の髪は癖もなくまっすぐで、腰の辺りまで伸ばされていた。その一方で、瞳の色は燃えさかる炎の深紅《しんく》。肌は白く陶器のようになめらかで、唇は紅《べに》を引いていなくても愛らしい桃色をしていた。

メーシャの容姿は、王に側室として召し上げられても不思議ではないほどの美しさである。しかし、この容姿は特殊なものだった。どれだけ美しくても、普通の男性から好かれることはない。一方、ある特徴を持ち合わせた男には熱狂的に好かれてしまうのだ。

時折枯れ葉が舞い上がる様子を見つつ歩いていると、ようやくメーシャの家が見えてきた。村で一番の豪邸である。庶民の住居なのに、一般的な貴族の家よりもよほど立派な門構えだ。

門をくぐると、そこには枯れ葉などない。門の内側はいつだって綺麗に手入れされていた。

メーシャは季節外れの花が咲き誇る庭道を通って屋敷へと入る。

「ただいま」

「おかえり、メーシャ」

メーシャが挨拶《あいさつ》をすると、五つの声が重なった。五人の初老の男たちが出迎えてくれる。

「荷物は重くないかい？　やはり、ついて行くべきだったかな」

「メーシャも年頃だ。おじいちゃんに見られたくない買い物もあるに違いない。なあ、そうだろう？」

「研修で使うものを買ってきたのかい？」

一斉に声をかけられ、どれから返事をしようか戸惑っていると、彼らを咎《とが》めるような女性の声が響いた。

「ほらほら、メーシャが困っているでしょう。一気に話しかけないの」

男たちの後ろから現れたのは、メーシャの祖母だ。初老に差しかかっているが腰はぴんとまっすぐに伸び、貴族さながらの色の濃い華やかなドレスを着こなしている。年を重ねたなりに深みのある美貌の祖母は、にこりと微笑んだ。

「おかえりなさい、メーシャ。いい買い物はできた？」

「ええ、おばあちゃん。見てくれる？」

メーシャは紙袋の中から数枚の服を取り出した。かなり地味な色合いの服ばかりである。袖口にあしらわれたレースも華美ではなく簡素な作りだが、布地自体は高級なもので、肌触りがよかった。

「まあ、とても上品ね。いい生地だわ」

祖母は一目でその服が高価なものだとわかったらしい。しかし、男たちは不満なようだった。

「メーシャは顔立ちがはっきりしてるから、もっと鮮《あざ》やかな色の服が似合うんじゃないか？」

「メーシャは十八だろう？　落ち着いた服を着るのは、まだ早い気がする」

「春からは貴族が沢山いる場所に行くんだ。もっと派手な服を用意すべきじゃないか？」

そう言われたメーシャは、きっぱりと宣言する。

「あまり目立ちたくないもの。これでいいのよ、おじいちゃんたち」

おじいちゃんたち——そう、男たちは五人ともメーシャの祖父なのだ。

この国は一夫多妻と一妻多夫が認められている。

遙《はる》か昔は一夫多妻制しかなかったものの、時代は流れ、男性だけ一夫多妻制度があるのは不公平だと、国の発展と共に地位が向上してきた女性たちが声を上げたのだ。

一夫多妻が許されて、一妻多夫が許されないのは確かに男女不平等だと、一妻多夫制度も導入された。こうして、この国に一夫多妻と一妻多夫制度の両方が生まれたのである。

とはいえ、実際に一夫多妻または一妻多夫制度を利用する者は少なかった。大抵は夫一人に妻一人。そんな中、一妻多夫制度により婚姻を結んだのがメーシャの祖母と五人の祖父たちだ。

一夫多妻も一妻多夫も、ただ一人の夫もしくは妻は、配偶者全員を平等に愛さなければならないという決まりがある。その通り、祖母は五人の夫を平等に愛していた。祖父たちも祖母に、今でも「女性」として接している。年を重ねてもなお女性として愛される祖母の姿はとても素敵で、メーシャにとっても憧れだった。

そんなわけで、一人の女性に五人の夫――稼ぎ頭が五人もいるのだから、単純計算で収入は一般家庭の五倍となる。ましてや、祖父たちはいつでも祖母に美しくいてもらいたい、快適に過ごしてもらいたいと仕事に精を出し、稼いだお金で村一番の豪邸を建て、綺麗な服を祖母に着せていた。纏《まと》う香りでさえ、王室御用達《ごようたし》の高価な香水である。

祖母は一人だけ子供を産んだ。血を分けた父親が五人のうちの誰なのか、祖母は誰にも言わない。祖父たちも全員が生まれた子の父親として接していた。

祖母の子であるメーシャの父親は、一妻多夫の両親を見て思うところがあったのか、ただ一人の女性だけを愛して妻とした。そして、裕福な家庭環境のおかげで幼い頃から高水準の教育を受けられた父親は、この国の上級役人である祭司として、最愛の妻と一緒に国中を飛び回っている。

祭司になるためには、合格率が二桁にも満たないほど難しい国家試験に合格しなければならない。さらに、国が管理する古城で一年もの間、厳しい研修を受ける必要がある。

祖父たちの築き上げた財産はもとより、上級役人の父親のおかげで高度な教育を受けられたメーシャは、既に国家試験に合格していた。よって、この春から研修を受けることになる。そこで、今日は研修中に着る服を買ってきたのだ。

しかし、その選んだ服が地味すぎると、祖父たちは不満そうである。

「地味と上品は違うのよ。見てみなさい、この袖口の繊細《せんさい》な刺繍《ししゅう》を。白地に白糸であしらわれているから気付きにくいけれど、かなりの腕の職人が刺したものよ。見事だわ」

手にしていた扇子《せんす》で祖母が袖口を指し示すと、祖父たちが「確かにこれはすごい刺繍《ししゅう》だ」と感嘆の息を零《こぼ》す。

「それに、研修中はわたくしたちが守ってあげられないもの。服装だけでも目立たないほうがいいわ。ねえ、メーシャ？」

祖母に声をかけられ、メーシャはこくりと頷く。

「派手すぎるのは論外だけど、質素すぎて目立つのもいけないから、これにしたの」

「いい目利きよ。わたくしたちの家系の女性は、ある種の殿方に好かれやすいから、目をつけられないように気をつけないといけないわ。わたくしの曾《ひい》おばあ様なんて、檻《おり》のついた部屋に閉じこめられたまま、ろくに外にも出してもらえなかったそうよ」

「……ええ、そうだったみたいね」

メーシャは頷きつつ、玄関ホールに飾ってある絵画に視線を向ける。壁には代々のご先祖様の肖像画が飾られていたが、その中でも、檻《おり》と一緒に描かれた美女の絵は一際《ひときわ》目立っていた。つい先ほど話に上がった、祖母の曾《ひい》おばあ様の絵だ。

上質な絵の具を使っているのだろう、遙《はる》か昔に描かれた絵なのに鮮《あざ》やかな色彩は少しも褪《あ》せていない。服の皺《しわ》から髪の毛の一本一本に至るまで繊細《せんさい》に描かれ、宝石のちりばめられた額縁《がくぶち》に入れられたそれは、当時の最上級の画家に描かせ、一番豪奢《ごうしゃ》な額縁《がくぶち》を用意したものだとメーシャにもわかる。

祖母の曾《ひい》おばあ様は確かに愛されていた。——それはもう、病的なまでに。

「あなたたち。わたくしはメーシャと話したいことがあるから、席を外してくださる？」

祖母がそう声をかけると、「もちろんだよ、最愛の君」「君の言うことなら喜んで。私の可愛い人」と口々に甘い言葉を囁《ささや》きながら、祖父たちがいなくなる。

「何度も同じ話を聞かされて、あなたも飽き飽きしているでしょう。でも、研修中はわたくしも側にいてあげられないから、しつこいけれど、きちんと聞いてちょうだい」

二人きりになったのを見計らって、祖母が口を開いた。

「わたくしたちの家系の女性が持つ凶相について、メーシャも心得ているわよね」

「ええ、もちろんよ、おばあちゃん」

真剣な表情で頷く。メーシャと祖母が持つ際だった美貌は、凶相と呼ばれるものであった。

「蛾《が》が光に集まるように、この凶相は心を病《や》んだ人間を惹《ひ》きつけてしまう。第一、いくら愛していて独り占めしたいからって、檻《おり》のついた部屋に閉じこめるだなんて異常だわ。でも、それはまだいいほうよ。ご先祖様の中には殿方に愛されたあまり、どこにも行けないよう足を切られたり、他の男を見て欲しくないと目をつぶされたり、挙げ句の果てに無理心中まで……」

何度も聞いた話だけれど、聞くたびに背筋が寒くなってしまう。足を切ったり視力を奪ったりするなど、どうして愛する人にそんな酷いことができるのだろうか？

だが、心が病《や》んでいるからこそ正常な判断ができないのだ。そういう男性に好かれて捕まったら、人生の終焉《しゅうえん》である。

この容姿はまさに凶相で、病《や》んでいない相手からはまず惚れられないのだという。いくら美しいと言われようが厄介《やっかい》なだけで、メーシャは自分の顔を好きになれなかった。

「相手を独占するにしても、檻《おり》に入れるだけで済むか、足まで切らないと満足しないかの違いがあるように、心の病《や》み具合にも個人差があるし、それを抑える理性の強さも人それぞれよ。わたくしのように、病《や》んでいても実害のない殿方を賢く選別なさい」

「わ、わかったわ」

力強く頷く。メーシャにとって、五人の祖父は皆いいおじいさんで、優しくしてくれる。だから、実は心を病《や》んでいると言われても、いまいち実感がわかなかった。五人の祖父がどう病《や》んでいるのか、知るのは祖母だけである。

それに、一人ではなく五人も夫がいるからこそ、互いに牽制《けんせい》しあって暴走しないと祖母は言っていた。誰一人暴走することなく、調和《バランス》が取れているようである。

ちなみに、この凶相は家族には効果がない。よって、いくら心に闇を抱えていようとも祖父たちが孫娘のメーシャに害をなすことはなかった。

「凶相は好かれれば好かれるほど効果を増すわ。この顔は相手を惑《まど》わせ、心の闇を増幅させてしまうのよ。それでも、深入りしないうちに嫌われることができれば、そう酷いことにはならないの。研修には色々な人がいるでしょうし、病《や》んだ殿方に一目惚れされるかもしれないわね。上手に立ち回りなさい。わたくしたちの顔が特定の殿方を惹《ひ》きつけるのは仕方ないにしても、相手に強い興味を持たれるかどうかはメーシャ次第よ」

そう言った祖母は、外出先では男性相手に高慢《こうまん》な態度を取っている。おかげで普通の男性からは嫌われているが、それも彼女の処世術であった。心を病《や》んだ人間に好かれるよりは、皆から嫌われたほうが過ごしやすいのだという。

「本当は凶相を……顔を隠せれば一番効果的なのだけれど、確か研修中は隠せないのよね？」

「ええ。規則で決まっているの」

メーシャは残念そうに呟いた。

国家試験合格者に行われる研修はとても厳しく、期間も一年と長い。そのせいか、身代わりを用意した貴族が沢山いたことが問題となり、ここ数年は顔を隠す服装は禁止されている。

病《や》んだ男を惹《ひ》きつける一番の原因である凶相を隠せない以上、メーシャは上手に立ち回って、できる限り好かれないように気をつける必要があった。下手に好かれてしまいご先祖様のような目に遭ったら、せっかく難関の国家試験に合格したのも水の泡である。

落ちた葉はもう、元の木には戻れない。枯れ葉は土の上で朽《く》ちるだけだ。最悪の事態にならないよう、メーシャは気を引きしめる必要がある。落ちないよう、必死で枝にしがみつかねば。

「あなたには最高の教育環境を用意したわ。メーシャは賢い子だもの、大丈夫。上手く頭を使って、素敵な人生を送るのよ」

「……はい！」

「じゃあ、部屋にお戻りなさい。買い物をして疲れたでしょう？　夕飯まで休んでいるといいわ」

「わかったわ」

メーシャは買った服を持って、自分の部屋へと戻る。

きちんと服をしまったあと、鏡台の引き出しを開けた。そこには、白いハンカチと沢山の手紙が入っている。それらを愛《いと》おしげに見つめながら、メーシャは呟いた。

「わかってるわ。この容姿が、どんなに恐ろしいものなのか……」

◆　◆　◆　◆

——遡《さかのぼ》ること、二年前。

当時、メーシャは十六歳になったばかりだった。少女から女性へと変貌してゆく年頃である。乳房も膨らみ、体つきも女性らしさを増した。顔立ちにはまだ幼さが残るものの、祖母譲りの美しさは花開いている。

メーシャには父親が決めた婚約者がいた。父親はメーシャの凶相を憂《うれ》い、病《や》んだ男を夫にするよりは、愛情がなくても普通の男性に嫁《とつ》いで自由に暮らすべきだと考えていたのだ。

――凶相は、好かれれば好かれるほど相手の心の闇を深くする。既婚という立場が好意の抑止力になるのは確かなので、父親は娘を守るためにも早めに婚約者を決め、嫁《とつ》がせたかったのだろう。

しかも、妻を閉じこめたりしないような健全な精神の持ち主が夫なら安心である。父親は上級役人である祭司の伝手《つて》を生かし、問題ない相手を見つけてくれたようだ。

メーシャは初恋もまだだったけれど、父親の選んだ婚約者と結婚するものだと思っていた。閉じこめられるのも、足を切られるのも嫌だし、そういった可能性がない相手なら愛がなくても平穏無事な結婚生活を送れるはずと、軽い気持ちで考えていたのだ。

その婚約者とは、メーシャが十八になったらすぐに結婚する予定だった。相手は遠方の街に住んでいて滅多に会えないけれど、どうやら今度そこで大きな祭りが開かれるらしい。

この国は昔から祭りが好きで、毎日必ずどこかで祭りが開かれている。その各地の祭りを取り仕切る祭司は、難しい国家試験と一年に及ぶ厳しい研修を受けた選ばれし者であり、国中を飛び回って祭りを監督するのだ。どんなに小さな祭りでも国家行事であり、厳格に執《と》り行う必要がある。

祭司である父親もその祭りに参加予定で、せっかくだから婚約者に会いに行こうと、メーシャも同行することになった。相手側に知らせたところ歓迎の返事がきて、なんだか嬉しくなったのを覚えている。

ろくに話したこともないけれど、婚約者に会うのだからとメーシャは精一杯着飾ってみた。……とはいえ、凶相を見せびらかすのは危険である。村の外に行く際には顔を隠すために、黒いベールのついた葬儀用の帽子を必ず被るようにと言われていた。

実は、メーシャの村には心を病《や》んだ男性がおらず、普段は顔を隠す必要がなかったのだ。昔は病《や》んでいる人がいたらしいけれど、祖母を魔の手から守るために祖父たちが暗躍したのだとか。具体的になにをしたのかまでは知らないが、結果、村の男性は健全な精神を持つ人だけになった。

ともあれ、村の外では、いつ心を病《や》んでいる人間と遭遇するかわからない。余計な騒動を防ぐために帽子を被ると、せっかく綺麗に化粧をした顔が黒いベールで覆《おお》われて目立たなくなってしまった。

それでも、相手はメーシャの事情を知っているから、この姿で過ごさなければならないとわかってくれるだろう。そう考えながら婚約者のいる街へ行き、メーシャは婚約者との対面を果たした。そして、一緒に祭りに参加する。季節は秋で、木々が燃えるように真っ赤に染まっていたのが印象的だった。

婚約者と大通りを歩いていると、彼の知り合いに会う。そのたびに紹介されたが、皆が皆メーシャの姿を見て「喪《も》に服しているのか」と聞いてきた。婚約者に帽子を取るように言われたけれど、凶相を見せびらかすわけにもいかず、メーシャは頑《かたく》なに拒否をする。

それが、婚約者の癇《かん》に障《さわ》ったらしい。しかも「顔が醜《みにく》すぎて隠しているのか？」と不躾《ぶしつけ》なことを聞いてくる者もいたから、自分が醜《みにく》い女性と婚約していると思われることが嫌だったようだ。

婚約者はメーシャを気遣うことなく、一人でさっさと人混みの中を歩いていく。おかげでメーシャは彼とはぐれてしまった。彼の姿を探すけれど、土地勘がないので見つけることができない。知らない街を歩き回り、ようやく婚約者を見つけた時、彼は見知らぬ女性の肩に手を回していた。

女は胸元が大きく開いた派手な服を着ている。祭りでは浮かれて羽目を外す男性も多いので、全国の祭りを回る渡りの娼婦も多いのだ。

「あらぁ～。アナタ、さっき女の人といたの見たわよ～。お金持ちそうだけど、女連れだから声をかけなかったのに、あの子はどうしたの？」

女性は婚約者にしなだれかかりつつ、そう言う。

「適当に巻いてきた。顔は綺麗なんだが、あいつ、変わってるんだよ。凶相だかなんだか知らないけど、葬式《そうしき》みたいな帽子をずっと被りやがって……。それに、いくら綺麗でも俺は全然好きになれない。お姉ちゃんのほうが綺麗だよ」

「まあ、嬉しいわ！　じゃあ、アタシとイイコト、する？」

婚約者は、娼婦と思われる女性と一緒に時間貸しの宿屋に姿を消してしまった。物陰からその様子を見ていたメーシャは、とても情けなくなる。

この凶相が惹《ひ》きつけるのは、心が病《や》んでいる男性だけということはわかっていた。それはつまり、病《や》んでいない男性にはこの顔を好きになってもらえないのだ。

とはいえ、綺麗な恋人や妻は男性にとって一種の権威《ステータス》である。だから容姿を好きになれないなりに、せめて美人な連れを見せびらかしたいだろうに、それもできない。婚約者はメーシャといても、得にならないと思ったのだろう。

その心情は理解できても、メーシャは侮辱《ぶじょく》された気分になった。別に、婚約者のことは愛していない。ただ父親が決めた相手だという認識だ。それでも、この仕打ちはあんまりである。

愛されるあまり足を切られるのがいいか、愛されなくても五体満足がいいか。その答えはまだ出ていないけれど、メーシャはこの婚約は解消すべきだと思った。祖母のようにいい相手を見つけられる可能性だってあるし、愛がなくてもお互いを大切にできる相手と結婚できる可能性もある。なにも、焦ることはない。

とりあえず、婚約解消の意思を伝えるなら早いほうがいいと、メーシャはこの街のどこかで仕事をしている父親を捜し始めた。

もともと婚約者に恋心を抱いていなかったから失恋はしていないものの、酷く惨《みじ》めな気分になって、はらはらと涙が零《こぼ》れていく。さらに、祭りのせいで混雑しており、人波に揉《も》まれたメーシャは自分が帽子を落としてしまったことに気付かなかった。普通なら顔を覆《おお》うレースがなくなればすぐに気付くけれど、気分が昂《たか》ぶっていたせいで気が回らなかったのである。

メーシャはその凶相を露《あら》わにしながら、人混みの中を歩いた。泣いていたこともあって、すれ違う人が皆、メーシャの顔を見る。

(父さんはどこかしら……?)

祭司姿の男性を捜し回っていたメーシャは、建物と建物の間から伸びてきた手に掴まれて、物陰に連れこまれた。

「えっ!?」

突然現れた男の肩に担《かつ》がれて、人通りの多い場所から裏路地へと運ばれていく。そこでようやく、メーシャは自分が帽子を被っていないことに気付いた。身の危険を察し、とりあえず大声で叫ぶ。

「だ、誰かっ！　ねえ、誰か！　誰か助けてっ！」

　この街には沢山の観光客がいるし、国の役人である祭司も、警備の騎士もいる。誰かが助けてくれるだろうと思っていた。しかし、自分を攫《さら》った男は土地勘があるのか、人通りのない裏道を選んで駆け抜けていく。叫んだところで、メーシャの声は誰にも届かない。

（え？　……えっ？）

　とてもまずい状況ではないかと、メーシャは焦りを覚える。出店《でみせ》が並んだ賑やかな大通りに人が集中しているせいで、わざわざなにもない裏道を歩くような人がいないのだ。

「あ……っ」

　ふと、メーシャの耳に女性の声が届いた。裏通りにも人がいたのだ。助かったとばかりに声を上げようとすると、メーシャは地面に下ろされた。乱暴な動作に、思わず舌を噛みそうになる。

「……っ」

　男の足と地面しか見えなかった視界がようやく開けた。高い建物に囲まれた裏路地には、数組の男女がいる。助かったと思ったメーシャは、咄嗟《とっさ》に助けを求めようとした。

「た、助け……っ、……え？」

　ふと、その男女たちの様子がおかしなことに気付いた。みんな服がはだけ、互いに腰を密着させている。荒い息づかいと、粘《ねば》ついた水音が壁に反響していた。

（これって、まさか……）

　そこにいた女性たちは、先ほど婚約者と一緒にいた娼婦たちと似たような服装をしている。通常、そういう行為は時間貸しの宿屋で行われるが、金がなく宿代が払えない男性を相手にするため、人目につかない場所で仕事をする娼婦もいるのだ。

「た、助けて！　お願い、助けてっ！」

メーシャが声をあげるが、娼婦たちはちらりと横目で見ただけで、すぐに視線を逸らした。

路地裏で行為をする娼婦は訳ありで、まともな客が取れない者ばかりである。厄介事《やっかいごと》に巻きこまれたくないのだろう。

小娘一人が助けを求めたところで、誰も助けてくれない。しかも、ここまでメーシャを攫《さら》ってきた男性は体格もよく威圧感があった。下手に刺激したら、なにをされるかわからない怖さがある。

その男性は目の焦点が合っておらず、独特な匂いがした。しかも緩んだ口元から涎《よだれ》が垂れている。

(この人、様子がおかしいわ――)

ぞくりとして、冷たいものが背筋を走り抜けていった。恐怖のあまり腰が萎《な》えてしまい、逃げることもできない。その男性は、呂律《ろれつ》の回らない口で言う。

「あ、あんたが俺の運命の相手だって、ひ、一目見て、気付いたぞ。おおお俺の、嫁、だよな？」

「ひっ……」

彼の年は五十近くに見える。父親より年上の男がメーシャに運命を感じたという事実に、生理的嫌悪感がこみ上げてきた。

中年男性の太い指先がメーシャの頬に伸ばされる。触れられた瞬間、全身が怖気立《おぞけだ》った。

「俺がっ、こんなに運命を、かかか感じているんだ。あんたも、お、俺に運命を感じない、わけが、な、ないだろぉ？　今から、けっ結婚しよう」

「馬鹿なこと言わないで」

「えええ遠慮する必要は、ない、ぞ」

中年男性が己の服を脱ぎ始める。しかし腰が抜けてしまったメーシャは逃げることもできなければ、助けてくれそうな人もいなかった。

（呂律《ろれつ》も回っていないし、この人は祭りに浮かれて薬に手を出しているのね……）

焦りながらも、頭の中では状況を冷静に分析する。――否《いな》、他人事のように考えることで、現実逃避しているのかもしれない。

（まともな男性には嫌われるし、心を病《や》んだ男性には襲われるし。いくら綺麗に生まれても、凶相なんてろくでもないわ……）

メーシャは自分の運命を呪う。中年男性は自分の服を脱ぎ終えると、メーシャの服を掴み、脱がせようとしてきた。

（いや――！）

メーシャはぎゅっと目を閉じる。すると、澄んだ声が耳に届いた。

「なにをしている」

若い男の声だ。咄嗟《とっさ》に顔を上げると、自分を襲おうとしていた男の背後に、祭司の服を着た青年が立っている。年は二十歳過ぎぐらいだろう。黒髪だが、光に当たった場所だけは紫色をしていた。

切れ長の瞳も青みがかった紫色で、まるで宝石のように見える。綺麗に整った顔はどこか儚《はかな》げで、人形みたいだ。

彼は男に短剣を向けていた。その背後には騎士たちがいる。

「な、なにって……。ううう、運命の、女性と、ちっ誓いの儀式を……」

「誓いの儀式？　こんな路地裏でか？　……そこの娘、この行為に合意はあるのか？」

「な、ないです」

メーシャは涙目になり、ふるふると首を横に振る。

「そうか。さあ、この男を捕らえてくれ。呂律《ろれつ》も回っていないし、強姦未遂の他に禁止薬物使用の疑いもある。よく取り調べるように」

彼の命令で騎士が動き、男が捕らえられる。引きずられながらも、獣のような眼差しを向けてくる中年男性の姿に、メーシャはぞっとした。

「大丈夫かい？」

助けてくれた男が腰を抜かしたままのメーシャに手を差し伸べてくる。

「は、はい……。助けてくださって、ありがとうございます」

「祭りの騒ぎに紛《まぎ》れて起こる犯罪を防ぐことも我々祭司の仕事だから、気にすることはないよ。見回りをしていたところ、君が路地裏に連れこまれるのが遠くから見えてね。人混みのせいでここまで来るのに少し時間がかかってしまったけれど、間に合ってよかったよ」

メーシャは彼の手を握り返す。しかし、腰は依然萎《な》えており、立ち上がることができなかった。

「おや？　立てないのかい？」

「すみません……」

「わかった。僕が運ぼう」

「あっ」

彼は軽々とメーシャを抱き上げる。先ほどの中年男性に触れられた時は嫌悪感しかなかったのに、彼に触れられるとなぜか安心するような気がした。

「大通りは混雑しているから、裏通りを通っていこう。ところで、君は観光客かい？　それとも、この街の住民かい？」

「別の村から来ました。観光というか、婚約者に会うために」

「婚約者……」

彼の目がすっと細められる。しかし、抱き上げられているメーシャは、彼の美しすぎる顔を直視できなかったので、彼が一瞬見せた冷たい眼差しには気付かなかった。

「でも、婚約は解消になると思います」

「……どうして、と、聞いてもいいのかな？　君はそれを話したい？　それとも、言いたくない？」

優しい声色で訊ねられる。一連の出来事を一人で抱えこむのも辛いと思ったメーシャは、助けてもらった安心感もあって、初対面の彼に色々と話してしまった。

「実は、わたしは凶相持ちなんです。婚約が解消になるのも、先ほど襲われそうになったのも、この顔が原因で……」

「凶相？　こんなに美しい顔なのに？」

「……っ！」

自分よりも美形の男性に美しいと言われて、メーシャの頬が赤くなる。しかし、メーシャの顔が一般的に「美しい」部類に入るのは事実だ。……もっとも、心が病《や》んだ男にしか興味を持たれない無駄な美貌であるのだが。

だからこそ、メーシャはいくら褒められようと、自分の顔を好きになれなかった。それなのに、彼に美しいと言われて、初めて嬉しいと思ったのだ。社交辞令であっても、心が揺さぶられた。

メーシャはどぎまぎしながら、言葉を紡《つむ》ぐ。

「わたしの家系の女性は――」

時折言葉を詰まらせつつも、自分の家系のことと、婚約者に裏切られたことを説明した。すると、彼は納得したように頷く。

「なるほど、そういうことか。……なるほどな」

「凶相なんて突拍子もない話、信じてくれるんですか？」

あっさり信じた彼に、メーシャのほうが驚いてしまう。

「信じるもなにも、実際、僕は……んんっ。……あの男の様子は異常だったしね」

咳払いをした彼はそう答える。確かに、あの中年男性の態度は尋常ではなかった。その様子を目にしたから信じてくれたのだろうとメーシャは結論づける。

彼は、憐憫《れんびん》の眼差しを向けてきた。

「世の中には僕の知らないこともあるのだな。凶相だなんて、君も大変だね。可哀想に」

「はい、大変です。凶相なんて持って生まれたから、こんな目にも遭いますし、顔を隠さなければなりませんし。……でも、不幸ではありません」

彼の言葉から哀れみを感じ取ったメーシャは、強い口調で答えてしまう。彼はメーシャの返答に驚いたように、片眉を上げた。

「おばあちゃんも、おじいちゃんたちも、父も母もわたしのために色々してくれます。こんな結果になったけれど、婚約だってわたしのためでした。大切にされているのがわかるから不幸ではないんです」

つい先ほど、自分の運命を呪ったばかりだ。しかし、この凶相を疎《うと》ましく思えど、メーシャ自身は決して不幸ではない。同情を受け入れてしまったら、自分がとても惨《みじ》めになる気がした。

それにメーシャは一人ではない。支えてくれる家族がいる。彼らが自分に注いでくれた愛情を否定したくないので、きっぱりと不幸ではないと言い切った。

幸せだと断言できるほど達観していない。不幸ではないと宣言するのが精一杯だったが、それを伝えなければならないのだ。

メーシャの言葉を受け取った彼は、しばしの沈黙の後に口を開いた。

「……これは失礼した。謝罪して、先ほどの言葉を撤回《てっかい》しよう。君は可哀想ではない」

心からそう思っているのだろう、声が沈んでいる。

「す、すみません！　助けて頂いたのに、偉そうなことを言ってしまって……」

「勝手に君を可哀想だと決めつけた僕が悪い。反省している。……君の言葉は、胸に響いたよ」

そう言って彼が微笑むと、薄く端整な唇が緩やかな弧を描き、紫の目が細められた。その麗《うるわ》しい笑顔を間近で見て、メーシャは思わず息を呑んだ。

「もうそろそろ大通りに出そうだが、その前に顔を隠したほうがいいね」

彼は立ち止まると一度メーシャを下ろす。ハンカチを取り出して、彼女の顔半分を覆《おお》うようにして頭の後ろで縛ってくれた。

（わ……っ）

彼の指先が頬を掠《かす》めただけでどきどきしてしまう。しかも、ハンカチからはいい匂いがした。祖母の香水と似た香りである。

「うーん……。これは、本当に効果があるのかい？」

顔半分を覆《おお》ったメーシャを見て、彼は小首を傾げた。

「はい、大丈夫なはずです」

「そうなのか……？」

彼は納得がいかない様子だ。

「心を病《や》んでいるわけでなければ、顔を隠しても隠さなくてもわたしへの印象が変わらないはずなので、わかり辛いかもしれませんね」

「……わかった。そういうことにしておこう」

そして彼は、再びメーシャを抱き上げる。

「そういえば、君の名前はなんていうんだい？」

「メーシャです。メーシャ・クリストフ」

「クリストフ？　珍しい名字だな。……もしかして、クリストフ祭司の娘さんかな？」

「はい、そうです」

同じ祭司ということで、父親を知っているのだろう。助けてもらったばかりだし、父親のことも知っているならと、メーシャの彼への警戒心はすっかりなくなってしまった。

彼は聞き上手で、色々と話を振ってくれる。気がつけば、生まれた村のことや、初恋もまだなこと、結婚の予定もなくなるので今後どうしようか悩んでいることまで話してしまった。

「今後について悩んでいるのか……。それでは、君もお父さんと同じく祭司を目指してみたらどうだい？　祭司は国中を飛び回る仕事だけど、どこかでいなくなった場合には国が捜してくれる。凶相という危険を持つ君には、かなり都合がいいと思うよ」

「え？　国が貴族でもない個人を捜してくれるんですか？」

「その通りだ。祭司の仕事は単純に祭りの監督だけではない。訪れた土地の人間と話し、治安の調査や、領主が横暴な政治をしていないか、経済状況はどうか、治水はどうかなど、国の様子を見て回るのも重要な仕事だ」

てっきり、祭司の仕事は祭りを取り仕切るだけかと思っていたので、メーシャは驚く。

「この国は一年中、どこかで祭りをやっているから、全国を回る僕たちは諜報員《ちょうほういん》のようなものさ。今までも、祭司の報告で国が土地を整備してきたし、独裁的な領主を調査したり、貧しい村への支援を行ったりした。また、感染症の兆《きざ》しが見えれば辺り一帯を封鎖して感染防止に努め、医官を派遺し治療をすることもあるんだよ」

「そうなんですか。わたし、知らなかったです」

「そして、もし祭司がいなくなれば、クーデター計画のような重要な情報を入手して事件に巻きこまれた可能性もあると、国は徹底的に捜す。君の場合、その凶相のせいで攫《さら》われて監禁される危険もあるのだろう？　今後そういうことがあっても、国が捜してくれると思ったら安心できないか？」

「……っ！」

凶相持ちの自分がまともな仕事に就《つ》けるとは考えてもいなかった。父親が早いうちから婚約者を決めていたこともあって、結婚して家庭に入り、子供を産むのが自分の人生だと思いこんでいたのだ。

だから、メーシャは新たな可能性を示してくれた彼の話に聞き入る。

「国家試験は難しいし、そのあとは一年にもわたる厳しい研修がある。それを乗り越えて祭司になれれば、顔をベールで隠しても問題ないよ。その凶相も、顔を隠せば問題ないのだろう？　僕は強《こわ》面《もて》の祭司を知っているけれど、せっかくの祭りなのに空気を悪くしてしまうからと、彼は仮面をつけている。それでも、誰も文句は言わない。上級役人であり、祭りを監督する祭司は民草《たみぐさ》から尊敬されていて、顔を隠したくらいではなにも言われないからね」

彼の言う通り、祭司であるメーシャの父親は村でも尊《たっと》ばれていた。祭りが多いこの国で、それを取り仕切る祭司の地位はとても高い。確かに、顔を隠したところで文句を言う人間はいないだろう。

（全国を飛び回る祭司になりたいなんて思わなかったわ。でも、顔を隠せるし、いなくなったら国が捜してくれるのは助かる。ご先祖様の中には、行方不明になったまま見つからなかった女性も何人かいるのよね……）

結婚という未来を失った今、祭司の仕事はとても魅力的に思える。

（それに、祭司になったら、この人とまた会えるかもしれない……）

メーシャはそっと彼の顔を見た。

元より美しい顔立ちの男性だが、危機を救ってくれたこともあって、よりいっそう素敵に見える。先ほど襲われそうになった際は心臓がばくばくと言っていたけれど、落ち着いたはずの今になっても、彼を見ると胸が早鐘《はやがね》を打った。その高鳴りは嫌な感じはせず、むしろ心地よく感じる。

もっと彼と一緒にいたいと思ったところで、彼は足を止めた。たどり着いたのは教会の裏口だ。

「クリストフ祭司は、今の時間はこの教会で仕事をしているはずだ。立てそうかい？」

「はい」

返事をすると、地面に下ろされる。今度はしっかりと自分の足で立つことができた。

これで彼とお別れかと思ったその時、メーシャは彼のことをなにも知らないことに気付く。自分についてはあれだけ話したというのに、彼のことは年齢も、名前すら知らないのだ。

「助けてくれてありがとうございました。お名前を教えてくださいますか？」

「名前……。そうだな、アルと呼んでくれ」

「アルさん……」

「じゃあ、僕はもう行くよ。やらなければいけない仕事が沢山あってね」

そんなに忙しいのに、わざわざメーシャをここまで運んできてくれた彼はとても優しい人だ。

メーシャは改めて、深々と頭を下げる。

「本当にありがとうございました」

「ああ。……では、またね」

「……は、はい！」

アルの言った「またね」という言葉に、どんな意味がこめられていたのか、メーシャにはわからない。でも、「さよなら」ではなく「またね」と言われたことが、とても嬉しかった。

（アルさん……。また、会いたいわ。祭司になったら会えるのかしら？）

彼の後ろ姿が見えなくなるまで見送る。

そのあと、メーシャは父親にいきさつを話し、その日のうちに婚約は解消された。しかし、自分を助けてくれたアルについて訊ねてみても、そんな名前の祭司は知らないとか。

この街の祭りは規模が大きく、沢山の祭司が集まっているので、当然面識のない祭司もいるだろうと父親は言っていた。アルのほうは父親を知っていたというのに、父親のほうが知らないなんてと、がっかりしてしまう。

そして、祭司になりたいと伝えてみたところ、猛反対された。アルに教えてもらった利点を説明しても、メーシャは襲われそうになったばかりなのである。祭司にさせるのは心配らしい。

結局、その日は許してもらえなかった。

自分の村までは遠いので、メーシャは宿に泊まったが、翌朝、父親の態度が急に変わった。

「昨日は祭司になるのは反対だと言ったが、一晩よく考えてみて、それもいいと思い直した」

そう告げられて、あんなに反対していたのにと、父親の豹変ぶりに驚いてしまう。

「父さんはお前の凶相が心配だ。だからといって、メーシャを押さえつけ、自分の言う通りにさせるのも、妻を檻《おり》に閉じこめたご先祖様と変わらないと気付いたんだ。物理的な束縛《そくばく》か、精神的な束《そく》縛《ばく》かの違いだね。……お前ももう十六だ。色々考えて祭司になりたいと思ったのなら、父さんは応援しよう」

「父さん……！」

父親から許しを得られて、メーシャの顔がほころぶ。

メーシャは村に戻ったあと、祭司になるための勉強を始めた。もともと、「いい女には教養も必要」という祖母の方針で家庭教師をつけられており、高度な教育を受けていたのだ。国試対策を始めたけれど、特に難しく感じず、難問もすらすら解くことができる。

しかも、アルからたびたび手紙が届くようになった。メーシャの父親と同じ祭司だから、簡単に住所を調べられたのだろう。

内容は凶相持ちのメーシャを心配するような文章と、こんな祭りをしたという些細《ささい》な報告だ。封筒には送信元の住所は書いておらず、アルというサインしかない。返事を書くことはできなかったが、彼から手紙が届くたびに祭司になりたいという思いが強くなっていった。

国試を受けられるのは十八歳からと決まっているので、それまでしっかりと勉強し、十八になると同時に受験する。もちろん、結果は一発で合格だ。

あとは、国試合格者が受ける一年間の研修さえこなせば無事に祭司になれる。

アルからは「今年の合格者に君の名前を見つけたよ」と、合格を祝う手紙が届いた。彼はメーシャが祭司の道を選んだことをとても喜び、「いつか一緒に働ける日を楽しみにしている」と綴《つづ》ってくれている。

その手紙を見た時、胸の奥がきゅんとしめつけられた。いつの間にか、メーシャはアルに恋をしてしまったのだ。

彼と会ったのは一度だけ。しかし、それから毎月のように手紙が届けられていたから、そこまで遠い存在には感じなかった。

婚約を解消した元婚約者に対してもそうだったけれど、メーシャは誰かを好きになったことはなかった。そんな中、助けてくれて、手紙という手段でずっと交流してくれた彼に、次第に心を寄せていたのだ。村娘たちとみんなで初恋の話をした時も、アルの名前を挙げたくらいである。

(アルさんと両思いになりたいなんて望まない。でも、改めてお礼は言いたいわ。……そのためには、なんとか研修を乗り切らないと)

研修中は身代わり防止で顔を隠せない。とはいえ、祭司になりたいと言うメーシャに、同じく凶相持ちである祖母はこう教えてくれた。

『研修生の中にも、心を病《や》んでいる殿方が少なからずいるでしょう。でも、重圧に負けず難関国試に合格する精神力を持ち合わせた殿方が、なりふりかまわずにメーシャを襲うとは思えないわ。上手にあしらってごらんなさい。いくら凶相で惹《ひ》きつけたところで、すぐに嫌われることができれば平穏無事に過ごせるはずよ』

メーシャの倍以上の年月を凶相と一緒に過ごしている祖母が言うのだから、間違いないだろう。

とにかく、一年の研修さえ無事に終わって祭司となったら、ベールで顔を隠すことが可能になる。研修中に嫌われきらなくても、顔を見せなくなれば、相手はメーシャに対する興味を失うはずと祖母は言っていた。

「一年間、頑張ってみせるわ。そしてアルさんに会って、祭司になったわたしを見てもらいたい……！」

机にしまっていた手紙を眺めて、過去のことを思い出しながら、ぐっと拳を握りしめる。

研修の不安よりも、アルにまた会えるという希望がメーシャの胸を満たしていた。

第一章　嫌われるための第一歩

国試合格者の研修は、王都から離れた場所にある古城で行われる。閑静《かんせい》な環境なので、昔は王族の保養地として使われていたらしいが、大きい城はたまにしか使わないわりに維持が大変なため、研修施設として改修したのだ。

毎年研修が行われているので、古めかしい造りでも綺麗に整備されている。王族の城で過ごせるのは光栄だと、浮き足立っている研修生も多い。

城内には使用人たちが使用していた宿舎があり、研修生たちはその区画で寝泊まりをする。国試の成績上位者には個室が与えられた。もちろん、メーシャも個室である。成績が下がるごとに相部屋の人数が増えていき、すれすれで合格した者はなんと六人でひとつの大部屋を使うらしい。そんな環境では勉強に集中できなそうだ。

もっとも、今は個室を使えていても、この研修中に成績が落ちてしまえば相部屋行きになる。だから、研修中も頑張らなければいけない。

そして、いよいよ研修が始まった。顔を隠すことは禁じられているので、なるべく顔を見られないようにと、メーシャは俯《うつむ》きながら歩く。それでも、どこからともなく視線を感じた。

この容姿に興味を持つのは、心を病《や》んでいる男性だ。少しでも好意を向けられたら、相手に嫌われるように努めなければならない。

メーシャはみすぼらしく見えるよう、わざと腰を曲げて過ごす。その様子は普通の研修生にも効果的で、研修が始まって五日となるが、一人も友人ができなかった。それでいいとメーシャは思っている。ここには友人を作りにきたわけではない。一人でいるのは気が楽だし、誰にも声をかけられないこの状況に意外と満足していた。

——しかし、集団生活をする以上、他人と関わらないわけにはいかない。

金曜日。古城で一番大きな講堂で、研修生全員を集めた講義が行われた。

ここには祭司の他にも文官、医官、騎士の研修生がいる。それぞれ難関の国家試験を通ってきた優秀な者たちだ。研修はそれぞれの職種に分かれて行われるが、役人としての心得など、全員が学ばなければならない講義はまとめて行われる。

講義用に改造された大講堂には、体格のいい騎士研修生から、分厚い眼鏡をかけた文官研修生まで、様々な者が集まっていた。

この講義を受け持つ文官の講師が、研修生たちに言う。

「毎週課題を出すので、必ず提出するように。どんな理由があろうと、課題の提出を三回忘れた時点で役人になる資格がないとみなし、国家試験からやり直してもらう」

その講師の言葉に、研修生たちはざわめいた。せっかく難しい国試を突破したのに、課題を出さないだけで失格になるとは予想もしていなかったのだろう。

講師の話では、風邪を引いて高熱を出そうと、郷里の親が亡くなろうと、課題の未提出が許されるのは二回まで。三回目は絶対に許されないとのことだ。

一年間、毎週課題をこなさなければならないというのは、かなり厳しいと思う。

しかし、研修が終わって役人になれば、国に重要な書類を提出する機会も沢山あるだろう。この研修期間に、やるべき仕事はどんな状況でも必ずやるという精神を学ばせるのかもしれない。

(一体、どんな課題なのかしら……？)

初回だし、提出必須の課題ならば、そこまで大変ではなさそうだ。

「では、今回の課題を発表する。法律書の第一章を全文写し、来週のこの時間までに提出すること」

(それって、かなりの量だわ……！)

講師の言葉に研修生から悲鳴が上がった。

役人として、法律を覚えるのは至極当然のことである。国家試験でも法律に関わる問題は必ず出題されるので、法律書の第一章がどれほどの長さなのか、ここにいる研修生たちは身をもって知っていた。

期間は一週間というが、研修生たちが受ける講義はこれひとつではない。他にも様々な講義があり、それぞれ課題が出るし、予習や復習が必要となる。上手に時間をやりくりしなければ、最初の課題から躓《つまず》いてしまうだろう。

とはいえ、今日は金曜日。基本的に土日は休日だし、金曜日にあるのはこの講義だけである。頑張ればなんとかなりそうだ。

「……まあ、初回の課題の提出は期待していないが、今年の研修生は何人が提出できるか楽しみにしておく。では、今日はここまで。また来週」

そう言って、講師は講堂から出ていく。

(確かに量は多いけど、とにかく書き写せばいいだけだし難しい課題ではないはずよ。今日と、土日を丸々使えば終わる。……でも、期待していないって一体どういうことかしら?)

講師の言葉に疑問を抱きながらも、メーシャは荷物をまとめる。すぐにでも自室に戻って課題に取りかかりたかった。

すると、一人の女性研修生が前に進み出て、先ほどまで講師が立っていた壇上に立つ。少しつり上がった眼差しが特徴的で、見事な金髪はくるくると波打っていた。メーシャと同じくらいの年に見える。彼女は研修生たちに呼びかけた。

「こんにちは、あたしは文官研修生のカレン・ドレドル！　あたしの家は由緒《ゆいしょ》正しきドレドル伯爵家で、今年の研修生の自治会長よ」

「自治会長……？」

「なにそれ？」

自治会長という響きに、多くの研修生たちが疑問を抱いた様子だ。再び講堂内がざわつくものの、一部の者たちは「ああ、あれか……」とわかったような口ぶりで呟いていた。

「自治会は代々研修生の間で作られてきた伝統のある組織なの。ここにいるのは難しい試験を突破した同期……つまりは仲間よ。皆で交流を深めるために、催《もよお》しを企画開催するのが自治会の役目なの。他にも、規律を乱さないための監視役も務めるわ」

なるほど、そんな組織があったのかとメーシャは感心してしまう。一年も研修が行われるのだから、そういう組織ができてもおかしくはないだろう。

「自治会長は研修生たちの間で代々受け継がれていく役職で、去年の研修生に血縁者がいた人から選ばれるの。あたしのお兄様が去年ここで騎士の研修を受けていたから、今年はあたしが選ばれたのよ。来年は、ここにいる誰かの弟か妹が引き継ぐことになるわ」

カレンはふふんと得意気に鼻を鳴らす。

「それで、早速なんだけど、今日の夜にみんなで交流会をするわよ！　全員、強制参加ね！」

「えっ」

強制参加と聞いて、メーシャは思わず眉をひそめた。

先ほど大変な課題が出たばかりである。とてもじゃないが、交流会に出ている暇などない。

それは他の研修生たちも同様に思っているようで、微妙な雰囲気の中、カレンはぺらぺらと話し続ける。

「国が管轄《かんかつ》する正式な組織というわけではないけれど、自治会の存在は講師たちも認めてくれているのよ。交流会のために食堂を使えることになっているわ！」

(代々続いていて、食堂の使用許可まで下りるとなると、それなりの組織ね)

厄介《やっかい》な組織だとメーシャは思った。

「さっき、先生が初回の課題の提出を期待していないって言ってたでしょう？　それは、毎年最初の金曜日に大規模な交流会があって、研修生が全員参加するからなの。交流会ではお酒も出るわよ。土曜日はきっと勉強にならないけど、せっかくの同期だもの。絆《きずな》を深めるためにも、課題よりも交流をするのが大事だとあたしは思うわ」

疑問に思っていた研修生も多かったようで、「なるほど……」と納得する空気になった。メーシャも合点《がてん》がいってすっきりする。

「交流会ではちゃんと名簿で出欠を取るから、不参加の人はわかるわよ？　その名簿だって講師からもらったんだもの。自治会には逆らわないほうがいいわ。みんな、今夜は楽しみましょう？」

そのカレンの呼びかけに、渋々といった様子で研修生たちが頷く。

(わざわざ名簿で出欠を取るなんて……。そもそも逆らわないほうがいいって、とんだ脅《おど》しだわ。

嫌々ながらも参加せざるを得ないし、そんな雰囲気になってる。……でも、これはいい機会だわ）

メーシャはわざと音を立てて立ち上がった。カレン以外は静かにしていたから目立ち、注目が集まる。

今まで目立ってはいけないと肝《きも》に銘じて、なるべく顔を見られないようにしてきた。しかし、いつまでも顔を隠せるわけではない。そして、この凶相は心を病《や》んでいる男性を惹きつけるけれど、相手が常軌《じょうき》を逸《いっ》するような行動を起こすのは、メーシャのことを深く好きになってからだ。

――つまり、顔に惹かれただけで、そこまで好かれていないうちに嫌われてしまえばいいのである。自分の身を守るためには先手必勝だ。

「わたしは参加しないわ。課題をしたいもの」

メーシャはきっぱりと言い切った。すると、講堂内に再びざわめきが起こる。

「な……！　あなた、あたしの話をちゃんと聞いてたの？　同期の和を乱すつもり？　自治会の存在は講師も認めているのよ？」

「いくら認めていたところで、公式の組織というわけでもないし、交流会は研修の科目ではないでしょう？　つい最近出会った者同士で無理矢理作った関係を絆《きずな》と呼ぶなんて、そんなのおかしすぎるわ。わたしは参加しなくて結構よ」

「食堂も貸し切っているのよ？　夕飯はどうするつもり？　交流会に参加しないでご飯だけ食べに来るなんて認めないんだから」

「あら、自治会は食堂の利用を制限する権利まで握っているの？」

「……っ」

メーシャの正論に言い返せなくなって、カレンがわなわなと肩を震わせる。

「それでは、失礼するわ。皆さんはどうぞ交流会を楽しんでくださいね」

嫌みたっぷりに微笑んでから、メーシャは講堂を出ていった。扉が閉まる寸前、「なんなのよ、あの女！」と甲高い声が聞こえる。

一人で廊下を歩きながら、メーシャは口元を緩めた。

（今の、最高に感じ悪かったわよね？　これで大体の人からは嫌われたはずよ）

辺鄙《へんぴ》な村で育ったが、村人全員が仲よしというわけでもない。小さな村の中でも嫌われ者はいたし、その嫌われる原因は大体が「和を乱す」からだった。

人間は一人で生きていくことはできない。集団生活となれば、他者とは絶対に関わらなければならず、円滑な意思疎通を図《はか》るためには普段から交流を深めておく必要もある。よりよい生活を送るために、村人同士で協力して行う作業もあった。

それなのに、村の掟《おきて》に対して、我《わ》が儘《まま》や文句ばかりを言う者は大抵嫌われていた。そんな人間と交流を持ちたがる村人はいない。

村では体調を崩せば、心配した他の人たちが見舞いに来て食べ物を置いていったり、代わりに畑を見てくれたりするが、嫌われ者が寝こんだところで、誰も心配しなかった。せいぜい一日に一度、死んでいないかどうか村長が確認しに家を訪問するくらいだ。

よって、いくら人付き合いが苦手な人であっても、頑張って村人たちの輪に入る努力をしている。

集団生活での孤立は、時として死に至る可能性があるからだ。なにかあった際に助け合えるように、お互いを思いやりながら交流をする。

村で「集団の和」の大切さを学んだメーシャは、それをあえて逆手《さかて》に取った。

（集団生活において、和を乱すのは最低の行為よ。わたしの印象は最悪ね）

自治会という存在は初めて知ったが、名簿を渡すくらいなのだから、その存在は講師たちにも認められているはず。代々続いているらしいし、食堂の貸し切りが許されることから、それなりの組織なのだろう。交流会の準備だって、大変だったに違いない。

研修生たちは厳しい課題を出されたばかりで、交流会など参加している暇などないけれど、円満な研修生活を送るためには、嫌々ながらも参加する必要がある。

そんな中、メーシャは堂々と不参加を宣言した。

カレンを始めとする自治会の人たちにはまず嫌われただろうし、参加に乗り気でない人たちにも「感じが悪い」と思われたに違いない。この一年間、メーシャは孤立するはずだ。

それでも、せっかく国試に合格したのだから、立派な祭司になりたかった。メーシャの特異な体質に惹かれた男に好かれすぎて、研修の途中で心中でも強要されたら、たまったものではない。

研修期間はたった一年。好かれるよりも、嫌われて過ごすべきだとメーシャは考える。

研修が始まって早々に、全員から嫌われる機会を授けてくれたカレンには感謝しかない。

上手く嫌われたと思ったメーシャは気分よく部屋に戻る。そして、早速課題に取りかかった。

交流会に参加した人たちは自治会の圧力に負け、今日の課題を「仕方ない」と諦めるだろう。そんな中、メーシャがしれっと課題を提出したら、「あいつだけずるい」と思うはずだ。よりいっそう嫌われるために、課題は完璧にこなさなければならない。

メーシャは分厚い法律書を開いて、一字一句違えないように書き写していく。その量は膨大で、暗くなるまで作業に没頭した。


「こ、これだけやっても、まだ序盤……！」

日が傾き、部屋が薄暗くなった。字を書き写すにはそろそろ灯りをつけなければならない。部屋に戻るなり、ずっと課題に取り組んでいたけれど、それだけ時間をかけても膨大な課題は終わりそうな気配がない。書き写すという単純な行為だし、メーシャは字を書くのは速いほうではあるが、いかんせん量が多すぎる。

「そろそろ、お腹が空《す》いたかも……」

課題に夢中になっていたせいで、メーシャは昼食を抜かしてしまった。夕食の時間だが、そろそろ食堂で交流会が行われる頃である。『自治会は食堂の利用を制限する権利まで握っているの？』と言ったことだし、素知らぬ顔で堂々と食堂を利用すればいいと思うものの、はたして、座って食べられるような場所が空《あ》いているだろうか？

それに、下手に食堂に行こうものなら、無理矢理交流会に参加させられるかもしれない。

昼食を抜いた分、お腹はとても空《す》いていた。しかし、一食くらい抜いても健康に支障はないだろう。食料もまったくないわけではない。

メーシャは机の上にある瓶に手を伸ばした。そこには果物を乾燥させ、砂糖をまぶした菓子が入っている。空腹は満たせないけれど、とりあえず水分と糖分さえ摂取していれば問題ないと、蓋《ふた》を開けた時だった。部屋の扉がノックされる。

研修生の宿舎の中でも成績上位者の個室がある階は、その個室を使用している者しか立ち入りが許されない。昔、成績上位者を妬《ねた》んだ研修生がこっそり個室に忍びこんで事件を起こしたようで、厳しい決まりが設《もう》けられたのだ。高官候補である成績上位者は国の宝であり、守るべき存在である。

成績上位者以外がこの階に立ち入れば、厳しい罰が与えられるらしい。

つまり、ここに立ち入りできるのは成績上位者である二十人だけだ。その中にあのカレンという女性はいなかったはずである。

もしかしたら、「絶対に連れてこい」と自治会から言われた誰かが迎えに来たのかもしれない。

メーシャはドアに近づき、鍵をかけたまま扉越しに声をかけた。

「……なにか用かしら?」

「はじめまして。私は騎士研修生のギグフラムです。それと……」

「医官研修生のユスターだ。重い。開けろ」

「は?」

ギグフラムとユスターという名前には聞き覚えがあった。メーシャと同じく、この階に個室を与えられた成績上位者である。

この一週間、なるべく目立たないように俯《うつむ》いて過ごしてきたメーシャは、彼らの顔をろくに見たことがない。もちろん、会話を交わしたことすらなかった。

「重いって、どういうこと？」

「重いという言葉の意味も知らないのか？　お前、それでよく国試を通ったな」

「な……！」

「いいから早く開けろ」

ドアを蹴られた。扉の向こうから、「ユスター、やめなさい」と窘《たしな》める声が聞こえる。医官研修生のユスターはかなり気が短いようだ。

騎士研修生のギグフラムが、優しい口調で語りかけてくる。

「お食事を持ってきました。私たちも交流会に参加しないことにしたんです。それで、前もって食堂のおばさんにお願いして、交流会用の食事をこっそりわけてもらいました。よかったら、一緒に食べませんか？」

「えっ？」

メーシャはとりあえず扉を開ける。廊下には、両手に料理を抱えた男が二人立っていた。

「どうも、こんにちは」

そう言って穏やかに微笑んだのがギグフラムだろう。

騎士研修生とあって、彼はかなりの長身でがっしりとした体躯《たいく》をしている。服の上からでも盛り上がった胸筋がわかった。黒い髪は短く切りそろえられ、孔雀石《くじゃくいし》のような濃い緑色の目をしている。

「入るぞ」

メーシャの了解を得る前に勝手に部屋の中に入ってきたのが、医官研修生のユスターらしい。黒みがかった赤銅色《しゃくどういろ》の髪は柔らかそうなくせっ毛だ。鈍色《にびいろ》の目はつり上がっていて、なんとなく猫を連想させる。中性的な美しさを持つ彼はテーブルの上に大皿を置いた。

「ギグフラム、食器は？」

「私の部屋です。鍵はポケットの中に」

「わかった」

皿を持って両手が塞がっているギグフラムの服をまさぐって、ユスターが鍵を取り出す。そして部屋を出ていった。

ギグフラムは律儀に廊下に立ったまま、問いかけてくる。

「中に入ってもいいでしょうか？」

「え、ええ……」

「失礼します」

彼は中に入ると、すでに大皿が置かれたテーブルを見て「ここに置いてもいいでしょうか？」と確認してきた。頷くと、そこに料理が置かれる。

交流会用に用意されたご馳走《ちそう》なのだろうか、皿の上にのっているのはでっぷりと太った鶏《とり》の丸焼きだ。玉子が添えられたサラダと、パスタの大皿もある。部屋の中にいい匂いが充満して、お腹がぐうっと鳴った。

「他にも、飲み物があるので取ってきますね」

ギグフラムの部屋に色々置いてあるらしく、何往復かしてすべての食べ物と食器が運びこまれる。

メーシャは呆然としたまま、その様子を見ていた。

「これで全部だな」

ユスターがドアを閉める。そして、我が物顔でテーブルの前に座った。

「立ったまま食うつもりか？　早く座れ」

「え？　う、うん」

促《うなが》されるままメーシャが腰を下ろす。その隣にギグフラムが座った。

「それでは、取り分けましょうか」

「鶏《とり》は俺がやる。どこから刃を入れれば綺麗に切れるか、俺が一番わかっているだろうからな」

ユスターはナイフを持つと、器用に鶏《とり》肉を切り分けていく。口が悪い彼だが、一番大きく綺麗に取れた部位をメーシャに差し出してくれた。メーシャがサラダを、ギグフラムがパスタを取り分けて、とりあえず全員の皿に料理がのる。

「あとは各自で直取りだな。よし、食うか。いただきます！」

ユスターがパンと両手を合わせる。挨拶《あいさつ》はきちんとするみたいだ。つられるように手を合わせ、いただきますと呟く。メーシャは一番いい匂いがする鶏《とり》肉を口に運んだ。

「美味《おい》しい！」

焦げ目の付いた皮はパリパリとしていて香ばしい。鶏《とり》肉の中には香草の交じったご飯が詰めこまれていて、肉汁がたっぷりと浸《し》みこんでいた。昼食を抜かしたせいだろうか、よりいっそう美味に感じる。

「うん、旨い。これ、交流会用のメイン料理のひとつだろう？　サラダやパスタはともかく、よくこの肉料理をくすねてこられたな、ギグフラム」

同じく、鶏肉《とり》を食べながらユスターが言った。

「くすねるって、言いかたが悪いですね。食堂のおばさんに夕食をお願いしたら『これを持っていきな』と頂いたんですよ。騎士研修生は、野戦対策として夜の訓練もあるから、夜食を作ってもらう関係で食堂のおばさんとよく話すんです。今回も、事情を話したら快《こころよ》くわけてくれましたよ」

ユスターだけでなく、メーシャに対しても説明するようにギグフラムが言う。微笑んだ彼はまさに好青年で、話しかたも丁寧だし、食堂のおばさんに好かれそうだなと感じた。

「あの……ご飯をわけてくれて助かったわ。ありがとう。でも、どうしてわけてくれるの？」

いきなり彼らが訪ねてきて食事が始まってしまったから、落ち着いて話を聞く暇もなかった。

メーシャは疑問に思ったことを訊ねてみる。

すると、ギグフラムとユスターがそれぞれ答えた。

「実は、私の兄も何代か前に研修を受けていて、交流会があることは知っていたんです。拒否権もなく全員参加で、一回ぶんの課題を諦めるしかないと……」

「とんでもないと思ってたが、講堂でお前が啖呵《たんか》を切っただろ？　お前がいなくなったあと、『参加しない』と言い出した奴が何人か現れたんだよ。俺もその流れに乗って参加しないことにした」

「一人だけならともかく、参加しない研修生がある程度いるのなら、自治会も大がかりな嫌がらせはしてこないでしょう。あなたがああ仰《おっしゃ》ってくれたおかげで私たちも助かりました。だから、一緒に食事をと思いまして」

「課題の未提出が許されるのは二回までだ。その一回をこんなことで使ってたまるか。かといって、自治会に目をつけられ、くだらない嫌がらせをされるのもごめんだからな。お前がああ言ってくれたおかげで、俺にとってはいい流れができた」

どうやら、彼らはメーシャに感謝しているらしい。

小娘一人が和を乱すような発言をしたら、その場の空気が悪くなる。なにせ、カレンは研修生の名簿を入手しており、『自治会には逆らわないほうがいいわ』とまで宣言しているのだ。立派な脅《おど》しである。刃向かうのには勇気がいるだろう。

それなのに、メーシャに同調する者が出てきたのは想定外だった。

(全員から嫌われるのって難しいのね……。それでも、大半から嫌われたのなら、それでよしとしましょう。これで自治会に目をつけられたのは間違いないし、そんなわたしと仲よくしようと思う人はなかなか出てこないはずよ)

今頃、大多数の研修生は嫌々ながら交流会に参加しているはずだ。交流会をどれくらい遅い時間までするのかわからないが、酒が残れば明日に響くだろう。課題を提出することができない彼らは、メーシャだけずるいと逆恨みするに違いない。

ともあれ、嫌な女だと印象づけられたのは及第点だと思いつつ、メーシャはギグフラムとユスターを見た。

(この人たちは、ただの親切な人? それとも……)

研修生たちは同期の仲間でもあるが、好敵手でもある。成績の上位二十名までしか風呂・トイレつきの個室を使用することができないのだ。この快適な環境を維持するために、成績優秀な研修生はさらに頑張る。そして、あと一歩で個室をもらえそうな者も、順位を上げるために必死で研修に励むのだ。

自分が快適な個室を維持するためには、他の者には脱落してもらったほうがいいに決まっている。それなのに、ギグフラムたちは入手した料理をわざわざメーシャにわけてくれた。厚意は嬉しいけれど、そこに下心はないのか気になってしまう。

(人がいいだけなら問題ないわ。でも、もしわたしの凶相に惹かれてるのだとしたら、仲よくなるわけにはいかない)

彼らの心情を推《お》し量《はか》ろうと、メーシャは訊ねてみる。

「ところで、どうしてわたしの部屋で一緒に食べようと思ったの?」

「わざわざお前のぶんだけ取り分けて持ってくるべきだったと言ってるのか?」

ユスターが睨《にら》むような視線を向けてくる。

「勝手に押しかけてしまって、すみません。この場で一緒に取り分けたほうが楽だと思ったので……。あと、成績上位者の個室は女性のほうに広い部屋が割り当てられるので、単純に広いほうがいいかなと思ったんです」

ユスターとは対照的に、ギグフラムは申し訳なさそうに言った。

「それに、こいつは騎士研修生だぞ。ギグフラムの部屋は武器があって物騒だし、なにより男くさい。医官研修生の俺の部屋は薬品の匂いがする。なにかを食べるなら、お前の部屋が一番よさそうだと思った」

「そうなのね。わたしこそ、変なことを聞いてごめんなさい。嫌とかそういうのじゃなくて、単純に気になっただけなの」

「いえいえ、いくら同期といえど、女性の部屋に押しかけているのですから。警戒して当然です。……あっ、これ美味《おい》しいですよ」

ギグフラムがサラダの赤い実を指す。どうやら偏《かたよ》った取り分けかたをしてしまったようで、メーシャの皿にそれはなかった。一方、ギグフラムの皿の上には赤い実が沢山のっている。

サラダが残っている大皿に視線を向けると、そこにはひとつだけ赤い実が残っていた。まだ自分の取り皿にサラダが残っている状態で手をつけるのは行儀が悪いかも……と戸惑った瞬間、ユスターが大皿の赤い実を指でつまんだ。

「あっ……」

思わず声を上げると、開いた口に赤い実を入れられる。ユスターが大皿から取った赤い実を、メーシャに食べさせてきたのだ。

「んむっ！」

赤い実だけならともかく、ユスターの細い指まで口腔《こうこう》内に入れられる。彼はすぐに指を引き抜くことなく、くるりと口の中で指を回してから引き抜いた。彼の指先は微かに赤くなっている。

「……っ、んっ」

驚きながらも咀嚼《そしゃく》すると、ギグフラムの言う通りその実は甘酸《あまず》っぱくて美味《おい》しかった。

「お、美味《おい》しい……」

「どれ」

ユスターが自分の指を舐める。……そう、先ほどメーシャの口に入れた指を、だ。

「……っ！」

「これは南方で採れる野菜だな。よく熟《う》れている」

しれっと感想を言うユスターを見て、メーシャは顔を真っ赤にした。

子供の頃ならともかく、大きくなってからこんな風に誰かに食べさせてもらうなんて初めてである。しかも、その指を彼が舐めたのだ。羞恥《しゅうち》がこみ上げてくる。

だが、ユスターのほうは気にも留めず、淡々と食事を再開していた。そんな様子を見て、ギグフラムが苦笑している。

(凶相に惹かれて優しくしてくれるなら気をつける必要があるけど、まったくわからない……)

彼らの様子を窺《うかが》いながら食事を続けるけれど、さきほどのユスターの行動以外に気になるところはなく、なにも判断できないうちに皿は空《から》になった。

「じゃあ、これは私が食堂に返しておきます」

皿を重ねてギグフラムが言う。

「わたしも手伝うわ」

「あなたは目立ちました。今日は食堂に近づかないほうがいいと思います」

「それは、そうだけど……」

確かに、今は交流会の真っ最中だ。酒も飲んでいるようだし、行ったら絡まれるだろう。

「俺も絡まれたくないから行かない。でも、ギグフラムなら大丈夫だ。こいつはこの見た目だから、絡まれにくい」

ユスターが言うように、騎士研修生の中でもギグフラムはかなりいい体躯《たいく》をしている。個室を与えられるのだから、腕が立つのだろう。ここは彼に任せたほうが賢明な気がする。

「じゃあ、お任せするわ。ありがとう、ギグフラム」

「ええ、構いませんよ。私たちだって、あなたの勇気ある発言のおかげで助かったのですから」

にこりとギグフラムが笑う。ユスターとは違い、彼は物腰が柔らかくて話しやすい。しかし、その優しげな双眸《そうぼう》が細められて剣呑《けんのん》な雰囲気に変わった。低い声で、ギグフラムが言い放つ。

「この階の気配を探ってみましたが、私たちの他にも交流会に参加していない研修生がいるようです。しかし、私たち以外の研修生を部屋に入れてはいけませんよ。危険ですから」

その声色に、ぞくりとしたものが背筋を駆け抜けていった。ユスターも、ギグフラムの言葉に付け加える。

「交流会が終わって、酔っ払って帰ってきた奴らになにをされるかわからん。しっかり鍵をかけておけ。なにかあったら大声で叫べ。聞こえたら助けに来てやる」

「わ、わかったわ。ありがとう」

押しかけるように部屋に入ってきた彼らに注意されるのも癪《しゃく》だが、言っていることは正しい。彼らが出ていくと、メーシャはしっかりと鍵をかけた。そして、大きな溜め息を吐く。

(優しい人に思えたのに、最後のギグフラムの言葉……鳥肌が立ったわ。昔、わたしを襲おうとした人と同じ雰囲気を感じる。ユスターのほうはわからないけど、とりあえず気をつけたほうがいいかもしれない)

ただの親切な同期にも思えるが、今まで一度も話したことのないメーシャに対して優しすぎる気がした。実は彼らの心が病《や》んでいる可能性もある。メーシャの側にいれば、その心の闇は増幅されてしまうだろう。つまり、彼らのためにも関わらないほうがいいのだ。

(……彼らからも嫌われるべきよね)

そう心に決め、メーシャは再び課題に取りかかった。

◆　◆　◆　◆

金曜日の夜だけでなく、土日をまるまる使い、問題の課題はすべて終わった。月曜日の朝、メーシャは疲れた顔をして大講堂に向かう。廊下を歩いていると、「ほら、あの人……」と、メーシャのほうを見て聞こえよがしに悪口を言ってくる女性たちがいた。

「交流会に参加しないなんて」

「自分だけ課題を提出するつもりなのかしら」

メーシャの目論見《もくろみ》通り、見事に嫌われたようである。

できたばかりの集団でも、わかりやすい敵が存在すればその結束は固くなる。おそらく、あの交流会に参加した研修生の間で、メーシャは敵と認定されたのだろう。さぞかし悪口で盛り上がったに違いない。

(わたしがその場にいなくても、どんどん印象が悪くなっていくなんて願ったり叶ったりだわ)

そう思いながらメーシャは進む。

研修が始まって二週目となる今日は、大講堂で研修生全員を集めた朝会があった。早い時間に着いたから、講堂はまだ人がまばらだ。メーシャはとりあえず周囲に人がいない席に腰を下ろす。大人しく座っているだけなのに、ちくちくと視線が刺さった。向けられる眼差しが好意的でないことを強く感じる。

人が集まり、どんどん席も埋《う》まっていくが、メーシャの近くには誰も座らなかった。すると、カレンが講堂にやってくる。

「みんな、おはよう！　交流会、楽しかったわね！」

彼女はかなり上機嫌だ。周囲の研修生たちは「おはよう」と返しているが、なんとなくぎこちない。メーシャは嫌われているが、カレンも好かれてはいないようだ。少しだけ同情してしまう。

「あら、どうしたの、浮かない顔して。金曜日の課題なら気にすることはないわ。大変なのは最初の課題だけで、次回からは楽な課題しか出ないみたいなの。だから、無理をさせないために最初の課題にあわせて交流会をするのが通例なのよ」

みんなに対してカレンが声をかける。来週からは課題が楽になると聞き、周囲の者たちはほっとした表情を浮かべた。

「そんなことも知らないで、せっせと課題をやるなんて……。本当に間抜けとしか言いようがないわね」

カレンが馬鹿にするみたいにメーシャを見る。メーシャはそれに反応することなく、机の上に視線を落とした。嫌われるよりも、好かれることのほうが問題なメーシャにとって、どんどん自分の株を下げてくれるカレンはありがたい存在だ。

(いい感じよ、もっと罵《ののし》って……!)

そう考えていると、カレンの視線を遮《さえぎ》るかのように大きな影が視界に入る。

「え……?」

ギグフラムがメーシャの隣に座った。

「おはようございます、メーシャ」

「……お、おはよう……」

彼と会うのは金曜日ぶりだ。寮では同じ階にいるものの、土日は部屋に引きこもって課題をやっていたし、食事の時は空《す》いている時間を狙って食堂に行っていたので、会わなかったのである。

「おはよう」

ギグフラムとは反対側から声をかけられ、振り向くとユスターが隣に座っていた。もちろん、彼と会うのも金曜日ぶりだ。

メーシャを挟むようにギグフラムとユスターが座ったので、余計に注目を集めてしまう。なにせ、この二人は目立つ容姿をしているのだ。

「お前ら、課題は終わったのか？」

ユスターの声が講堂内に響いた。彼はとても通る声をしている。

「私は終わりましたよ。メーシャはどうです？」

「わたしも終わったわ」

「そうか、俺も無事に終わった。金曜の夜から土日まるまる使って、ようやくだ。金曜の夜にサボっていた奴が平日に挽回《ばんかい》しようと思ったら、大変じゃないのか？」

「……っ！」

ユスターがわざと挑発するようなことを言う。案の定、講堂内の雰囲気が重くなった。

（このままじゃ、わたしよりもユスターが嫌われそうだわ……！）

ざわざわとユスターへの陰口が囁《ささや》かれ始める。聞こえているだろうに、彼はまったく気にしていない様子で教本を開くと、それを読み始めた。

（皆から嫌われなきゃいけないのはわたしのほうだし、そもそも、ユスターとギグフラムからも嫌われたほうがいいのよね）

そう思ったメーシャは、わざと大きめの声で言う。

「ねえ、あなたたち。席はまだ空《あ》いてるんだし、どうしてわたしの隣に座るの？　むさい男に挟まれて、暑苦しいんだけど」

交流会をサボった三人組で仲よくするのかと思いきや、メーシャが突然嫌みを口にしたので、三人を見ていた人たちは驚いているようだ。しかし、ギグフラムは嫌な顔をするどころか微笑む。

「メーシャは優しいのですね」

「は？」

「私たちを庇《かば》うために、嫌われ役を買って出ようとしたのですね？　そんな必要はありませんよ」

「そうだ。そもそも、むさいのはギグフラムだけで、俺は違う」

自信たっぷりにユスターが言う。確かに彼は線が細いし、顔立ちもどちらかというと中性的な美形である。

「はははは。確かにそうですね。でも、騎士は逞《たくま》しいほうがいいでしょう？」

にこやかにギグフラムが答えた。

（ちょっと待って。まさか今、この二人の中でわたしの好感度が上がったりしてる……？）

わざと嫌われるような発言をしたのは、別に彼らに気を遣ったわけではなく、本当に嫌われたいからだ。メーシャ自身のためであって、彼らに対する優しさではない。

「勘違いしないで！　本当に、隣に座られたくないのよ」

「わかったわかった」

ユスターが口元を緩める。つり目がちな眼差しが、どこか優しげにメーシャを見ていた。

（う……！　やっぱり、わたしが優しい人だって勘違いされてる……！）

どうしたものか、メーシャは戸惑ってしまう。

すると講師がやってきて、そのまま朝礼が始まり、結局誤解を解くことはできなかった。

◆　◆　◆　◆

一週間のうち、研修生全員で受ける全体講義は二回ある。

それ以外は職種によって異なる授業で、祭司だけが集まる講義ではメーシャは浮いていた。誰も彼女に話しかけようとせず、それどころか近づきさえしない。

メーシャは、その時間のほうが心穏やかに過ごせていた。他者に気を遣わなくていいし、一人のほうが集中できる。

週の半《なか》ばにあった全体講義でも、ギグフラムとユスターはメーシャを挟むように座ってきた。友達になったつもりはないが、周囲から見たらさぞかし仲よく見えるだろう。

（そもそも一緒に食事しただけよね？　それで、こんなに距離が詰められるものかしら？）

交流会を欠席するきっかけを作ったメーシャに感謝しているのは本当だと思うが、だからといってわざわざ仲よくする必要はない。

金曜日になり、全体講義を受けるにあたり早めに講堂に来ていたメーシャは、わざと長椅子の端に座る。これで、両隣を挟まれることはないはずだ。

ギグフラムたちがメーシャの片側に座ってきたら席を移動しようと計画を立てる。

（もし、彼らが病《や》んでいる人間だったら厄介《やっかい》だわ。とりあえず、物理的に距離を置きましょう）

教本を読んでいると、高い位置から「あれ？」と声が聞こえた。そう、いつもならギグフラムが座る側に詰めて座っているのだ。彼が座れる場所がないので、反対側に回ってユスターの隣に行くしかない。

「メーシャ。ちょっと詰めてもらえませんか？」

ギグフラムに声をかけられるが、メーシャはわざと無視をした。かなり態度が悪い。これで、彼に嫌な印象を与えられればいいと思ったものの――

「仕方ないですね。失礼します」

「えっ」

なんと、ギグフラムは無理矢理メーシャの隣に座ろうとしてきた。彼の立派な体躯《たいく》に押されて、ずりずりと長椅子の上をお尻が滑る。

「メーシャは軽いですね。もっと食べるべきですよ」

肩と腰で押されて、メーシャは人形のように簡単に移動させられた。これには驚いて、なにも言えなくなってしまう。物腰柔らかなギグフラムが強硬手段に出るとは思わなかったのだ。それに体で押してくるなんて、まるで子供である。

「そうだな。お前はもっと肉をつけるべきだ。食べさせてやろうか？　……この前みたいに」

「……っ！」

ユスターのよく通る声が講堂内に響く。

「えっ、なに今の……？」

「あの二人はどういう関係なの？」

そんな囁《ささや》き声と一緒に好奇の視線を向けられたメーシャは、いたたまれなくなって俯《うつむ》いた。

すると、講師が入ってきて講堂内が静かになる。室内が厳《おごそ》かな雰囲気に変わったので、助かったとメーシャは思った。

「では、講義を始める。まずは初回の課題をこなした者は何人いる？　前に持ってくるように」

その講師の声に、メーシャとギグフラム、そしてユスターが課題を持って立ち上がる。課題を終わらせたのは三人だけではなく、他にも数名いた。その事実に、講師が一番驚いているようだ。

「ほう……？　長年講師をしているが、初回の課題をこなした研修生は今年が一番多い」

今年の交流会に関わるいざこざを知らないのか、講師は感心した声を上げた。ひとつひとつ課題を受け取りながら、生徒の名前を確認する。

一方で、交流会に参加して課題を提出できなかった研修生たちが向けてくる視線は鋭かった。もちろん、一番注目を集めているのはメーシャである。

講師に課題を手渡したあと、席に戻ろうとする中、メーシャを視線から庇《かば》うようにギグフラムが前を歩いた。彼の大きな体に隠れて、メーシャの姿はよく見えないだろう。さらに、後ろはユスターが歩いてくれる。

まるで、メーシャが二人に守られているみたいだ。しかも彼らは麗《うるわ》しい容姿をしているので、嫉《しっ》妬《と》と羨望《せんぼう》の混じった表情を浮かべている女子も多い。

（女子よりも、男子に嫌われなければいけないのに！　しかも、ギグフラムとユスターには嫌われるどころか仲よくなってる気がする……)

そんなことを考えつつ席に戻り、講義を受けることになった。

——翌週、祭司の講義の直前。

研修生たちはそれぞれ仲のいい人と集まり、グループを作っている。もちろん、メーシャは孤立していた。どんな小さな教室でもメーシャの隣に座る人は誰もいないし、話しかけてくる人もいない。

一人でいるのも慣れたため、講義が始まるまでの時間に教本を眺めていると、その日は珍しく男子研修生から声をかけられた。

「メーシャさん。これ、あとで読んでくれるかな?」

彼はそう言うなり、封筒を差し出してきた。かなり分厚い。

視線が交わると、ぞくりと肌が粟立《あわだ》った。ぼんやりとした顔立ちなのに、彼の視線はどこか粘《ねば》ついていて、仄暗《ほのぐら》い光を宿しながらメーシャを見つめてくる。

返事をしなかったのに、彼は教本に無理矢理手紙を挟んだ。どこで怪我をしたのか、彼の手の甲には無数のかさぶたができていて痛々しい。

異様な様子に動揺していると、講師がやってきて講義が始まった。

(この手紙、嫌な予感がするけど……一応、確かめてみようかしら)

手紙は捨ててしまいたかったけれど、確認したいことがあるので、メーシャは自室へと持ち帰る。

手紙を開くと、そこには濃い赤色のインクで文字が綴《つづ》られていた。

『研修が始まり、僕は緊張で震えていた。冬のような僕の心は、新しい季節の暖かな日差しに照らされて、春を迎えたんだ。僕は凛々《りり》しく気高い君を好きになった。君はユスターやギグフラムとよく一緒にいるけれど、僕のことも気にかけて欲しいんだ。僕のほうがずっと君を見ている。僕がどれだけ君を好きなのか、知ってもらいたい。昨日、君が食べていたものは――』

「え……」

詩的な文章で始まったと思いきや、手紙の途中からメーシャが食べたメニューの羅列《られつ》になっていた。よく見ている……と言いたいところだが、それは食堂で提供される食事そのものである。つまり、その食事はメーシャどころか、この手紙の主《あるじ》だって、ユスターやギグフラムだって同じものを食べているのだ。言い当てられたところで、すごいとは思わない。

そもそも、過去に食べたものを書かれた手紙を渡されて「まあ、素敵！　こんなにわたしのことを見ているなんて！　わたしも好き！」と感動する女性はいない。

「さすが、心が病《や》んでるだけあるわね。思考回路がおかしいわ……」

そういえばこんなものを食べてたなと懐かしくなりながら、ずらずらと書かれたメニューを眺める。

「せめて、素敵な詩で綴《つづ》られた恋文なら……って、この人の詩はいまひとつよね。途中で思い浮かばなくなって、わたしが食べたものを羅列《られつ》し始めたようにも見えるわ」

冷静に分析していると、ふと鼻に鉄くさい臭いが届いた。

（なにかしら、この臭い？）

インクとは違う臭いだ。

そこで、この手紙を渡してくれた彼の手が脳裏をよぎる。沢山あったかさぶたは、まだできて間もないものに思えた。この手紙を綴《つづ》る文字が血で書かれているのではないかと気付いた瞬間、メーシャは手紙を投げ捨てた。

「き、気持ち悪っ！」

全身に鳥肌が立つ。食べたメニューを綴《つづ》ったり、血文字で手紙を書いたりすることでメーシャを思う心の強さを伝えたいというのなら、とんだお門違《かどちが》いである。軽い目眩《めまい》を感じて、メーシャはこめかみに手を当てた。

（嫌われるために行動していたのに、なんでこんなことになったのかしら……？）

こういう異様な感情を向けられるのが、メーシャの生まれ持った性質なのだ。精神が健全でない男性を惹きつけ、心の闇を増幅させてしまう。

だからこそ、なんとか皆から嫌われるように努力していたのに、一番嫌われなければならない対象から好かれていたなど言語道断だ。血文字の手紙を渡されるだけで済んだのは、せめてもの救いだろう。手紙を渡してきた彼の好意がこれ以上成長しないように、対処しなければならない。

（一番効果的なのは顔を隠すことだけど、研修中は無理だわ。しかも、わたしが取っている行動もこの人にとっては逆効果かもしれない。なら、一体どうすればいいの？）

必死で考えていると、扉がノックされる。

「メーシャ？　今、大丈夫ですか？」

「ここを開けろ」

ギグフラムとユスターの声が扉越しに聞こえてきた。

彼らとて、心を病《や》んでいる可能性がある。それでも、彼らの声に安心してしまう自分がいて、メーシャは扉に近づき鍵を開けた。

（彼らのことも警戒しなければいけないって、わかってる。……でも、今は一人になりたくない）

難しい表情をしたメーシャを見て、二人は眉をひそめる。

床に手紙が落ちているのを見つけたのだろう、ユスターがメーシャの脇をすり抜けて勝手に室内に入ってきた。そして、手紙を拾い上げる。医官研修生である彼は、文字を見て一目で気付いた。

「なんだこれは。血で書かれてるのか？」

そのユスターの発言を受け、ギグフラムはメーシャに「入室してもいいですか？」と確認してから部屋に入ってきた。騎士研修生の彼も血にはなじみがあるのか、手紙を見るなり険しい表情を浮かべる。

「これを送ってきたのは誰ですか？」

「祭司研修生の人だけど、名前はわからないわ」

「そうか。まあ、いい。あとで調べておく。これは俺が捨てておこう」

ユスターは手紙を握りつぶす。正直、血文字の手紙なんて触りたくもなかったので、彼が捨ててくれるのはありがたかった。

「メーシャ、顔色が悪いです。この手紙を見て気分を害しましたか？　大丈夫ですか？」

ギグフラムが気遣うように声をかけてきた。

「ありがとう。動揺しているけれど、大丈夫よ」

自分一人で抱えこむのではなく、血文字の手紙を受け取った事実を第三者と共有できたことで、メーシャの心は少し軽くなった。彼らに知ってもらえただけでは、なんの解決にもならないけれど、誰かに話せて気が楽になる。

気を取り直したメーシャは、ふと訊ねてみた。

「そういえば、なんの用かしら？」

「疲労に効く薬草を調合したから持ってきたんだが、今のお前に必要なのはこれではないな。鎮静効果のある香を持ってきてやる」

「私は温かい飲み物でも用意しましょうか」

「二人とも、ありがとう……！」

彼らは香やお茶を用意して、メーシャが落ち着くまで側にいてくれた。

時間も遅くなり、自分の部屋に戻る彼らにお礼を述べたあと、一人部屋に残されたメーシャはふと考える。

（そういえば、手紙を渡してきた人のことを『あとで調べておく』ってユスターは言ってたけど、調べてどうするつもりなのかしら……？）

まさか、口頭で注意でもしてくれるのだろうか？　気になったけれど、それはあとで聞けばいいと、メーシャは気を取り直して机に向かう。

心を乱されても、勉強を怠《おこた》ってはいけない。祭司になるためにここにいるのだと、自分に活を入れて教本を開き勉強を始めた。現実逃避するかのように没頭する。

——その翌日、手紙を渡してきた彼の姿を見ることはなかった。

第二章　運命からは逃れられない

血文字の手紙を渡してきた男子が姿を消したのは一日だけで、その翌日には再び祭司の講義に出てきた。ユスターたちになにかされていないか心配になったけれど、見える部分に外傷はない。

だが、彼はメーシャから距離を取るようになった。遠くから粘《ねば》ついた視線を向けてくるものの、話しかけてきたり、隣に座ってきたりしないので、そこは安心している。

しかし、今度は彼以外の男子からぽつぽつと話しかけられるようになった。

彼らがメーシャに向ける目の奥にはよどんだ輝きが見える。この凶相に惹かれているのだろう。

交流会に参加しないと宣言した直後は、ユスターたちを除いた誰もがメーシャを遠巻きに見て、話しかけてくることもなかった。あの作戦は悪くなかったし、目論見《もくろみ》通りに嫌われたのだと思う。

だが、メーシャは孤立せず、ユスターたちと行動することが多くなった。ユスターとギグフラムは二人とも目立つ容姿をしているし、成績上位者である。

存在感がある彼らが周囲にいることで、メーシャの顔を見る機会が増え、さらにユスターたちがなにかにつけてメーシャを肯定する発言をするから、嫌悪感が薄れてきたのかもしれない。

——この凶相は、自分に好意を抱いた相手の心の闇を増幅させてしまう。

話しかけられても、相手を嫌な気分にさせるために無視をして、時にはそっけない返事をしているけれど、日に日に声をかけられる回数は増えていった。

これには困ったが、問題はそれだけではない。

研修生全員で行われる講義では、メーシャはいつも同じ席に座っていた。好きな場所に座っていいのだが、つい癖で決まった場所に座ってしまう。

その日もいつもの場所に座ろうとしたところで、一緒にいたギグフラムに腕を掴まれた。思いのほか強い力で、メーシャは顔をしかめる。

「どうしたの、ギグフラム？」

「座ってはいけません。釘が出ています」

「え？」

言われて見てみると、椅子の座面から釘が飛び出ていた。あのまま座っていたら大怪我はしないまでも、服が破れて恥をかいたかもしれない。

「危なかったわ。教えてくれて、ありがとう」

「いえ……」

椅子から飛び出た釘を見て、ギグフラムがすっと双眸《そうぼう》を細める。

木の椅子から釘が飛び出ていたところで、別に珍しくはない。しかし、その釘は真新しいものに感じた。そこに座る人間が怪我をするように、わざと打ち付けられたようにも見える。

気になって周囲を見回すと、カレンと目が合った。彼女はばつが悪そうに顔を逸らす。

(まさか……)

嫌な予感に胸がざわついた。それでも、大騒ぎするほどのことでもない。他の人が間違って座らないようにその席には張り紙をして、講師に伝えておいた。

——それからというもの、些細《ささい》な嫌がらせが増えた。

いつもメーシャが座る場所にインクが塗られていたり、虫の死骸《しがい》が置かれていたり……。一度だけ生卵なんてものも置かれていた。気付かずに座ったらちょっとした惨事《さんじ》になっていただろう。

とはいえ、階段から突き落とされたり、いきなり殴りかかられたりというような、直接的な危害は加えられていない。嫌がらせはすべて、メーシャが気をつけていれば回避することができるものだった。

これらは皆、カレンが犯人なのだろうか?

しかし、見目麗《うるわ》しいユスターとギグフラムと行動を共にすることが多い上に、彼ら以外の男性に対して高飛車に出ているメーシャは、女性から見たらいけ好かないだろう。カレン以外の女性からも嫌がらせされているのかもしれない。

嫌われるのは本望だが、座る時もなにかに触れる時も常に注意する必要があると、さすがに心がすり減ってしまう。この状況が続くのは、さすがに看過できなかった。嫌がらせを減らすためにも、せめてユスターとギグフラム以外の男性からは嫌われたい。

（なんとも思われていない状態から嫌われるのは楽だけど、好かれている状態から嫌われるのは難しいわ……。なんとか、好意を逆手《さかて》にとる方法はないかしら？）

祭司の講義が始まる前の時間に、一人でぽつんと座りながらそんなことを考えていると、悲愴《ひそう》な声色が耳に届いた。

「まさか、あの子が二股をかけてるなんて思いもしなかったよ。しかも、どちらも好きで選べないとか、わけがわからない……」

その教室にいた誰もが耳を大きくして、彼の言葉を興味津々《きょうみしんしん》に聞いている。

この研修が始まって暫《しばら》く経つが、ちらほらと研修生同士のカップルが出始めているようだ。そんな中、彼は不幸にも二股をかけられていたらしい。嘆く彼を友人たちが慰《なぐさ》めている。

（こ、これだわ！）

天啓《てんけい》が頭に閃《ひらめ》く。メーシャは立ち上がると、嘆く男子研修生の前に向かっていった。

「え……？」

自分から人へ話しかけようとはしないメーシャが近づいてきたことで、二股をかけられた彼は戸惑っている。彼の友人も、遠くで聞き耳を立てていた研修生も、一気にメーシャに注目した。そんな中、凛《りん》とした声で言い放つ。

「いいじゃない、二股くらい許すのが男の甲斐性《かいしょう》ってものよ」

室内が水を打ったように静まりかえった。言葉が出てこない彼に、メーシャは伝える。

「この国の婚姻には一夫多妻も、一妻多夫制度もあるのよ。魅力のある人間が複数の恋人を持つのはおかしいことじゃないわ。あなたが好きになった人は、それだけの価値がある女性なのよ」

「な……」

「祖母が一妻多夫制度で結婚しているから、わたしには祖父が五人いるの。おじいちゃんたちは皆仲がいいし、わたしの家は幸せだわ。一対一の付き合いが普通だという価値観なんて、紙にくるんで捨てたらどう？　わたしだって、夫は複数欲しいと思っているもの」

堂々と言い放つと、講堂内がざわつく。

確かにこの国は一夫多妻、そして一妻多夫制度が認められているものの、裕福な家の子が複数の嫁や婿を迎えるのが一般的である。嫁や婿を迎えた家は、縁続きになった家族への金銭的援助を行うので、貧困層への奉仕的な意味合いが強い制度なのだ。

結婚は夫一人に妻一人というのが一般的な考えである。好きな相手なら独り占めしたいと思うのが普通の感情だ。進んで誰かと共有したいなんてありえない。

それがわかっているからこそ、メーシャはあえて一妻多夫を希望する発言をした。金銭的援助や社会奉仕以外の理由で一妻多夫を希望するなんて、ただの男好きにしか思われない。このメーシャの発言を聞けば、メーシャに少しずつ好意を寄せていた男子研修生も幻滅《げんめつ》するだろう。

現に、二股をかけられたという彼は呆然と口を開けたままなにも言えないし、講堂内の空気も重くなっている。

（しかも、他人の会話に割りこんでお門違《かどちが》いな助言をするのも、嫌われる要素満点よね）

これで嫌われるだろう。そう思ったメーシャは意気揚々《いきようよう》と自分の席に戻る。

――しかし、そんなに上手くはいかなかった。

五人の夫を持つ祖母の血を引く、好色な女性……そう認識されて敬遠されるかと思いきや、メーシャ同好会《ファンクラブ》ができていた。予想外の事態に、さすがに頭を抱えるしかない。その面子《メンツ》には、メーシャに手紙を渡してきた彼もいる。

誰のものにもならないのではなく、皆のものになるという可能性が、心を病《や》んでいる者たちに火をつけてしまったようだ。

（わたしを好きになるのは心が病《や》んでいる人なのよ。普通の思考回路のはずがなかったんだわ……！）

自分の失策を嘆くが、嘆いたところで同好会《ファンクラブ》がなくなるはずもない。同好会《ファンクラブ》の面々は遠くからメーシャに声をかけてくるだけで実害はないけれど、どんな行動を取っても好意的なかけ声が耳に届くのはなんとも居心地が悪かった。

凛《りん》としているところが素敵だと言われたので、寝起きのまま櫛《くし》も通さずボサボサの頭で講義を受けてみれば、それすら可愛いと言われる始末。しかも、どこから聞きつけたのか、櫛《くし》を片手に現れたギグフラムに髪型を整えられてしまった。

食べかたが綺麗と言われたので、食堂でわざと拙《つたな》く食べてみると、「手を怪我しているのか？」とユスターにカトラリーを奪われ、手ずから食べさせられる。恥ずかしいからやめてくれと言っても、痛めている時に手を動かすのは駄目だと強く言い含められ、結局最後まで彼に食べさせられる羽目になった。しかも、ユスターに食べさせられる姿は子供みたいで可愛かったと、同好会《ファンクラブ》の人たちは盛り上がったようだ。

――なにをやっても、裏目に出てしまう。一体、どうすればいいのか？

不幸中の幸いとして、同好会《ファンクラブ》の人たちは遠くからメーシャに声をかけるだけで、近づいてくることはなかった。祭司の専門講義以外は、なにかにつけてユスターとギグフラムがメーシャを守るように側にいてくれるので、彼らのおかげだろう。

しかし、いつまでも彼らに頼り続けるわけにはいかない。どういった手を打つか迷っているうちに、祭司の新しい講義が始まった。化粧の講義である。

この国には様々な祭りがあるが、参加する者が化粧を施《ほどこ》すものも多々ある。一部の特殊な祭りでは祭司も化粧を施《ほどこ》す必要があるので、男女関係なく化粧技術を学ばねばならなかった。

そして、顔や体にわざと醜《みにく》い傷痕の化粧をする有名な祭りが存在した。遙《はる》か昔、体中に怪我を負いながらも村を守ってくれた神様を称えて、傷化粧と呼ばれる怪我の化粧を参列者全員がするのだが、本物に見えるような傷痕を作るのは難しい。化粧が上手な祭司でないと、その村の祭りには派遣されないのだという。

支給された化粧品を見て、メーシャはこれだと思った。

実はその祭りは、メーシャの住んでいた村の近くで行われるものだった。村の外に出る際はベールつきの帽子で顔を隠していたけれど、その祭りに参加する時だけは、顔に醜《みにく》い傷化粧をするので堂々と参加できたのだ。

その祭りがとても楽しみだったメーシャは、必死で化粧の練習をしたのでとても上達した。メーシャの傷化粧は、本物の傷痕に見える出来映えなのだ。

この傷化粧を施《ほどこ》せば、メーシャの凶相の影響は少なくなるだろう。そう考えて、メーシャは早速講師に陳情する。

身代わり防止のために研修生は顔を隠せないが、傷化粧ならば本人かどうかの見分けはつく。

メーシャは祭司として化粧の腕を磨きたいので、日々練習したいと願い出た。

やる気のある研修生には講師も寛容である。華やかな化粧ではなく、醜《みにく》い傷化粧ならば風紀を乱すこともないし、成績が上位であるメーシャは講師たちの覚えもよかったことから要望はあっさりと受け入れられた。もちろん、このことを知るのは講師だけで、研修生たちは知る由《よし》もない。

（これで、ユスターたちの本心がわかるはず）

彼らはとてもメーシャによくしてくれた。いい友人だと思っている。それでも、彼らの性別が男性であるが故《ゆえ》に、メーシャの凶相に惹かれているだけなのでは……という疑念がつきまとっていた。

傷化粧を施《ほどこ》しても彼らがメーシャと今まで通り仲よくしてくれたならば、彼らの精神は健全だという証拠になる。安心して友人関係を築いていけるだろう。

メーシャはわざと全体講義が行われる日に傷化粧をして、彼らの反応を窺《うかが》うことにした。左頬に、火傷《やけど》のようにただれた化粧を施《ほどこ》す。

講堂に向けて廊下を歩いていると、メーシャの顔を見た研修生たちが「ひっ」と声を上げた。メーシャの傷化粧は非常に手がこんでいて、ぱっと見では化粧だと思わないだろう。

講堂につくなり、メーシャの顔を見たカレンは高笑いをした。

「あはははは！　お高くとまってるから、罰《ばち》が当たったのね！　いいざまだわ！」

綺麗なメーシャの顔に傷痕ができたことが、彼女はとても嬉しいようだ。他人の不幸を喜べるとは、なんておめでたい人間なのかと思う。

講堂では、醜《みにく》い傷痕をつけたメーシャのことを気味悪がって、誰もが近くに座りたがらなかった。同好会《ファンクラブ》の声も聞こえてこない。

（この化粧、かなり効果があるみたいね。よかった。先生の許可も取ったし、研修終了までずっと続けようかしら）

そんなことを考えていると、ユスターとギグフラムが講堂に入ってくる。いつも通りメーシャを挟んで座ろうとした彼らは、彼女の顔を見て目を見張った。

「おい、その顔どうした。誰かにやられたのかっ？」

形相を変えたユスターが、肩を掴んで問いかけてくる。医官研修生の彼によく観察されたら化粧であるとばれてしまうかもしれないと、メーシャは咄嗟《とっさ》に手で傷痕を隠した。

「自分でやってしまったの。見られたくないから、あまり見ないで」

ギグフラムもまた、心配そうにメーシャの顔を覗きこんでくる。

「本当に自分でやったのですか？　どうしたら、このような酷い傷ができるというのです。……嫌がらせをされたのではないですか？　よく見せてください」

騎士研修生である彼も、傷痕など見慣れているだろう。遠目ならともかく、近くで見られたらばれてしまうとメーシャは手で隠し続ける。

「本当に自分でやったのよ。お願いだから、見ないで！」

強く拒絶すると、彼らが無理強《むりじ》いしてくることはなかった。メーシャはほっとする。

それと同時に、顔を醜《みにく》くしても彼らが心配してくれて、嬉しく感じた。

（凶相に惹かれただけなら、その顔が傷痕で隠れたらわたしに興味をなくすはず。こうして心配して隣に座ってくれるってことは、ユスターたちは本当に友達なんだわ……）

じんと心が温かくなって、うっかり目が潤《うる》んでしまう。しかしそれは、端《はた》から見れば、傷を負ってしまった女性が辛くて涙ぐんでいるように見えただろう。

「……っ」

ユスターとギグフラムは無言で視線を合わせ、頷き合う。

——彼らがとんでもない行動を起こすなんて、この時のメーシャは予想もしていなかった。

◆　◆　◆　◆

傷化粧をするようになってからというもの、メーシャの生活に平穏が戻ってきた。

メーシャの凶相に魅《み》せられた男たちは遠ざかり、同好会《ファンクラブ》もいつの間にか解散したようだ。カレンを筆頭とするメーシャのことを嫌っている者たちも、綺麗な顔が傷ついたことにご満悦らしく、嫌がらせをしてくることがなくなった。

もっとも、「気味の悪い顔」だの、「よくあの顔で堂々と歩けるものね」と聞こえよがしに悪口を言われることがある。しかし、メーシャにとってその悪口は、傷化粧が本物に見えるという賞賛でしかない。それに、椅子に変なものを置かれたりする嫌がらせより、嫌みを言われるほうがましだ。ユスターとギグフラムは、以前と変わらずメーシャの側にいてくれる。細心の注意を払って、メーシャは彼らの近くでは手で傷痕を隠していた。その所作が傷痕を気にしているように映るのか、彼らはあまり傷を見ない。

彼らが一緒にいてくれることと、ささやかな気遣いが嬉しくて、メーシャは度々《たびたび》心からの笑みを浮かべるようになった。

くだらない雑談に微笑めば、彼らの頬に微かに朱が差す。浮かれていたメーシャは、そんな些細《ささい》な変化を見過ごしていた。だから、無防備な表情をどんどんさらけ出してしまう。

（ユスターたちは、この傷を見てもわたしから離れていかない。つまり、彼らとの関係に凶相は関係ないんだわ。実は嘘の傷痕だって、彼らにだけ伝えてみようかしら）

顔を傷つけても仲よくしてくれる彼らのことを、メーシャはすっかり信用していた。ユスターたちになら知られてもいいというより、知って欲しい気持ちがわき上がってくる。今後を見据えて、凶相持ちだということも相談してみようか……という考えまで脳裏をよぎった。

彼らのことをずっと警戒していたから、その心配が晴れた反動で一気に彼らに心を寄せてしまう。

以前は彼らがメーシャの部屋を訪ねてくることはあったが、その逆はなかった。しかし、最近ではメーシャのほうから彼らの部屋を訪ねることが多い。……とはいっても、なぜかユスターの部屋だけは入れてもらえず、彼の部屋を訪ねた時はメーシャの部屋に移動することになるのだが。

——その日の夜、祭司の講義で出された課題をしている最中に、騎士について気になることがあったので、メーシャはギグフラムの部屋を訪れた。夕食は終わっているが、まだ寝るのには早い時間である。

「ギグフラム、いる？」

ノックしながら声をかけると、扉が開けられる。どうやら風呂上がりのようで、彼の黒髪はしっとりと濡《ぬ》れていた。

「……！　ごめんなさい、こんな時間に。また明日、出直すわ」

「いいえ、構いませんよ。廊下は冷えますから、とりあえず入ってください」

「ありがとう」

案内されるまま、メーシャは彼の部屋に入る。

普通なら、年頃の男女が部屋に二人きりになるなど、なにがあってもおかしくはない。しかし、凶相に惹かれなかった彼らは健全な精神を持つ友人であり、いきなりメーシャに襲いかかってくるはずはないと思いこんでいた。

風呂上がりのギグフラムは、飾り気のない服装をしていた。生地が薄いのだろう、彼の逞《たくま》しい胸板がはっきりとわかってしまう。濡《ぬ》れた髪と素朴《そぼく》な服装は色気があって、少しだけどきりとしたけれど、友人をそんな風に見るのは失礼だとメーシャは気にしない素振りで話しかけた。

「祭司の課題で、騎士と一緒にする祭りについて調べるものがあったの。この本のここを見て。この絵とこの絵で騎士の服装が違うでしょう？　どうしてかしら？」

教本を開きながら、メーシャは訊ねる。

「ああ、なるほど……。まず、こちらは祭り用の正装で、こちらは葬儀用の正装です」

「葬儀用の？」

「ええ。この衣装を着て参列しているのなら、おそらく――」

ギグフラムが丁寧に説明してくれるので、メーシャは真剣に聞き入る。

「……なるほど、そういう理由があったのね！　ありがとう、とても勉強になったわ」

「お役に立ててなによりです」

ギグフラムが微笑む。

「じゃあ、遅い時間にごめんなさい。帰るわね」

来客用の椅子から立ち上がろうとすると、彼に手を引かれた。

「あっ……」

ぐいっと抱き寄せられ、彼の厚い胸板に顔が埋《う》もれる。筋肉だからさぞかし硬いだろうと思っていたその胸は思いのほか柔らかくて、メーシャは驚いてしまった。

「ギグフラム、どうしたの？」

「あなたはとても頑張っていますね。しかし、祭司は顔に傷があると参加できない祭りも多いと聞きました」

まるで幼子を可愛がるような手つきでメーシャの頭を撫《な》でながら、彼が辛そうに呟く。

実は祭司にとって、顔はかなり重要な要素だった。メーシャが成績上位者であるのも、好成績であるのもさることながら、容姿による加点も大きいのだ。

ギグフラムの言う通り、王族が参加するような祭りや式典などは、顔に目立つ傷がある祭司は参加できない。とはいえ、この傷は偽《いつわ》りのものだ。

それを知らないギグフラムは、メーシャを不憫《ふびん》に思っているのだろう。

(心配をかけてしまっているし、そろそろ本当のことを話したほうがいいわよね。でも、ギグフラムだけに先に話すのもユスターに悪い気がするわ。どうせなら、二人一緒に打ち明けるべきよね)

今のメーシャにとって、ギグフラムとユスターはどちらが上でどちらが下ということはなく、二人とも同じくらいに大事な友人だと思っている。

だから、真実を伝えるにしても、二人が揃っている時に伝えたい。

「あの……」

予定を聞こうとしたところで、彼が先に口を開いた。

「明後日《あさって》の土曜日、時間がありますか？　ユスターと一緒に話したいことがあるのですが」

「ええ、もちろんよ」

二人一緒なら丁度いいと思ったメーシャは頷く。焦る必要はないし、傷のことは土曜日に話せばいいだろう。

「では、土曜日の午後にユスターの部屋に来てください」

「えっ？　ユスターの部屋に？　中に入れてもらえるの？」

ユスターの部屋には入れてもらったことがないので、メーシャは驚いてしまった。

「ええ、大丈夫です。許可は取ってありますから」

ギグフラムがにこりと笑う。

「ユスターの部屋に行くのは初めてだわ」

以前、彼は自分の部屋を薬の匂いがすると言っていたが、それほどまでに薬草で溢《あふ》れているのだろうか？　ユスターのことだから、部屋は綺麗にしてありそうだ。部屋の中がどうなっているのか、わくわくしてしまう。

「課題を終わらせてから来てくださいね」

「ええ、わかったわ。じゃあ、わたしは帰るわね。おやすみなさい」

「おやすみなさい、メーシャ。いい夢を」

メーシャは軽い足取りで部屋に戻る。その後ろ姿を見送るギグフラムの目が仄暗《ほのぐら》い色を浮かべていたことなど、気付かなかった。


――土曜日、メーシャははりきって午前中のうちに課題を終わらせた。

毎週金曜日に研修生全員に出される課題は、カレンの言っていた通り、大変なのは初回だけだった。ここのところ出されている課題は半日もあれば終わる量である。だから、初回の課題をあえてやらないという選択も悪くはない。……もっとも、メーシャは嫌われるために交流会へ参加せず、初回の課題を提出したのだが。

今日の課題は予想以上に簡単だったし、ユスターとギグフラムは優秀だから、彼らも終わっているだろう。とはいえ、医官や騎士の講義でも別の課題が出ているかもしれないと、あまり早い時間には行かないことにする。

午後とだけ指定を受けていたので、午後二時を回ってからメーシャはユスターの部屋を訪れた。

「よく来たな。ギグフラムはもう来ている。入れ」

ユスターは扉を開けて、メーシャを招き入れてくれる。

「失礼します。……って、え……？」

部屋の中に入って、メーシャは驚いた。

成績上位者に与えられる個室の広さはばらばらで、女性のほうが広い部屋を割り当てられる。だからギグフラムの部屋はメーシャの部屋に比べて狭かった。

しかし、ユスターの部屋は入り口こそ狭いものの、その奥はとても広くなっている。しかも、壁がメーシャやギグフラムの部屋と比べて、かなり頑丈そうに見えた。入り口も廊下側の扉は普通の扉なのに、内側から見ると高価な石材が使われていることがわかる。内鍵の作りすら違っていた。

机や椅子といった調度品とて、とうてい研修生が使う品物には見えない。年季は入っているが総じて高価そうであり、まるで貴族が使うような部屋だった。

予想とはまったく違う部屋に、メーシャは目を瞠《みは》る。

「なんだか、すごい部屋なのね……。入れてもらえなかった理由がわかったわ」

研修生は自分で部屋を選べない。これほどすごい部屋を割り当てられてしまったら、嫉妬《しっと》が怖くてさすがに誰かを中に招くことはできないだろうと、メーシャは一人で納得する。

ユスターは一番豪奢《ごうしゃ》な椅子に腰かけると、足を組んだ。ギグフラムも椅子に座っているので、メーシャはとりあえず彼の隣に座る。すると、ユスターが口を開いた。

「この部屋は普段の研修では使われることはない。王家の血を引く者が研修を受ける時だけ、使われることになる」

「え？　王家の血って…………え？」

「俺の父親は王弟だ。爵位は公爵で、俺も王位継承権を持っている。……まあ、下位だがな」

「……ええええっ？」

さらりと告げられた事実に、メーシャは思わず大きな声を上げてしまった。

「ご、ごめんなさい。叫んだら廊下に響いちゃうわよね」

「気にするな。この部屋は完全防音だ」

「そうなの……」

確かに扉も壁もかなりしっかりしているので、防音だと言われれば納得する。

「昔からこの国の王族は一人だけ、王族であることを隠して生活することになっている。クーデターが起こっても、王族の血を残すためだ。俺がたまたまその役目を賜《たまわ》り、王弟の子息であることを隠して生きてきた」

ユスターが淡々と話す。メーシャはちらりとギグフラムを見た。彼は表情ひとつ変えていない。

「私は知っていましたよ。私は代々王家に仕える騎士の家系でして、小さい頃から騎士としての修業を積みつつ、ユスターの護衛をしていました」

「……っ！」

ユスターが王族というのも驚きだが、代々王家に仕える騎士の家系というのも、かなりすごいのではなかろうか？　突然明かされた事実に、メーシャはぽかんと口を開ける。

「王族とはいえ、王になれるのは一人だけで、他の王子は騎士になったり、祭司になったりするだろう？　だから、一般の民《たみ》と同じようにこうして研修を受ける必要がある。王族が研修を受けるとなれば話題になるが、俺は今まで公《おおやけ》の場に出ていなかったからな。俺が王族であることを知るのは、ここではギグフラムと一握りの講師だけだ」

「そんな重要な話、わたしが聞いてもよかったの？」

メーシャは不安になってしまった。おそるおそる訊ねると、ユスターが口角を上げる。

「構わない。ここ最近、第一王子と第二王子に立て続けに息子が生まれて、俺の継承順位も大きく下がった。王族であることを隠す役目は新しく生まれた子が担《にな》うことになるので、今の俺は身分を明かしても問題はない。……まあ、面倒だから伏せているが」

「王位継承権を持つとわかると、急にすり寄ってくる者が出てきますからね。ユスターはそういうのが嫌いなんですよ。だから、このことは内密にお願いしますね」

ギグフラムが唇の前で人差し指を立てる。メーシャはこくりと頷いた。

「わかったわ、誰にも言わない。……もしかして、今日わたしをここに呼んだのは、今の話を教えてくれるため？」

「いや、違う。そっちはついでで、本題ではない」

ユスターはそう言うと立ち上がり、部屋の奥から籠《かご》を持ってきた。籠《かご》の中には、細いツタのような植物が入っている。

「これは貴重な植物で、遠方から特別に取り寄せたものだ。傷によく効く」

「えっ」

メーシャは思わず、傷化粧を手で押さえた。

「その傷では祭司としての仕事に影響が出るだろう。今からこれを使って治療を行う。その治療の方法だが、特定のやりかたで経膣《けいちつ》内にこの植物の分泌液《ぶんぴつえき》を塗りこむ必要がある」

「けいちつない？」

耳慣れない言葉に、メーシャは小首を傾げた。

「本で説明したほうが早いな」

ユスターが今度は大きな医学書を持ち出してくる。開かれた頁《ページ》には男性器の絵が描かれており、籠《かご》に入っているツタが結び目を作りながら男性器に巻き付けられていた。

「な……！」

あまりにも詳細な絵に、メーシャは顔を赤くする。

「このように男性器に巻き付けてから膣《ちつ》に挿入し、膣壁に何度も擦《こす》りつける。すると、このツタから分泌物《ぶんぴつぶつ》が出て、傷によく効くそうだ。しかも、精子と交わることでより効能を増す。その分泌物《ぶんぴつぶつ》は精子の種類が多いほうが望ましいらしいが……まあ、二人で十分だろう」

「は？　ちつ……膣《ちつ》って……、えっ？」

ユスターの説明通りのことが医学書に書かれていた。詳細な挿絵《さしえ》がつけられているけれど、情欲を駆りたてるようなものではなく、いたって無機質に真面目なものとして描かれている。

「これは房中術《ぼうちゅうじゅつ》といって、海の向こうにある国の医学だが、高い効果が望めるようで、こうして医学書にも載っている。ただし、行為が行為だから一般的に浸透はさせられず、この医学書は閲覧《えつらん》権限が設定されている」

そう言って彼は医学書を閉じた。表紙にはものものしい朱判が押してあり、「王族と宦官《かんがん》以外の閲覧《えつらん》禁止」と記されている。

「お前の傷を治すために他の手段がないかも調べたが、後遺症はなく高い効果を望む場合、この方法が一番のようだ。始めるなら早いうちがいいだろう。……というわけで、今から治療をする」

「ま、待って！　治療をするって、つまり……」

「そういうことです」

隣に座っていたギグフラムは立ち上がると、メーシャを抱き上げる。部屋の奥に進んで、三人乗っても余裕なくらい大きな寝台にメーシャを運んだ。ふかふかの布団の上に下ろされて、王族の寝具の質に感動しながらも、メーシャはぶんぶんと首を横に振る。

「あのね、治療の必要はないの！　実はこの傷は作り物で、化粧なの！」

「作り物だと？」

ユスターがメーシャに顔を近づけてきた。医官研修生である彼なら、間近で見ればこれが本物の傷かどうかわかるだろうと思ったが、ユスターは小首を傾げる。

「どう見ても傷だろう。……お前の美しい顔に傷がある。治療しなければいけない」

すっと細められた彼の双眸《そうぼう》を見て、メーシャの背筋を冷たいものが走り抜けた。ユスターの目つきがどこかおかしいのだ。——まるで、凶相に魅《み》せられたかのような目つきである。

「ギグフラムも見て！」

助けを求め、メーシャは声をかけた。ギグフラムもメーシャの傷を覗きこむが、彼もユスターと同様のことを言う。

「私も多くの傷を見てきましたが、本物の傷にしか見えません」

ギグフラムの眼差しもまた、どこかよどんでいた。

(どういうこと？　まさか、凶相の影響で、おかしく見えているとでもいうの……？)

動揺しているメーシャの服に、ギグフラムの手が伸ばされる。脱がされると思ったメーシャは、咄嗟《とっさ》に手で両肩を抱きしめた。

「待って！　そもそも、赤ちゃんができたらどうするつもり？　研修中なのよ！」

「精子の働きを消す薬を飲んでいるから、妊娠は絶対にない。それに、こういうことをする以上、お前は責任を取って俺の嫁にする。だから最初に王族であることを打ち明けたんだ」

「もちろん、私のお嫁さんにもしますよ。メーシャのおばあさんには五人の夫がいるのですよね？以前、メーシャが祭司研修生たちの前で一妻多夫を望むと宣言したと、噂《うわさ》で聞きました。私たち二人を夫にすることは、あなたにとっても望むことでしょう？」

「そ、それは……！」

かつての発言が自分に跳ね返ってきている。このままでは流されてしまうと思ったメーシャは、彼らを諭《さと》すことにした。

「責任を取るといっても、あなたたちの気持ちはどうなるの？　好きでもない人と結婚して、幸せになれると思う？　それに、治療という目的があっても、こういうことは恋人とすべき行為でしょう。もっと自分を大切にして」

内心動揺していたけれど、できる限り落ち着いた口調で語りかける。彼らは優秀で頭もいいから、理解してもらえると思っていた。だが――

「自分を大切にするために、あなたの傷を治したいのです。私の顔はいくら傷ついても構いませんが、あなたが傷つくのは心苦しいです」

「それに、どうして俺たちがお前を好きでないと決めつけるんだ？　まさか、好きでもない奴にこういうことをする人間だと思っているのか？」

「え……」

「メーシャ」

ギグフラムはメーシャの左手首を掴むと、己の胸元に当てさせる。掌《てのひら》に胸の鼓動が伝わってくる。

そこはとっとっとっ……と速く脈打っていた。

「医学の知識がなくても、脈が速いか遅いかくらいはわかるだろう」

ユスターもメーシャの右手首を掴み、己の胸板に触れさせる。彼の胸も早鐘《はやがね》を打っていた。

「えっ……？」

両手から伝わってくる彼らの胸の鼓動につられるように、メーシャの胸も高鳴る。

「好きですよ、メーシャ」

「好きだ。友人ではなく、一人の女として、お前のことが」

伝えられた愛の告白に、メーシャは目を丸くした。わけがわからず、頭の中が真っ白になる。

「す、好き……？　顔が？」

自分に好意を寄せるのは、凶相に惹かれた男だけのはずだ。思わず口走ったその言葉を、彼らは間髪容《かんはつい》れずに否定する。

「お前の魅力は顔じゃないだろ。……いや、顔も抜きん出て綺麗だが」

「私たちは、交流会の誘いを堂々と断ったあなたに興味を持ったのです。しかし、メーシャはずっと私たちに壁を作っていたでしょう？　よそよそしさを感じていました」

「それなのに最近は……特に顔に傷ができてからのお前は無防備に笑いかけてくるし、夜に部屋にやってきて二人きりになる回数も増えるし……」

二人のメーシャを見つめる視線が熱を帯びる。その眼差しは、祖父たちが祖母を見つめる眼差しと同じものだった。

「最初につれなくされたぶん、一気に歩み寄ってこられたら……ころりと堕《お》ちますよ。男は単純ですから。あなたの性格上、男を誑《たぶら》かすようなかけひきを楽しんで、私たちの心を弄《もてあそ》んでいるとも思えませんし」

「それとも、そっけなくしておいてから、急に距離をつめてきたのは計算か？」

すっと、ユスターの目が細められる。一転して恐ろしい視線を向けられたメーシャは、ひゅっと息を呑んだ。

「計算なんかじゃないわ。部屋を訪れたのは単純に、課題や勉強で知りたいことがあったからで……」

「お前はもう十八だろう？　夜に男と二人きりになる意味を知らないとは言わせないぞ。顔に出さないように努力していたが、どれほど心が乱されたか……」

ユスターの発言は正論で、自分の浅はかな行動を後悔する。

彼らは自分に恋心を抱いていないと思いこみ、勝手に信用してしまった。男女が密室に二人きりになるのは望ましくないという一般常識よりも、自《みずか》らの知的欲求を優先したのはメーシャである。

——それが、彼らの心を揺さぶるとは予想だにしていなかった。

「私たちはメーシャの部屋に行く時、必ず二人で行くようにしていました。あなたのことを気遣っていたのに……最初に一線を越えてきたのはメーシャのほうですよ。夜の部屋に二人きりになるくらいには、私たちのことを好きなのでしょう？」

ぐっと、手首を握る彼らの手に力がこめられる。痛くはないけれど、触れられた部分がとても熱い。掌《てのひら》から伝わる鼓動は速いままだ。

「好きだ、メーシャ。自分で気付いていないだけで、お前も俺が好きだろう？」

「それとも、私のほうが好きですか？　それならば、効能が落ちても一人だけで治療しますが」

「俺だけがいいか？」

「私を選びますか？」

二人に詰め寄られて、メーシャは首を横に振った。

「どちらかを好きというわけじゃなくて……」

——どちらも好きではない。

そう言いかけたけれど、言葉にならない。好きではないと断言できなかったのだ。

（わたしはユスターにもギグフラムにも恋愛感情はなかったわ。……でも、本当にそうなの？）

先ほど伝えられた言葉が胸にひっかかって、彼らへの思いを否定できなくなってしまう。メーシャ自身も自分の心がわからなかった。

「じゃあ、私たち二人のことが好きですね？」

ギグフラムが笑みを浮かべながら訊ねてくる。優しげな微笑みなのに、有無を言わさぬような威圧感があった。

「それは、その……」

「自分でもわからないのか？　なら、俺が決めてやる。お前は俺たちが好きだ。そういうことにしておけ」

ユスターがきっぱりと言い切った。

「ともあれ、治療はするぞ」

そう宣言して、彼はメーシャから離れた。掴まれていた手首が熱を失って、鼓動が伝わってこないことを寂しく思ってしまう。

ユスターは寝台から下りると、棚へと向かっていった。彼の後ろ姿を眺めていると、今度はギグフラムが自分の胸からメーシャの手を離して、その甲に唇を落とす。

「……っ！」

「好きです」

柔らかな唇の感触に、かっと全身が熱くなった。手の甲へのキスなんて、挨拶《あいさつ》では珍しくもないだろうに、それだけで心が乱れた。

何度も何度も手の甲に口づけるギグフラムを見ていると、液体が入った小瓶を手にしたユスターが戻ってくる。

「これは痛覚を鈍らせる薬だ。お前はおそらく処女だろう？　破瓜《はか》は痛いというからな。これからお前を抱くが、痛みを味わって欲しくはない」

これからお前を抱くとはっきり告げられて、メーシャは再び動揺する。

（どうしよう。このままじゃ流されてしまう。でも……）

メーシャの初恋は自分を助けてくれたアルで、今も彼のことを好きだと思っていた。

でも、彼のことはなにも知らないし、一度会っただけだ。ずっと手紙をくれたけれど、メーシャは返事を書けなかったので、一方的な交流しかない。

しかし、ユスターとギグフラムのことはよく知っていた。彼らの好物も、嫌いなものも、仕事の考えかたも、ちょっとした癖までわかっている。

なにより、ユスターもギグフラムもメーシャを気遣ってくれた。今だって色に惑《まど》わされているわけではなく、メーシャの傷を治そうとしてくれているのだ。

(嫌だと泣きわめいて激しい抵抗をしたら、きっとやめてくれる。なのに、……嫌じゃない)

戸惑いながらも、拒絶することはできなかった。するとユスターは瓶の蓋《ふた》を開け、液体を自分で飲む。その液体はメーシャが飲むべきものではないのかと思った次の瞬間、顎《あご》にくいっと指をかけられ、顔を固定される。

「……んむっ！」

一瞬で距離を詰められて、唇が重なった。そのまま唇を開けられて、液体が口内に注がれる。

「んっ、んうっ……」

なす術《すべ》もなく、液体を飲みこまされた。小瓶の中にはまだ薬が残っており、ユスターはそれを口に含むと再び口づけてくる。

「はぁっ、んく……ぅ」

すべての薬を口移しで与えられた。瓶は空《から》になったけれど、ユスターの唇はメーシャから離れていかない。

「あぁ……んぅ、はぁっ……」

彼の細長い舌がメーシャの口内をかき回し、震える舌を搦《から》め捕る。舌先をつつかれ、ざらついた部分を擦《す》り合わされると、体が痺《しび》れる気がした。くちゃくちゃと粘着質な音が耳に届いて、頭がぼうっとしてくる。

（これが、キス……？）

生まれて初めての口づけはとても気持ちがよかった。重なる唇の感触と擦《こす》れる舌の心地に、体がふわふわとしてしまう。

「メーシャ」

ユスターとのキスに夢中になっていると、拗《す》ねたようなギグフラムの声が聞こえた。彼はメーシャの指を口に含み、しゃぶりながら舌を絡めてくる。

「あっ！」

ギグフラムの肉厚な舌がメーシャの指をねっとりと舐《ねぶ》る。ざらついて、濡《ぬ》れた舌が指の付け根をなぞり、思わず腰が揺れた。彼はメーシャの指を舐めつつ、服に手を伸ばす。

両脇を挟まれて、メーシャには逃げ場がない。唇を捕らえられたままではろくに体も動かせず、服を脱がされてしまった。ギグフラムが腰紐をほどき、ユスターが釦《ぼたん》を外し、あっという間に上半身が露《あら》わになる。中途半端に脱がされた服は、腰のあたりでくしゃくしゃになっていた。

「ああ……胸の先が尖っています。もしかして、あなたも興奮しているのですか？」

つんと、ギグフラムの指先が胸の先端をつつく。触れられて初めて、そこが硬くしこっていることにメーシャは気付いた。

「嬉しいです」

ギグフラムがメーシャの乳嘴《にゅうし》をぱくりと口に含む。そしてもう片方の胸を優しく揉《も》みしだいた。

「んうっ！　むっ、ん――」

胸の先端がぬめつく口腔《こうこう》に誘われる感触に、ぴくりと腰が跳ねる。しかし、嬌声《きょうせい》はすべてユスターの口内に呑みこまれた。彼はメーシャの唇を解放してくれないので、ずっと口づけられたままだ。

「はぁ……メーシャ、メーシャ……」

名前を呼びながら、ギグフラムが胸を吸う。軽く歯を立てられると甘い痺《しび》れが背筋を走り抜け、一際《ひときわ》大きく体が跳ねた。

(これっ、変な感じがする……っ)

乳嘴《にゅうし》を吸われつつ乳輪に沿って舌が回され、もう片方の胸の先端は太い指でくりくりと押しつぶされる。剣を扱っているからか、ギグフラムの指の皮は固くざらついていて、その指先で敏感な部分を刺激されるとじんとお腹の奥が疼《うず》いた。

「ん……っ」

まさぐられる口内も、触れられる胸も気持ちよくて、メーシャは快楽にたゆたう。足の付け根が熱くなって、無意識のうちに内股を擦《す》り合わせると、そこにユスターの手が伸びてきた。

「――っ！」

彼は腰の周囲でたわんでいた服を剥《は》ぎ取ろうとする。

「おい、服が邪魔だ。腰を上げろ」

ようやくキスを止めたユスターが命令してきた。長く口づけ合っていたせいか、彼の唇とメーシャの唇の間に細い糸が紡《つむ》がれている。その糸がぷつりと切れた瞬間、メーシャは気恥ずかしくなって瞳を潤《うる》ませた。

「その顔……」

そう呟いたユスターの頬が微かに赤い。まるでメーシャに見惚《みと》れたかのように、うっとりと鈍色《にびいろ》の目を細めた。もともと、彼はどこか中性的な雰囲気を持つ美形だ。尋常ではない美貌が色を帯び、メーシャはどきりとする。

（わたしのこと、本当に好きなんだ……）

先ほど言葉で伝えられていたけれど、驚きのほうが勝ってしまい、素直に受け入れられなかった。しかし今、恋をする男が浮かべる独特の表情を見て、彼の思いを深く噛みしめる。

そのまま見つめ合っていると、ギグフラムがわざと音を立てて乳嘴《にゅうし》をする。

「ひあっ！」

刺激にたまらず腰を浮かせると、その一瞬で腰に溜まっていた布を剥《は》ぎ取られた。

「んうっ！　あっ、ああっ！」

ギグフラムは強めに歯を立てたり、指で弄《もてあそ》んでいるほうの先端を押しつぶしたりしてくる。そのたびに腰をびくびくと浮かせてしまい、下着もするりと脱がされた。気がつけばもう、一糸纏《まと》わぬ姿である。

「メーシャ。ユスターだけではなく、私のことも見てください」

少しだけ拗《す》ねた口調にはっとして、ギグフラムのほうを見ると、彼もまた潤《うる》んだ瞳でメーシャを見つめていた。

騎士研修生だけあって、彼はとても背が高くて体格もいい。そんな彼が、まるで縋《すが》るような視線を向けてくる。ユスターとはまた趣《おもむき》が違うけれど、それもまた恋をする男の表情だった。立派な男性なのに、どこか子犬を思わせる雰囲気に胸がきゅんとする。

「ギグフラム……」

今度は彼と見つめ合うと、ユスターの手が無防備にさらけ出された太股《ふともも》に伸びてきた。

「あ……っ」

白い腿《もも》を撫《な》でながら、彼の手はどんどん足の付け根へと向かっていく。

「足を開いて欲しい」

開けという命令ではなく、開いて欲しいという言い回しにどきりとし、メーシャは微かに足を開いた。するりと、そこに細い指が滑りこんでくる。

膨らんだ恥丘《ちきゅう》を撫《な》でたあと、彼の指先が固く閉じた秘裂に触れた。その瞬間、くちゅっと粘《ねば》ついた水音が響く。

「すごいことになってるな」

にっと、ユスターが笑った。羞恥《しゅうち》に足を閉じようとすると、ギグフラムの手もまたメーシャの秘処に伸びてくる。

「あっ！」

「本当ですね。ユスターのキスと私の愛撫《あいぶ》でこんなになってしまったのですね」

右から、左から、二人の男の指がメーシャの秘処に触れる。細くしなやかなユスターの指と、硬くごつごつとしたギグフラムの指。ギグフラムの指がいたずらに淫唇《いんしん》をめくると、内側のぬるりとした部分をユスターが擦《す》り上げた。

「ああっ！」

胸を触られるのとはまた違った感触が腰を突き抜ける。下肢《かし》が熱くなり、秘裂からじわりと蜜が滲《にじ》んできた。それは彼らの指を濡《ぬ》らし、淫猥《いんわい》な音がどんどん大きくなっていく。

「やぁ……っ、んっ、あぁ……」

大切な部分に触れられると、じんじんとしたなにかが全身に襲いかかってくる。蜜口の上にある小さな突起をギグフラムの指が擦《こす》って、さらなる快楽に呑みこまれた。

「ひあっ！　そ、そこ……っ、ぅ、あぁあ！」

メーシャはたまらず頭を振るが、ギグフラムは指の動きを止めない。ざらざらした指先を強く押し当てて、絶えず刺激をする。

「ここが気持ちいいのですね」

メーシャがびくびくと腰を揺らすたび、ギグフラムはとても満足そうだ。愛液を溢《あふ》れさせた蜜口がひくつくと、ユスターの指が秘裂に押し当てられる。つぷりと、そこは彼の指を呑みこむかのように受け入れていった。

「あうっ！」

自分ではないものが、体の中に入ってくる違和感。それでも、嫌な気分はしない。薬を飲まされているからか、痛みも感じなかった。

ユスターの細い指が、ゆっくりとメーシャの体の中に埋《う》めこまれていく。

「はぁ……っ、ん」

侵食《しんしょく》される感覚に、敏感な部分を弄《もてあそ》ばれる感覚。二人の男に攻められながら、メーシャは快楽に溺れていく。

「……っ！」

ユスターの指の付け根が淫唇《いんしん》に触れた。根元まで挿《い》れられたのだ。

「どうだ、痛いか？」

「……っ。ううん、痛くない……」

「薬は効いているようだな。しかし、お前の中はすごく狭くて、きつくて、温かくて、ぬるぬるして……指だけでもこんなに気持ちがいい」

陶酔《とうすい》したような口調で呟かれた。その掠《かす》れた声は妙に色気があり、きゅっと中をしめつけてしまう。

「そんなに誘うな。いくら痛覚を鈍らせてるとはいえ、ここをほぐす必要があるだろう？　経験はないが、知識はあるから俺に任せろ」

埋《う》められたユスターの指がゆっくりと動き始めた。強張っている肉壁を優しく擦《さす》りつつ、探るみたいに行き来する。

「あっ、あ……」

むずむずとした、不思議な感覚に襲われた。気持ちいいというよりはくすぐったい。

「……っ、ん！」

媚肉《びにく》が柔らかくなるにつれ、緩やかな指の動きが徐々に激しさを増した。抜き差しされるたび、蜜口から滴《しずく》が飛び散る。眇《すが》められた鈍色《にびいろ》の目に顔を覗きこまれると、胸が騒いだ。

「あうっ！」

細い指が抽挿《ちゅうそう》される感覚に夢中になっていると、ギグフラムが濡《ぬ》れそぼった淫唇《いんしん》を撫《な》でる。

「私もあなたの中に触れたいです」

ユスターの指を受け入れているその場所に、ギグフラムの指がゆっくりと侵入してきた。

「ひあぁん！　あっ、あ……」

無骨《ぶこつ》な指が挿《い》れられて、ぐっと内側が拡げられる。二本の指を押しこめられ、少し引きつる感覚がしたけれど、薬のおかげで痛みはなかった。

ギグフラムの指は長く、ユスターの指では届かない場所まで侵入してくる。

「ここ、ざらざらしていますね？」

そう言った彼の指先もざらついていて、奥の場所を撫《な》でられると焼けるような感覚に陥《おちい》った。鼻から抜けるような、甘い声が出てしまう。

「うぅん……っ」

「ここがいい場所なのですね？」

嬉しそうな声色で訊ね、ギグフラムがその場所を何度も擦《す》ってきた。ユスターの指もまた、メーシャの媚肉《びにく》を絶えず擦《す》り続けている。

二人の男の指がメーシャの中を蹂躪《じゅうりん》していた。長さも太さも違う指がばらばらに動いて、こみ上げてくる快楽に蜜口がひくひくとわななく。

「ま、待ってぇ……！　んうっ、あ……お願い、ちょっと止めて……！」

未知の感覚が押し寄せてきて、狼狽《うろた》えたメーシャはいやいやと首を横に振った。しかし、彼らの指の動きは激しさを増す。

「イきそうなのか？」

「一度、達しておきましょうね」

「だ、駄目！　こんな……っ、こんなのっ、ひうっ、ん……っく、あぁ……！」

ギグフラムの指を深い部分まで咥《くわ》えこんだまま、ユスターの指が浅い部分で出し入れされる。得体の知れないものに追い詰められて、どこにも逃げられない。

ユスターの親指が陰核をかすめた瞬間、メーシャの中でなにかが弾けた。

「ひあぁああ……っ！」

触れられているのは秘処だけなのに、全身が快楽に包まれて頭が真っ白になる。

二人の指をしめつけながら、メーシャはびくびくと体を震わせた。奥深くから熱い蜜がどっと溢《あふ》れて、彼らの指どころか手首まで濡《ぬ》らす。

「……っ、あ……」

目を開けているのに、視界がぼんやりとしてなにも見えない。呆《ほう》けたような表情をして悦楽の波間をたゆたっていたところ、指が引き抜かれる感触で現実に引き戻された。

「はうっ！」

二本の指が引き抜かれた蜜口は、まだもの欲しそうにひくついている。

「上手にイけたな」

「よくできました」

二人に褒められたものの、メーシャはなにがなんだかわからなくて、気が抜けたまま彼らを見つめた。ふやけた指を舐めながら、ユスターが言う。

「そろそろ大丈夫だろう。潤滑油《じゅんかつゆ》も準備していたが、必要なさそうだな」

「ええ。これだけ濡《ぬ》れているのなら、十分ですね」

ギグフラムが服を脱ぎ始めた。上着が脱ぎ捨てられ、盛り上がった胸筋と割れた腹筋が露《あら》わになる。メーシャと同様に一糸纏《まと》わぬ姿になった彼の下腹部を見て、メーシャは絶句した。

（お、大きい……っ）

メーシャは男性器を見たことがない。それでも、硬く勃《た》ち上がったギグフラムのそれが大きい部類に入ることは安易に想像できた。

「さっきの植物をこいつのに巻き付けたら、お前も辛いだろうからな。まずはギグフラムのもので中をほぐしてから、俺が治療を施《ほどこ》す」

そう言って、ユスターも服を脱いでいった。彼のものも腹につきそうな勢いで反り返っている。ユスターの色白の肌とは対照的に、それは赤黒かった。太く逞《たくま》しいのはギグフラムのほうだが、ユスターのものは長く、奥深い場所まで届きそうだ。

「あなたの初めてを、私が頂戴いたしますね」

そう口にしてギグフラムが覆《おお》い被さってきた。少し離れた場所で、ユスターは己の熱杭に結び目を作りながらツタを巻きつけている。

「ああ、メーシャ。光栄です」

ギグフラムはメーシャの下腹部をぐしょぐしょに濡《ぬ》らす蜜を指で掬《すく》うと、昂《たか》ぶったものに塗りつけた。浅黒いものがてらりと濡《ぬ》れ光る。それを見て、メーシャは思わずごくりと喉を鳴らした。

「薬のおかげで痛くはないと思いますが、力を抜いていてくださいね」

メーシャの蜜口に、彼のものがあてがわれる。腰が引けそうになるが、押さえられて逃げることはできない。

「ああ……好きです、メーシャ。愛しています」

「――っ、あぁ……！」

ギグフラムが腰を進めてきた。指とは比べものにならない太いものを押しこめられ、蜜口がぐっと拡がる。隘路《あいろ》を目一杯に開かれて、引っ張られるような感覚がした。

「ん……っ、んうっ、はぁっ、あ……」

ほんの少しだけ痛い気がするが、それよりも異物感が勝る。自分の中に入ってきた他人の体の感触とその熱さに、頭がくらくらとした。

彼の腰が進むたび、今まで男を受け入れたことのない媚肉《びにく》が拡げられていく。ギグフラムの指で散々弄《いじ》られた、奥のざらついた部分に先端が届くと、異物感は快楽に様変わりした。

「ひあっ？」

メーシャの声に艶《つや》が混じり、ギグフラムが口角を上げる。

「ああ……やはりここが宜《よろ》しいのですね？」

指で探り当てられた感じる場所に、彼自身が擦《す》りつけられた。

「んうっ！　あっ、はぁっ……ん」

腰を揺さぶられると、快楽がじわりと全身に広がり、メーシャの内側が波打つ。

「――ッ！　そんなに私をいじめないでください。よすぎて、あまり持ちそうにありません……」

気恥ずかしそうに苦笑しながら、ギグフラムは腰を動かす。根元まで突き入れられた怒張の先端は奥を刺激したあと、入り口近くまでゆっくりと引き抜かれた。しかし、全部抜かれることなく、また腰が奥に進められる。

「あぁ……っ、んぅ……」

じわじわと押し寄せる官能に、メーシャは身もだえる。嬌声《きょうせい》を零《こぼ》した唇を、ギグフラムがそっと撫《な》でた。そして、切なそうに呟く。

「本当は衝動のまま、この唇も奪いたい。……でも、今日はできないんです」

「そうだ。治療の負担を少なくするためとはいえ、メーシャの初めてをギグフラムに譲ったんだ。その代わり、今日だけはお前の唇は俺のものだと決めた」

熱杭にツタを巻き終えたユスターは、メーシャの唇に触れるギグフラムの手を払いのけると、顔を寄せてくる。

「ん……っ」

唇が重なった瞬間、メーシャの中に埋《う》められた剛直が質量を増した。

「んむっ！　んっ、あ……」

ユスターが与えてくる口づけは深く、舌の根まで吸われる。すると、ゆっくりだったギグフラムの腰の動きが速度を増した。

「んん！　んっ、んむぅ！」

ずんずんと奥まで突き入れられる。痛みはなく、粘膜が擦《こす》れ合う快楽だけが生まれた。

それと同時に口内もかき回される。震える舌は搦《から》め捕られて、執拗《しつよう》に嬲《なぶ》られた。

「メーシャ……俺の、メーシャ……」

「私のメーシャ……」

激しいキスをされながら、初心《うぶ》な蜜口を惜しみなく穿《うが》たれる。ギグフラムはメーシャの手を取ると、唇を奪えない代わりにと言わんばかりに口づけてきた。

「あっ、あぁ……んっ、んむっ、ん……」

太い怒張で擦《す》られた媚肉《びにく》はとろけ、ほぐれて、きゅっとギグフラムに絡みつく。ねだるように蜜口がひくつくと、ギグフラムのものがさらに大きくなった。

「んんっ！」

「あぁ、メーシャ……っ。メーシャ、メーシャ……！」

何度も名前を呼びつつ、彼が腰の動きを激しくする。がくがくと体が揺さぶられるが、ユスターの唇はメーシャを捕らえて離さなかった。嬌声《きょうせい》はすべて、彼に呑みこまれる。

「あっ、もう、出る……っ。メーシャ……っ！」

上擦《うわず》った声と共に怒張が打ち震え、熱い液体がメーシャの中に注ぎこまれた。内側を満たす雄液の感触に、メーシャも高みに押し上げられる。

「んん――っ」

吐精した彼のものを強くしめつけながら、メーシャは絶頂を迎えた。体に力が入らないけれど、それでも口内は蹂躙《じゅうりん》され続ける。

「このまま、何度でもできそうですけど……」

「駄目だ。治療が優先だ」

「わかりました」

ギグフラムは名残惜《なごりお》しそうに、まだ硬いままの楔《くさび》を引き抜く。純潔の証しが混じった白濁液が、こぽりと蜜口から溢《あふ》れた。メーシャの初めてを奪った事実を目にして、彼は悦に入った表情を浮かべる。

そんなギグフラムと場所を交換するようにして、今度はユスターがメーシャに覆《おお》い被さってきた。彼のものには医学書通りにツタが巻き付けられている。

「今度は俺の番だ、メーシャ。……ッ、柄にもなく緊張するな。こんな気持ちになるのは……ここまで心が揺さぶられるのは、生まれて初めてだ」

ユスターの声は、少しだけ震えていた。彼は手の甲で汗を拭《ぬぐ》ったあと、先端を蜜口にあてがう。ギグフラムの太いもので散々突かれたそこは、新たな熱杭をたやすく受け入れた。

ぐっと入り口が拡げられ、ユスターのものが侵入してくる。熱を帯びて潤《うる》んだ鈍色《にびいろ》の目が細められ、どきりとした。ツタが絡みついた竿《さお》の部分が入ってきて、人体とは違う感覚にメーシャは息を呑む。

「ひあっ！　あっ、これ……っ、あぅう！」

大きく作られた結び目が、ごりっと媚肉《びにく》を擦《す》る。上側も、左も、右も、下側も、色々な部分に作られたこぶに刺激されて、メーシャの体が震えた。

「だめっ！　ツタの結び目……っ、が！　はぅん、あっ、中をひっかいて……あぁん」

「気持ちいいのか？」

「わ、わからなくて、頭がおかしくなりそう……！　あっ、ああ……っ！」

ごつごつした結び目による快楽に、メーシャは軽く達してしまった。彼のものを強くしめつけると、ユスターが唇を噛みしめる。

「お、おい……！　俺はこれをお前の内側にっ、擦《す》りつけなければいけないんだ……。そんなに刺激してくれるな……ッ、あ……」

ユスターが切羽詰《せっぱつ》まったような声で訴えかけてくる。しかし、メーシャにはどうにもできない。彼の腰が動き、結び目が媚肉《びにく》をひっかくたびに、何度も絶頂に襲われるのだ。

「そんなことっ、言われても……っ、ああっ――！」

「イきまくるあなたも、とても可愛いですね」

ギグフラムは揺れるメーシャの胸にちゅっと音を立てて口づけた。つんと尖った先端を軽くつまれただけでまた達してしまう。

「おや？　今のはもしかして、私のほうですか？」

ギグフラムが嬉しそうにメーシャの胸を弄《もてあそ》び始める。

一方、ユスターは快楽に抗《あらが》いながら、懸命に腰を動かしていた。それは、彼が快楽を得るための動きではない。あくまでも、治療のための動作だ。

「あっ、あああぁ！」

本当は、治療なんて必要がない。今更それを口走ったところで取り合ってもらえないだろうし、なにより言葉を話せるような状態ではなかった。

何度も何度も押し寄せてくる官能に、メーシャはいっぱいいっぱいである。快楽に身を任せ、嬌《きょう》声《せい》を零《こぼ》すことしかできない。

「ん……っ、ん」

敏感な部分を刺激する結び目も、乳嘴《にゅうし》をつついてくる指と舌も、そのすべてが気持ちいい。白い肌はうっすらと桜色に染まり、しっとりと汗ばむ。気付けば涙が零《こぼ》れ落ちていた。

「あうっ！　あ――」

もう何度絶頂を迎えたのか、定かではない。すると、ユスターが呟いた。

「……よし。このくらいで大丈夫だろう」

終わりを告げる声に、メーシャは内心ほっとする。ようやく、自分を酷く翻弄《ほんろう》するこのツタを取ってもらえると思ったが、ユスターはそのまま激しく腰を抽挿《ちゅうそう》してきた。

「んんっ！　あっ、はぁん！」

「……ああ、メーシャ……！」

ギグフラムのものでは届かなかった最奥を穿《うが》たれて、メーシャは一際《ひときわ》鮮烈な絶頂を迎えた。より強く彼の怒張をしめつけると、それはメーシャの中で打ち震える。

「ク……ッ」

今度はユスターの精がメーシャの中に撒《ま》き散らされた。沢山注がれて、お腹の奥までじんと熱くなる。

（お、終わった……？）

解放してもらえるのだろうかと期待した次の瞬間、まだ硬いままの楔《くさび》がメーシャの中を再び行き来した。

「ひあっ！」

「ハア……っ、精を、ン、きちんと擦《こす》りつける必要が、ある……」

ユスターはわざと結び目を媚肉《びにく》に押し当てるように腰を動かした。硬いこぶが容赦なく雄液にまみれた膣壁を擦《す》ってくる。

すると、ぶわっと全身から汗が噴き出した。体温が上がっていく。

「んうっ？　ふぁっ、はぁ……ん」

「薬草のツタから分泌《ぶんぴつ》された液と精液が混じって……、ンっ、お前の肌に働きかけている。汗をかいてきたということは、効果が出てきたようだな？」

メーシャの様子を観察しながら、ユスターは腰を揺らし続けた。抽挿《ちゅうそう》のたび、結合部から泡だった体液が掻《か》き出される。それを見て、ギグフラムが呟いた。

「ああ……私のものはもう、大分外に出てしまったでしょうね。ユスターの次に、また私のものを注がないといけませんね」

「やあっ、そんなになんて、無理……っ」

メーシャは頬に手を当てる。すると、大量に汗をかいたせいか、傷化粧が落ちてきていた。掌《てのひら》にべっとりと粉と糊《のり》がつく。

「ん？　膿《うみ》が出てきたのか？　こんなに即効性があるとは……。もう一息で治るかもしれないな」

「そのようですね。メーシャ、もう少し頑張りましょう」

どろどろになった化粧は、彼らには膿《うみ》に見えているらしい。

「ひあっ！　あふっ、んっ！」

精液でいっぱいになったお腹の中を、ツタを巻き付けた熱杭でかき回され、結び目が与えてくる刺激に何度も何度も達してしまう。

「……ッ、メーシャ……」

切なそうな呟きと共に二度目の吐精を終えると、ユスターはようやく己を引き抜いてくれた。しかし、間髪《かんはつ》容れずにギグフラムのものが侵入してくる。

彼の太いもので隘路《あいろ》がぐっと拡がり、こぼれ落ちそうになった精が奥に押しやられた。

「あうっ！」

「はぁ……、中がすごいことになってますよ。ちゃんと私のもので、薬草の液と精をたっぷり擦《こす》りつけて差し上げますからね」

ユスターのものとはまた違った刺激を与えられ、メーシャは休む暇もなく快楽に引きずりこまれる。絶頂の連続で意識が薄れていった。

「あ……」

瞼《まぶた》が重く、目を開けていられない。二人の声が遠くなっていき、メーシャはそこで気を失った。

◆　◆　◆　◆

——両脇から安らかな吐息が聞こえる。

「……っ」

メーシャはゆっくりと目を開いた。どうやら時刻は夕方のようで、部屋の中が薄暗くなっている。

メーシャを真ん中にして、両脇にギグフラムとユスターが寝ていた。彼らの寝顔を見て、小さく溜め息を吐く。

「流されてしまった……」

そう呟いた直後、ふるふると首を振った。

（……いいえ、流されたのは彼らのほうね。わたしの凶相が彼らを惑《まど》わし、行動を起こさせたのよ。わたしに出会わなければ、こんなことをするような人たちじゃなかったはず）

メーシャはぐっと拳を握りしめた。

（わたしの責任ね。……責任は取らないと）

いくら傷を治すためとはいえ、二人がかりで抱くなど常軌《じょうき》を逸《いっ》している。通常ではありえない行動を引き起こすのがメーシャの凶相だ。

もっとも、凶相が最後の決め手になったわけではない。メーシャが彼らの部屋を訪れて無防備にしていたから、彼らの心をより強く惑《まど》わせてしまったのだ。

彼らをこんな風にしてしまった以上、責任を取ろうと腹をくくった。彼らは「責任を取る」と言っていたが、メーシャの中では逆である。

（それに、凶相持ちのわたしに与えられた選択肢は三つ。覚悟を決めて病《や》んだ男性と結婚するか、割り切って自分を愛していない男性と結婚するか、そもそも結婚しないか。……元婚約者のことは好きではなかったけれど、あの時はとても惨《みじ》めな気分になったわ。そういう相手との結婚が嫌なら、覚悟を決めるか、結婚を諦めるかだけど……）

メーシャは祖母と五人の祖父を思い浮かべる。祖父たちは病《や》んでいる様子を見せなかった。

（病《や》みかたは人それぞれ。大変な目に遭ったご先祖様もいるけれど、おばあ様は大丈夫だわ。ユスターとギグフラムは、あくまでもわたしの傷を治すためにあの行為をした。それに、妊娠しないように気を遣ってくれたわ。……たとえ病《や》んでいたとしても、理性はあるし、なによりわたしを愛し

てくれる）

それに、祖父たちの例がある。彼らの病《や》み具合や理性が祖父たちと同等ならば、メーシャも祖母のような平穏な結婚ができる可能性もあるのではないだろうか——？

（おばあちゃんはとても幸せそうだわ。もしかしたら……わたしも、そうなれるかもしれない？）

そんなことを考えながら静かに寝台を下り、洗面所を探してそこに向かった。化粧がただれた部分が気持ち悪くて、水で洗い流す。傷化粧は専用の石鹸《せっけん》がなければ落とせないのだが、薬草の効能だろうか、水だけですするんと落とせてしまった。

「わあ……」

化粧を落とした肌は、つるつるして潤《うるお》っていた。ここ最近、傷化粧のせいで肌ががさついていたのだが、綺麗に治っている。腕や足も見てみると、乾燥していた部分もすべてしっとりとしていた。しかも、子供の頃に転んで作った膝の傷痕すら綺麗に治っている。

とんでもない治療法だったけれど、あの薬草は本当に効果抜群《ばつぐん》のようだ。しみじみと鏡で顔を見ていたところ、そこにユスターとギグフラムの姿が映る。

「綺麗に治ったようだな」

「ええ、よかったです」

彼らは鏡越しにメーシャの顔を見て、安堵の表情を浮かべていた。その柔らかな微笑みに、胸の奥がきゅっとしめつけられる。

「……っ」

二年ほど前、この凶相に惑《まど》わされた中年男性がメーシャを抱こうとしたけれど、ユスターたちはあの男とは違った。欲望のためではなく、あくまでもメーシャのための行為だったのだ。妊娠しないように配慮してくれたし、王族であると打ち明けて嫁に迎えるつもりであるとも伝えてくれた。

「ありがとう」

偽《いつわ》りの傷痕だったけれど、メーシャは礼を伝えた。

「ところで、湯浴《ゆあ》みでもするか？　風呂に入るなら入れてやる」

「そうです。まだ腰が辛いでしょう？　洗って差し上げます」

「えっ」

ギグフラムが素早く近づいてきて、メーシャを抱き上げる。

「ま、待って！　一人でできるから！」

「俺たちもあのまま寝たから、汗を流したい。ついでに一緒に入る」

「えええええっ？」

メーシャは有無を言わさず浴場へと連れていかれる。王族用の部屋とあってか、浴場もかなり広い作りになっていた。

メーシャはギグフラムの膝の上に座らされ、二人がかりで全身を洗われる。鎮《しず》まったはずの体が再び熱を持ち、艶《つや》めいた嬌声《きょうせい》が唇からこぼれ落ちた。

「ふあ……っ、んぅ……」

「無理はさせたくないから、お前が嫌ならなにもしない。……でも、この場合、なにかされるほうとされないほう、どちらが辛いんだ？」

真面目な顔でユスターが訊ねてくる。彼らに洗われていない、お腹の奥深くがきゅんと疼《うず》いて、もどかしかった。ひくひくと、男を覚えたばかりの蜜口が震える。

「メーシャ、どうします？　あなたの望むようにしたいです」

ずっとメーシャを膝の上に乗せたままのギグフラムが、そっと耳元に唇を寄せて囁《ささや》く。お尻に彼の硬いものがぐりぐりと当てられた。

「これで、奥まで満たしてあげましょうか？」

ギグフラムの低く掠《かす》れた声は妙に色気があって、背筋がぞくりとする。

「……っ」

メーシャが頷くと、ギグフラムはメーシャの腰を持ち上げて、座ったままの体勢で貫《つらぬ》いた。

「ああああっ！」

背面座位の体勢となり、狭い秘裂がめいっぱいに拡がりながらギグフラムの剛直を呑みこんでいく。その様子はユスターの眼前にさらされた。

「メーシャ……」

劣情に囚われたユスターが激しい口づけを与えてくる。

「んむっ、んうっ！」

二人の男に愛されて、メーシャは再び快楽に溺れていった。

第三章　ヤンデレ殿下の略奪愛

メーシャとユスター、そしてギグフラム。三人の関係が深くなってから、二ヶ月が経とうとしていた。

ユスターたちによる「治療」のあと、メーシャは傷化粧をやめた。あれほどの傷があっさりと治ったことに周囲の研修生たちは驚いたようだが、講師の誰かが「あれは傷化粧の練習だ」と漏《も》らしたらしい。

とはいえ、精巧な傷化粧が与えた影響は大きかった。凶相に惹かれかけていた男子たちは、メーシャの顔を見るとあの醜《みにく》い傷が脳裏をよぎるようで、以前ほど寄ってこなくなった。そのおかげで、課題やらなにやらで忙しいものの、メーシャは平穏な毎日を過ごせている。

土曜の夜は自然とユスターの部屋に集まるようになった。課題に勤《いそ》しむ日もあれば、勉強をしながらこの国の未来を語り合う日もある。

――そして、特に忙しいわけでなければ、三人で密事にふける日もあった。

一妻多夫の祖父母を見ていたからか、二人の男と付き合うことには抵抗はない。五人の夫を平等に愛せる祖母をすごいと思っていたけれど、今なら理解できる。

メーシャにとって、ユスターもギグフラムも同じくらいに大切な人だ。

とはいえ、恋愛感情を抱いているかといえば、自分でもよくわからない。きっかけは治療だったとはいえ、肌を重ねてしまったし、三人での行為はなんだかんだ続けている。彼らとの交わりは嫌ではないし、熱の籠《こ》もった視線を投げかけられればどきどきしてしまう。抱かれるたび、彼らがいかにメーシャのことを愛してくれているかが伝わってきた。

メーシャの初恋はアルだ。祭司を目指すきっかけとなり、二年も手紙を送り続けてくれた彼への気持ちは、胸の奥底に残っている。それでも、このささやかな恋心はいつか思い出に変わるだろう。その頃には、ユスターとギグフラムに愛情を抱いている気がする。

まだ気持ちの整理がついていないけれど、とりあえず、今は祭司としての研修を頑張ろう——そう思い始めた頃だった。

研修ももうすぐ半年に差しかかろうという、折り返し地点である。一部の講義は内容が切り替わり、新しい講師が古城にやってくることになった。王医を務めた経験のある医官や、王族の護衛をしていた騎士など、それぞれの分野で名だたる者が講義をしてくれるのだ。

そして、祭司候補生にはこの国の第三王子が講義をしてくれるのだという。

王位継承順位の最高位にある第一王子、それに次ぐ第二王子は城で王の補佐として働いている。しかし、第三以下の王子たちは騎士だったり医官だったり、それぞれ職に就《つ》いているのだ。王族だからこその仕事をこなしているらしい。

第三王子は王族祭司として、高貴な身分の祭司が必要となる祭事を取り仕切りながら、全国を巡視しているようだ。王族がわざわざ講師として研修に来ることは珍しく、前回の王族講師は十年前とのこと。王子に顔を覚えてもらえる機会だと、祭司研修生たちは色めき立っている。

王弟の子息であるユスターは、第三王子の従兄弟《いとこ》である。ユスターは王族であることを隠して生活していたものの、極秘裏《ごくひり》に従兄弟《いとこ》たちとの交流はあったとかで、第三王子のこともよく知っているようだ。もっとも、研修中は自分の身分を隠したいので、第三王子に話しかけるつもりはないらしい。

そして、いよいよ第三王子が講師としてやってくる当日――壇上に立った男の姿を見て、メーシャは言葉を失った。

一見、黒だけれど、光の当たった部分が紫色に輝く不思議な髪。花菖蒲《はなしょうぶ》のような鮮《あざ》やかな紫色の瞳。どこか儚《はかな》げな表情は二年前とまったく変わっていない。

そう、二年前に自分を助けてくれた祭司が……アルが壇上に立っていたのだ。

(嘘っ……!? アルさん……?)

まさか自分を助けてくれた祭司が第三王子だったなんてと、メーシャは動揺する。同時に、今まで彼が手紙に送信元の住所を書かなかった理由が腑《ふ》に落ちた。

「今日からしばらくの間、ここで講師となるアルフレッドだ。今は第三王子だが、兄が王位を継承すれば臣籍降下して公爵になる。王子としてではなく、他の講師と同じように接して欲しい」

広い講堂を見渡しながら彼が挨拶《あいさつ》をする。彼はアルと名乗っていたが、本名はアルフレッドというようだ。呆然としつつアルフレッドを見ていると、ふと視線が交わった。

「……っ」

目が合った瞬間、彼が口角を上げる。

「さて、講義を始める前に言っておきたいことがある。僕の補佐が体調を崩してしまって、とても困っているんだ。そこで、今年の研修生の中から成績優秀な者を王族祭司の補佐として登用したい」

アルフレッドの言葉に講堂内がざわついた。

ゆくゆくは臣籍に降りるとはいえ、王族の補佐など光栄の極みだ。新人どころかまだ仕事を始める前の研修中なのに、そんな機会が与えられるなんて夢のような話である。祭司研修生たちは落ち着かない様子で、戸惑いと期待の入り交じった顔を見合わせていた。

メーシャもまた、信じられなかった。そんな中、アルフレッドが言葉を続ける。

「通常、王族祭司の補佐は職歴の長い祭司から選ばれる。だが、君たちは祭司の中に派閥《はばつ》があるのは知っているかい？　おそらく、諸君らも研修が終われば、派閥《はばつ》に関わるようになるだろう。しかし、僕はどの派閥《はばつ》も贔屓《ひいき》するつもりがない。よって、補佐は派閥《はばつ》に関わっていない新人祭司から抜《ばっ》擢《てき》したいと考えている」

その言葉に、研修生たちは納得の声を上げた。祭司の間にも色々な派閥《はばつ》があるというのは、皆知っている。そして、王族だからこそ特定の派閥《はばつ》に肩入れできないという姿勢も理解できた。

（王族祭司の補佐なんて、すごい仕事だわ。でも……）

アルフレッドの補佐に選出されれば、普通の祭司では経験できない特別な祭りに参加できるだろう。それはとても名誉なことだが、メーシャは選ばれたいと思わなかった。

（今のわたしがアルさんの……いいえ、アルフレッド殿下の隣に立つなんてできない）

メーシャの初恋はアルであり、彼に会いたいからこそ祭司の道を選んだ。彼の補佐になることは、ユスターとギグフラムへの裏切りに思えてしまう。

（成績が優秀な人は他にもいるし、男性であるアルフレッド殿下の補佐なら男性のほうがいいに決まってるわ。無難にしていれば、わたしが選ばれることはない）

そう自分に言い聞かせる。

そして、アルフレッドの講義が始まった。彼の話は面白く、メーシャは聞き入ってしまう。

講義の時間はあっという間で、終わりの鐘が聞こえると残念な気持ちになった。すると、アルフレッドが言う。

「今日の講義はここまでだが、現在の祭司研修生の中で優秀な者に取り急ぎ頼みたい仕事がある。……メーシャ・クリストフ」

「……っ、はい」

突然名前を呼ばれて、メーシャは戸惑いながら返事をする。

「現時点で、君が一番優秀だと聞いている。今日の講義がすべて終わったら、講師室に来るように」

「は、はい」

羨望《せんぼう》の視線がメーシャに集まる。王子から直々《じきじき》に指名されることは光栄なはずなのに、内心は複雑だった。

アルフレッドに言われた通り、その日の講義をすべて終えたあと、メーシャは講師たちの詰め所である講師室を訪ねる。講師室では大勢の講師が忙しそうに仕事をしていた。研修生とて沢山の課題が出ていて大変だが、それを評価するほうもまた大仕事なのである。

研修生は講師室入り口のすぐ側にある区域までしか立ち入りが許されないので、そこでアルフレッドと話すことになった。机を挟むかたちで二組のソファが置いてあり、大きな間仕切りで区切られている。密室ではないけれど、よほど背が高くない限り間仕切りの中は覗けないだろう。勉強熱心な研修生が講師に教えを請う時に使われる場所だ。

そこに通されたメーシャが緊張しつつ挨拶《あいさつ》をすると、アルフレッドは微笑んだ。

「久しぶりだね。改めて、国家試験合格おめでとう。合格するだけでもすごいのに、成績も優秀なんて驚いたよ」

「その節《せつ》は助けて頂き、ありがとうございました。そして、手紙もありがとうございます。あの時、殿下に助言をして頂いたからこそ、祭司になろうと思ったんです。お手紙に励まされながら、国家試験の勉強も頑張りました。頂いた手紙はわたしの宝物です」

「おや、嬉しいことを言ってくれるね。優秀な祭司研修生が誕生したのだから、手紙を送った甲斐《かい》があったよ」

アルフレッドはとても嬉しそうだ。

「まさか、アルさんが殿下だとは思ってもいませんでした。殿下に対し、なにか無礼なことをしてしまっていたら申し訳ございません」

そう言ってメーシャは頭を下げる。

「いや、なにも失礼なことなどなかったよ。王都に住んでいるならともかく、貴族でもない村人が第三王子の顔なんて知るはずもないだろう？」

「そ、それは……はい」

答えにくい質問だったけれど、彼がメーシャに気遣わせないようにあえて言ってくれたとわかったので素直に頷く。

「それに、王子ではなく一人の祭司として接して欲しかったんだ。君のことが気がかりで手紙を出したけれど、王子から届いたとわかれば恐縮してしまうだろうから、偽名のまま出し続けた。君が王子としての僕ではなく、祭司としての僕の言葉に影響されてこの道を選んだことを誇りに思うよ。こんなに嬉しいことはない」

「殿下……」

「殿下と呼ぶのはやめてくれ。数年以内には臣籍降下をするだろうし、仰々《ぎょうぎょう》しい態度は取らずに、もっと気を抜いて話して欲しい。せめて他の講師たちと同じように呼んでくれないか」

王子であるというのに、アルフレッドはかなり気さくらしい。思えば二年前もとても王子とは思えない接しかただった。第三王子の呼び出しに緊張していたけれど、少しだけ気が楽になる。

「そ、それでは、アルフレッド様……」

「ああ、いいね」

メーシャと話している彼は、とても機嫌がよさそうだ。その上品な微笑みかたは、さすが王族といったところか。

「僕は君の才覚を認めていて、補佐には君を推したいと思っている」

「……っ」

「君は僕の補佐になるつもりはあるかい？」

その質問に、メーシャは一瞬だけ戸惑ってしまう。

もしユスターやギグフラムとのことがなければ、やりたいと即答していた。

しかし、今のメーシャは彼らと婚約状態だと言っても過言ではない。彼らはメーシャとの結婚を本気で考えていて、正式に結婚すればそのうち子供もできるだろう。身重では、全国を飛び回る王族祭司の補佐などできるはずがない。

「補佐は男性のほうが適任だと思います。女性はどうしても結婚と妊娠の問題がついてまわりますので、わたしはふさわしくないかと」

せっかく声をかけてくれたアルフレッドの機嫌を損《そこ》ねないよう、自分の意思ではなく一般論を口にする。だが、先ほどまで機嫌がよさそうだった彼の表情が一瞬で曇《くも》った。

「結婚と妊娠……？　まさか、そんな相手がいるのかい？」

地を這《は》うような低い声が耳に届いて、メーシャは思わず息をひゅっと呑む。

「わ、わたし個人の話ではなく、あくまでも一般論として……」

「ああ、そうか。君は頭がよすぎるから、自分のことではなくても、そういう考えに行き着くんだろうね」

再び彼が笑みを見せた。

「確かに、妊娠も出産も女性とは切り離せない問題だ。だからといって女性が重役に登用されないことは問題だと思っていてね……。才能がある者は、性別も出自も問わず、どんどん上に登るべきだし、そういう制度を作っていく必要がある。でも、僕は男なので、わからないこともある。だから君には是非とも補佐になってもらい、女性の視点で意見を出して欲しい」

アルフレッドの言うことは正論である。せっかく難しい国家試験に受かったのに、女性だからという理由だけで、いつでも代わりのきく仕事しか任されないのは由々《ゆゆ》しきことだ。そのために自分が望まれるのは光栄だけれど、それでも脳裏にユスターとギグフラムの姿がちらつく。

「仰《おっしゃ》る通り、女性の重役登用も増えるべきです。……ですが、その……、わたしには王族祭司の補佐は荷が重いです」

「……ふうん？」

すっと、彼は双眸《そうぼう》を細めた。紫の眼差しがメーシャを射貫《いぬ》く。

「まあ、いきなり言われて君も驚いただろう。しかし、君のように優秀な女性は少ないから、僕としては前向きに検討してもらいたい。国で働く他の女性のためにもなるから、ゆっくり考えてくれないか？」

メーシャだけの問題ではなく、他の女性のためと言われれば心が揺らいでしまう。自分にできることがあるのに、個人的な我儘《わがまま》でなにもしないのは、役人としていかがなものかとも思った。

「……っ、はい。よく考えさせてください」

はっきりとは否定せずに、可能性を残した回答をする。

「ありがとう、メーシャ」

彼が柔らかな表情を浮かべるのを見て、メーシャはほっと胸を撫《な》で下ろした。先ほどの冷たい双《そう》眸《ぼう》は、向けられただけで呼吸が止まりそうなほど迫力があったのだ。

「さて、本題に入ろうか。君に頼みたいことだけれど……」

そう言って、アルフレッドはテーブルの上に大量の書類を広げた。羊皮紙《ようひし》に几帳面《きちょうめん》そうな細かい文字がびっしりと書きこまれている。

「これらは僕が祭司をしながら集めた情報だが、時間がないから走り書きでね。この情報を地域ごとにまとめて統計を取って欲しいんだ」

「なるほど……」

メーシャはぱらぱらと紙をめくる。書きこみが多すぎて、知りたい情報を探すのにも時間がかかりそうだ。同じ項目でも、書かれている場所が上だったり下だったりと規則的ではない。本当に、各地を巡るうちに気付いたことをその場で走り書きしたような紙だ。

しかし、きちんと整理すれば祭司にとって貴重な資料になるだろう。

「すごい量ですね。どのくらいで終わらせればいいのでしょう？」

「できれば一週間で頼みたい」

「い、一週間ですか？」

卓上の書類を見ながら脳内で段取りを浮かべるが、一週間で終わらせる自信はない。なにせ、この研修では様々な課題が出されるので、アルフレッドの依頼だけに集中するわけにはいかないのだ。

「あの、誰かに手伝ってもらうというのは……」

「王子である僕が書いたものだから、中には取り扱いに注意が必要な情報があるかもしれなくてね。他の祭司研修生には手伝いを頼まないで欲しい。無理そうかな？」

「……っ」

どうしたものかと、メーシャは山積みになった書類を眺めた。

（一週間……。大分きついけれど、課題をこなしながらでも、睡眠時間を削ればぎりぎり可能な気がする）

五日でやれと言われれば無理だと即答できたし、十日あれば余裕を持って終わる分量である。一週間というのは、無理をすれば終わるという絶妙な期限だった。

メーシャが黙りこむと、アルフレッドは書類を引っこめようとする。

「やはり、大変かな？　それでは、僕が自分でしよう」

自分がやらなければ、この大変な作業をアルフレッドがすることになる。そう考え、メーシャは思わず言ってしまった。

「わたしがやります！」

王子である彼は、講師としての業務をこなす傍《かたわ》ら、政務もしなければいけないだろう。自分一人で問題なくできるような仕事なら、初めから頼もうとはしなかったはずだし、彼はメーシャなら課題をこなしながらでもできると判断したのだ。

先ほどメーシャは、補佐にしたいという誘いに否定的な回答をした。その罪悪感も相まって、少しくらい無理をしても引き受けようと思ってしまう。

「本当か？　そうしてくれると助かるが、……大丈夫かい？」

(助かる……って言葉が出てくるなんて、やはりアルフレッド様は困っていらっしゃるのね。雑用も研修の一部よ。一週間、頑張ってみせるわ)

メーシャが祭司になりたいと思ったきっかけはアルフレッドで、あの時自分を助けてくれた彼にはとても感謝している。だから、彼が困っているのなら力になりたい。

「頑張ります」

メーシャは断言して書類を受け取る。

「もし一週間で終わらせるのが難しそうだったら、ここに来て欲しい。手分けして一緒にやろう」

「……はい」

救済措置《そち》を出してくれたことに、多少ほっとした。それでも、できる限り一人で終わらせようと決意する。

「ありがとう、メーシャ」

ふと、アルフレッドがメーシャに向かって手を伸ばしてきた。持っている書類に用があるのだろうかと、メーシャも書類を差し出す。

「書類がどうかしましたか？　……って、え!?」

しかし、彼の手は書類ではなくメーシャの手を取った。次の瞬間、薄く形のよい唇が手の甲に触れる。

手の甲への口づけなど、上流階級では挨拶《あいさつ》のようなものだろう。そう思っても、メーシャの顔は真っ赤になる。

「本当に助かるよ。……感謝する」

そう言ったアルフレッドの唇が再び手の甲に落とされた。一度ならず二度目のキスに、メーシャはぎゅっと唇を噛みしめる。彼の唇が触れた部分がとても熱くて、むずがゆい気持ちになった。

赤面して動揺しているメーシャをよそに、アルフレッドは優雅な仕草で立ち上がる。

「では、僕は失礼する。宜《よろ》しく頼むよ、メーシャ」

「……っ、は、はい」

分厚い書類を抱えながら、メーシャは思いきり頷く。講師室を出ると、メーシャは寮へ向けて走り出した。城内で走るなんてはしたないけれど、歩いてなどいられない。

(手の甲にキスを二回もするなんて……あれは、王族特有の挨拶《あいさつ》なの?)

手の甲にはなんの痕も残っていない。しかし、じんじんと痺《しび》れるようななにかが燻《くすぶ》っているのだ。メーシャ自身にも、それがなんなのかわからない。

(……深く考えるのはよしましょう。まずは、この依頼を最優先に考えないといけない。そうしないと、一週間でなんて終わらないわ)

急いで部屋に戻ると、先ほどのことを脳裏からかき消すように作業に没頭した。

——それから二日、メーシャは睡眠時間を削って頑張った。他の講義の課題だってあるし、一週間という期限はかなりきつい。余計なことを考える暇もなく、幸か不幸か、手の甲に二回もキスされたこともすっかり忘れていた。そのくらい大変な作業である。

目の下にクマを作ったメーシャを心配してか、金曜の夜にはユスターとギグフラムが部屋を訪ねてきた。事情を話すと、彼らは書類の束《たば》を見て驚く。

「くそっ、アルフレッドの奴は鬼畜《きちく》か。なんだこの量は。これを一週間でまとめるなんて、無理があるだろう」

「そうですね。これはやりすぎだと思います」

ユスターの護衛であるギグフラムも、アルフレッドと面識があるようだ。

「よし、俺が手伝おう」

そう言って、ユスターがメーシャの隣に腰を下ろした。

「気持ちは嬉しいけれど、他の研修生に手伝いを頼むなって言われたの。王子であるアルフレッド様が書いたものだから、取り扱いに注意が必要な情報があるかもしれないって……」

「王族である俺なら、見ても構わないだろう」

ユスターは卓上の筆記具を手に取る。彼が手近にあった白い紙に万年筆を走らせると、メーシャの筆跡と同じ文字が綴《つづ》られていた。

「どうだ。これはお前の字だろう？」

「すごい、そっくりだわ」

「筆跡を真似るくらい簡単だ。これならバレないだろう？　この量を一人でやるなんて無理がある。お前がなんと言おうと、俺も手伝うからな」

「ありがとう、ユスター！」

二人でやるなら、なんとか間に合いそうだ。それに、ユスターが筆跡を真似てくれれば、他の人と手分けして作業したなんてわからないだろう。暴《あば》かれたところで、王族であるユスターなら問題なさそうである。

「私は筆跡を真似ることはできませんが、書類整理のお手伝いと雑用ならできます。食堂に行く時間も惜しいでしょうから、しばらくはお弁当を作ってもらうようにお願いしてきますね。取りに行ってきますよ」

ギグフラムも間接的に手伝ってくれるようだ。睡眠時間を削った上に食事もろくにとらなければ倒れてしまうから、お弁当を持ってきてくれるだけでもかなり助かる。

「ありがとう、ギグフラム！」

二人が手伝ってくれるなら、なんとかなりそうだ。光明が見えたと、メーシャはほっとした。

それから数日、アルフレッドとの約束の日までにメーシャは見事やりきった。祭司の専門用語が並んでいる書類だったのに、ユスターの仕事は正確で速かった。ギグフラムも、食事を持ってきてくれるのはもちろんのこと、散らかった部屋を掃除してくれたり、書類をまとめてくれたりして、かなり助かった。二人がいたからこそ、やり遂げられたのだ。

約束の日にまとめられた書類を持っていくと、アルフレッドは目を瞠《みは》る。

「僕のところに訪ねてこないと思ったら、これを一人でやりきったのか」

パラパラと紙をめくる。メーシャが書いたものも交じっているが、筆跡はそっくりなので見分けがつかないだろう。メーシャが一人で作ったようにしか見えないはずだ。

「他の講義の課題もきちんと提出していたそうだし、なるほど、君は本当に優秀なようだ。ますます僕の補佐として働いて欲しくなったよ」

「そう思って頂けるのは光栄です」

「光栄です、か……。どうだい？　あれから一週間経ったけど、まだ僕の補佐になるつもりはないかい？」

「すみません。この一週間、これをするのに精一杯で、考える余裕なんてありませんでした」

メーシャは素直に答える。言葉通り、彼の補佐に誘われたことは頭から抜け落ちていた。だから、改めて問われても、答えを出せずにいる。

黙りこんだメーシャに、アルフレッドは優しく声をかけてくれた。

「前にも言ったけれど、僕は女性も高位職に登用されるべきだと思っている。君は優秀だし、適任だ。でも、それだけではない。僕は君の凶相のことも気になっているんだ」

「え……？」

「王族祭司の補佐として僕の側にいるなら、護衛をつけられる。祭司なら大抵の仕事で顔を隠したまま仕事ができるけれど、万が一ということもあるだろう？　遠くで心配するよりは、近くで見守るほうが気が楽だ」

たった一度助けただけのメーシャのことをそこまで考えてくれるとは、彼はなんて慈悲深いのだろうか。メーシャは思わず感動してしまった。確かに、王族である彼の側にいたら安全は保証されるから、少し心が揺らいでしまう。

アルフレッドの補佐として働く姿を想像しかけたところで、彼は新しい書類を取り出してきた。

「補佐の件は、引き続き考えておいてくれないか？　……そして、申し訳ないのだけれど、次はこれをお願いしたい」

「えっ」

今度は数字が書かれた書類だ。もちろん、大量である。

「祭事に関わる費用が書かれた紙だけれど、ばらばらになってしまってね。日付順に並べて、月ごとの金額の合計も出して欲しい」

またですか、と言いたくなったものの、メーシャはぐっと呑みこんだ。こんな雑用、王族がやるようなことではないし、他に頼める相手がいないからメーシャに頼んでいるのだろう。これも勉強だと思って頷く。

「わかりました」

「ありがとう、メーシャ。助かるよ」

彼はメーシャの手を取った。そして、手の甲に唇が落とされる。

――一度、二度。そして、三度。

「……っ」

二回目までは想定していたけれど、まさか三回もキスされるとは思わなくて、メーシャは固まってしまった。王族特有の意思疎通《コミュニケーション》なのかもしれないが、ユスターにこんなことをされた覚えがない。

「では、失礼するよ」

爽《さわ》やかな微笑みを残して、彼は優雅に立ち去っていく。その後ろ姿を呆《ほう》けたまま見守っていたが、ここで時間をつぶしている暇などなかった。メーシャはぶんぶんと頭を振り、書類の束《たば》を持って立ち上がる。

寮に戻ると、今度はすぐにユスターとギグフラムに相談をした。

「またか？　いくらメーシャが優秀でも、忙しい研修生に任せる量じゃないだろう。アルフレッドはどういうつもりだ？」

アルフレッドに怒りつつも、ユスターは今回も手伝ってくれた。

「計算なら得意ですよ。今度は私もお役に立てそうですね」

メーシャの筆跡を真似ることはできないけれど、ギグフラムは暗算が得意なようで、ざっと数字を眺めただけで合計を言ってくれる。

今回はギグフラムも加勢してくれるおかげで、前回に比べると少しだけ時間に余裕がありそうだと、メーシャは手を動かしながら呟いた。

「実は、アルフレッド様はわたしを補佐にしたいみたいなの。わたし、それで迷っていて……」

ユスターとギグフラムが驚いた様子でメーシャを見る。

「お前を補佐に？　王族祭司の歴代補佐は男だぞ」

「才能があれば女性も高位職に登用されるべきだと考えていらっしゃるみたいだわ。そのきっかけとして、わたしを補佐にしたいって」

「アルフレッド様の考えそうなことですね。でも、優秀な女性なら他にもいるでしょうし、研修生には貴族もいます。どうしてメーシャに目をつけたのでしょうか。今回、初めて会ったのですよね？」

「……っ」

ぴくりと、メーシャの手の動きが止まった。顔色が変わったのを見て、彼らはなにか気付いたようだ。

「その様子だと接点があるのか。いつ会ったんだ？　どこかの祭りで会ったのか？」

「実は……」

メーシャはかつてアルフレッドに助けてもらったことと、それがきっかけで祭司になろうと思ったことを正直に伝えた。……もっとも、話が脱線しそうなので、凶相のこととアルフレッドが初恋であることは隠したのだが。

「なるほど……。自分がきっかけで国家試験に合格した上に、成績も優秀となれば、贔屓《ひいき》をしたくなりますね」

うんうんとギグフラムが納得したように頷いた。

「迷っていると言ったが、お前は王族祭司の補佐にはなりたくないのか？　補佐になれれば、名誉な仕事もできるはずだぞ」

ユスターが訊ねてくる。

「王族祭司の補佐は、もちろん気になるわ。でも、アルフレッド様の補佐になったら、ずっと一緒にいることになるでしょう？　あなたたちではない男の人とそうやって過ごすのは、仕事とはいえどうかと思って……」

ただの上司と部下とは違い、王族祭司とその補佐は、かなり深く関わることになる。アルフレッドが初恋の人というのもあって、より彼らへの裏切りに思えるのだ。

それに、アルフレッドにとっては挨拶《あいさつ》みたいなものだろうが、手の甲にキスされると心が乱される。側にいたら、再び彼のことを好きになってしまうのではないかという不安もあった。

「メーシャ……」

ユスターもギグフラムも、微かに頬を朱に染めていた。

「くそっ、こんな余計な作業がなければ、この場で今すぐお前を押し倒してたぞ」

「そうです。そんな可愛いことを言われて、生殺し状態です」

恨めしそうな視線を向けられる。

「覚えてろよ。一段落したら、お前を抱きつぶす」

「ええ。たっぷり愛させてくださいね」

「ええっ!?」

目を丸くするメーシャをよそに、二人の作業が速くなる。しかし、運悪くその週に出された講義の課題も大量で、メーシャが彼らに抱かれるような時間はなかった。

そんなこんなで、アルフレッドからの特別な依頼は毎週続いた。しかも、手の甲への口づけは週を重ねるごとに回数が増えていく。唇ではないとはいえ、初恋の眉目秀麗《びもくしゅうれい》な王子にキスされ、メーシャはいつも真っ赤になってしまった。

彼からの依頼も、最初は祭司に関わる内容だけだったが、次第に祭司とは無関係な書類の整理までやらされるようになっている。

「なんだこの依頼は。この仕事にアルフレッドが関わっているのか……？　こんなの、文官の研修生にでもやらせればいいだろう」

雑用の書類を見て、ユスターが顔をしかめた。

「この量でしたら、今度の土日は久しぶりに休めそうですね」

ギグフラムが熱い視線を向けてくる。確かに今回の量なら時間に余裕はできそうだったけれど、メーシャは申し訳なく思いつつ首を横に振った。

「ごめんなさい。土曜日は祭司の特別講義があるから、日中は休めないの」

通常、土曜日と日曜日は休日となる。しかし、祭司は座学だけではなく、儀式の際の立ち振る舞いなどを実演する講義もあった。その中でも大がかりな儀式の演習は、騎士研修生が使っている広い練習場を借りる必要があるので、騎士の講義がない土曜日に行われるのだ。

「さすがに、夜は時間があるんだろう？」

「ええ、夕方までには終わるはずよ」

「では、終わったら部屋に来てくださいね」

「……っ。う、うん」

頬を赤らめながら頷く。

今まで彼らと体を重ねる時に、前もって約束をしたことはなかった。だから、こうして事前に打ち合わせをすると妙にそわそわしてしまう。

二人に散々抱かれた体は熱を持て余し、土曜日が待ち遠しくなってしまった。


――そして、土曜日。

祭司研修生たちが騎士の練習場に集まり、儀式の作法を演習する。今回の儀式は文官も関係するので、文官研修生たちも一緒に集まっていた。

文官研修生の中にはカレンの姿もある。彼女はメーシャを見つけるなり睨《にら》み付けてきた。そんなことは慣れているので、彼女のいる方向を見ないようにする。

広い練習場には祭司と文官の講師が勢揃いしていて、もちろんアルフレッドもいた。第三王子が見ていることもあり、祭司研修生だけではなく文官研修生たちも気合が入っている。

やる気が空回りしたせいか、普段では考えられない失敗をしてしまう研修生も多かった。決められた手順で動かなければいけないのに、順番を間違えてしまったり、左右を違《たが》えたりする者も少なくない。

その中で、メーシャは完璧にこなした。毎週アルフレッドから仕事を頼まれていて、そのたびに彼と接していたから、特に緊張することもなかったのである。

すると、アルフレッドが全員の前でメーシャを賞賛した。

「さすがだ、メーシャ・クリストフ。諸君らも彼女を見習うように」

数時間にわたる特別講義でアルフレッドが褒めたのはただ一人、メーシャだけだった。羨望《せんぼう》と嫉《しっ》妬《と》の入り交じった視線がメーシャに向けられる。研修生たちを取り巻く空気は重苦しいものになったが、そのまま講義は終了した。

研修生全員で後片付けをするようにと言いつけて、講師たちは帰る。

机やら練習用の祭具やら、練習場内は沢山のものが置かれていた。手分けして片付けていくが、予想以上に時間がかかる。おかしいと思いながら周囲を見回すと、大勢いたはずの研修生たちが半分以下になっていた。どうやら、片付けをせずに帰ってしまった者が多いらしい。

「そういえば、後片付けなんてしてる暇、あたしたちにはないわよねえ」

よく響く甲高い声が耳に届いた。さすがに無視するわけにはいかず声のしたほうを見ると、カレンが意地の悪そうな笑みを浮かべている。

「後片付けは優秀な人に任せましょうよ。殿下もメーシャを見習うようにと言ったじゃない？　不出来なあたしたちは彼女に追いつくように、勉強に励まなければいけませんわよねえ」

「そうだな。後片付けなんかしても勉強にならないし」

「じゃあ、帰ろうか」

「えっ……」

メーシャだけ残して、その場にいた研修生たちが次々と練習場から出ていく。机も残されたままだし、床の雑巾《ぞうきん》がけすらしていない。これを一人で終わらせるには、どれくらい時間がかかるのか、考えるだけで途方に暮れてしまう。

少し前までメーシャの同好会《ファンクラブ》を作ってちやほやしていた者たちですら、誰も残らなかった。

(同好会《ファンクラブ》の人たちはこの顔に惹かれただけ。しかもわたしの性格ではなく、環境に影響されて好いたり嫌ったりしてきたのよね。あの人たちは、誰もわたしの内面を見ていなかった)

どれだけメーシャが嫌われようと振る舞っても、ユスターとギグフラムのような人目を引く男性が側にいたから、メーシャは一目置かれることとなった。その後、一時的に傷化粧で醜《みにく》い面相となり変に好かれることはなくなったが、ここまで嫌われたのは、アルフレッドに贔屓《ひいき》されたからである。

メーシャ自身の振る舞いではなく、周囲にいるユスターやギグフラム、そしてアルフレッドの影響で自分に対する感情が変わるのかと思うと、自分の存在が酷く空虚《くうきょ》なものに感じられて、さすがに心にくる。

嫌われるのは望んだことなのに、その理由がしんどくて、メーシャの目に涙の膜が張った。ゆがんだ景色を見つめ、呆然と立ち尽くしてしまう。

後片付けを放棄することもできた。このままにしてもメーシャ一人の責任にはならないだろうし、全員で怒られるだろう。

しかし、それでは騎士研修生が困ってしまう。騎士研修生は鍛錬《たんれん》のために、自主練習をする者もいるのだ。土曜日に使えなかったぶん、日曜日にここを使おうと予定している騎士研修生もいるはず。その人たちに迷惑をかけることはできない。

ユスターとギグフラムを呼びに行くことを考えたけれど、この場には講義に使用した祭具も置いてある。貴重なものもあるので、万が一なくなったらただでは済まない。誰もいない場所に残しておくことはできないのだ。しかも重いから、助けを呼びに行くのに持ち歩くことは不可能である。

(泣いてる暇なんてない！　とりあえず祭具を片付ける必要があるわ。保管箱にしまって鍵をかけたあとなら、ユスターたちを呼びに行ける)

メーシャは溢《あふ》れ落ちそうになっていた涙を拭《ぬぐ》い、練習場内を見回した。どこになにがあるのかを把握し、一番効率がいい動線を脳内に描いてから、早速片付けに取りかかることにする。

すると、練習場の扉が開いた。さすがに誰かが戻ってきたのだろうかと期待に満ちた表情で振り返ったところ、なんとアルフレッドが入ってくる。

「アルフレッド様？　どうなさいましたか？」

「いや。窓から景色を眺めていたら、研修生たちがぞろぞろと出てくるのが見えてね。片付けが終わるには早すぎると思って様子を見に来た。片付けは終わっていないようだが、他の研修生たちはどうした？」

「……勉強がしたいと、帰ってしまいました」

「これをメーシャ一人に任せてかい？」

アルフレッドは溜め息を吐く。そして、一番重い祭具を持ち上げた。

「僕も手伝おう」

「えっ……！　いいえ、一人で大丈夫です」

王子である彼に後片付けなんてさせるわけにはいかない。メーシャは青ざめながら首を横に振る。

「重い祭具もある。女性一人では無理だ」

「では、誰かを呼びに行きますから……」

「必要ない。この件は他の講師たちにも伝え、ここに帰ってこない研修生の評定を下げるつもりだ。誰が残り、誰が帰ってこなかったのか、講師として見届けるために僕もここで片付けをしよう」

どうやら、アルフレッドには彼なりの考えがあるようだ。王子に手伝ってもらうことを申し訳ないと思えど、大人しく従うことにする。

それに、密かに傷ついていたメーシャにとって彼は救世主に見えた。王子にこんなことをさせるなんて……と思いつつ、その優しさに甘えてしまう。辛かったけれど、彼が来てくれたことが心に沁《し》みた。

アルフレッドはメーシャの動きをよく見ていて、少しでも重いものを持とうとするとそれを止めた。

「なぜ君はいちいち重いものを運ぼうとする？」

「でも、アルフレッド様に持たせるわけには……」

「僕は祭司だが、王子として剣技も習っていたから、そこらへんの騎士研修生なんかよりよほど腕が立つし力もある。それに、男としての矜持《きょうじ》もある。女性に重いものを持たせるわけにはいかない。変な気を遣わないで、軽いものだけ運びなさい」

「は、はい」

改めて申し訳なく思いながら、メーシャは片付けに専念する。女一人では時間がかかっただろうけれど、アルフレッドは手際もよく、予想以上に早く綺麗になった。残す作業は床拭きだけである。

「ありがとうございます！　残りはわたし一人でできますので」

「いいや、最後までやるよ。改心した誰かが戻ってくる可能性もあるしね。……それに、君の顔のこともある。人気《ひとけ》のない場所に一人にはできないから、僕も一緒にいよう」

「えっ」

王子ともあろう人間が跪《ひざまず》いて雑巾《ぞうきん》がけをするなんて、こんな光景を見たら王宮で働いている使用人たちは卒倒するに違いない。メーシャも戸惑ったが、アルフレッドはなんの躊躇《ためら》いもなく床を拭き始めた。メーシャも慌てて掃除を始める。特別講義が始まったのはお昼過ぎだったのに、窓から見える空はもう赤く染まっていた。

「この練習場は広いな。人数がいれば片付けはとっくに終わっていただろうに、女性一人にやらせるなんて……」

ごしごしと床を磨きながら、アルフレッドが呟く。掃除をする動きまで洗練されたもので、メーシャは思わず見惚《みと》れてしまった。

同じ王族であるユスターの立ち振る舞いも綺麗なものだ。しかし、アルフレッドのそれは少し違う。アルフレッドの身のこなしはただ綺麗なだけでなく、見られることを前提とした美しさがあった。講義の時もそうだが、それこそ指の角度に至るまで優美に見える所作である。

「どうかしたかい？」

メーシャの視線を受け、アルフレッドが手を止めた。

「す、すみません！　なんでもありません」

慌てて床拭きに取りかかる。

——ようやく床掃除が終わった時には、外はすっかり真っ暗だった。

「ふう……終わったね。久々に疲れたよ」

「アルフレッド様！　本当にありがとうございました」

メーシャは深々と頭を下げる。

「僕が好きでやったことだから、気にしないでくれ。……それに、結局最後まで誰も戻ってこなかったな。この目で見届けたことだし、片付けを放棄した研修生たちには然《しか》るべき対応をしようと思う」

ふと、アルフレッドの表情に影が宿る。どこか迫力があるその双眸《そうぼう》におののいて、メーシャの背筋が凍り付いた。

「では、帰ろうか。施錠は僕がしておく。床を拭いていたから、手も足も冷えてしまっただろう？部屋に戻ったらすぐに風呂に入って温まりなさい」

「はい、ありがとうございます」

　本来なら施錠もメーシャがすべきだが、やると言ったところで彼がそれを許さないだろう。大人しく従い、メーシャは自室へと戻る。

　風呂に入って体を清めたあと、ユスターの部屋を訪ねた。部屋は大量の紙束で散らかっている。

「遅くなってごめんなさい……って、これ、どうしたの？」

「アルフレッドから流れてきた王族用の仕事だ。研修中はやらなくていいはずなんだが、どうしようもないことがあってな」

「メーシャが遅いので様子を見に行こうと思ったのですが、これをやらなければいけないので動けませんでした。ようやく、終わりが見えたところです」

　ユスターもギグフラムも、自分たちの課題に加え、メーシャが受けた依頼も手伝ってくれている。その上、アルフレッドから仕事が流れてきたのだから、かなりの重労働だろう。二人とも疲れた顔をしていた。

「あー、くそっ。ようやく終わった！」

　書類を乱暴にテーブルに置きながら、ユスターが吐き捨てるように言う。広い部屋には紙が散乱していて、足の踏み場に困るくらいだ。

「片付けましょうか？　……あら？　口紅が落ちてるわね」

　床の上に転がっている口紅が気になって、メーシャは拾い上げた。祖母が使っていた口紅と同じ意匠《デザイン》だ。ユスターが化粧するはずもないし、どうしてこんなところに……と小首を傾げると、いつの間にか隣にいたギグフラムにそれを取り上げられる。さすがは騎士研修生で、先ほどまで離れた場所にいたというのに、気配もなく距離を詰められていた。

「これは危険なものですから、触ってはいけませんよ」

「今、王都で毒入りの口紅が出回っている。見た目は有名店の品そのものだが、唇に塗ると醜《みにく》く腫《は》れ上がり、元に戻らなくなるそうだ。嫌がらせに使われるらしいぞ」

「ええ!? そんなものが……」

ずいぶん陰湿だとメーシャは眉をひそめる。

「今日やっていたのも、これ関係の仕事だ。使われている毒の種類はわかったし、そのうち薬もできるだろう」

「口紅に使われている毒の種類なんてわかるの？」

ユスターは医官の研修生だが、そこまでの知識があるのかと驚いてしまう。以前見せてもらったものと同様の、閲覧《えつらん》権限のある医学書で知識を得たのだろうか？

「……まあな。それより、腹が減ったな」

ユスターは大きな溜め息を吐いたあと、暖炉《だんろ》の前に移動した。

「こっちに来い」

「え？」

床に散乱した紙を踏まないように気をつけながら、メーシャとギグフラムは暖炉《だんろ》に近づく。暖炉《だんろ》を覗きこんだユスターが、奥の石を押したり引いたりすると、奥の煉瓦《れんが》が扉のように開いた。

「これは王族用の隠し通路だ。ついてこい」

四《よ》つん這《ば》いになって、ユスターが暖炉《だんろ》の中に入り扉をくぐる。メーシャもそれに続いた。扉をくぐる時だけは狭かったけれど、そこさえ通ればあとは立って歩ける。

「なにこれ、すごい……！」

隠し通路は埃《ほこり》もなく綺麗に掃除されていた。

「王族には気難しい者も多い。研修中に嫌気が差す気概《きがい》のない奴もいる。とはいえ、いくら王族でも、医官や祭司、騎士や文官になりたければ、研修を受けなければならないから、王族の休息のための場所が用意されているんだ」

説明しつつユスターが先頭を歩いた。

「私も隠し通路の存在は知っていましたが、来るのは初めてですね。ユスターは一度も使ったことがありませんから」

「必要なかったからな。だが、今日は疲れた。掃除も明日でいい。今はとにかく癒《い》やされたい」

ユスターたちとは理由が違うが、メーシャも疲れていた。しかし、落ち着いた雰囲気の廊下を歩くだけで、なんだか心が洗われる気がする。

廊下の先には広い部屋があった。中央には室内なのに噴水《ふんすい》があって驚いてしまう。照明の光が噴《ふん》水《すい》の水に反射して、きらきらと輝く様子は見事だった。水音は大きすぎずささやかなもので、聞いていると癒《い》やされる気がする。立派なテーブルやソファ、ベッドなどもあり、一通りのものが揃っていた。

ユスターが部屋の隅にある紐を引くと、遠くで鐘がなる音が聞こえる。ほどなくしてメイド姿の女性がやってきた。

「三人ぶんの食事と飲み物をくれ」

「かしこまりました」

研修用の古城に来て半年になるが、メーシャはそのメイドを見たことがない。いつ訪れるかもわからない王族のために、ずっと待機していたのだろうか？　綺麗に掃除もされているし、王族の待遇のすごさに驚いてしまう。

そして、改めてユスターは特別な人間なのだと思い知った。王弟の子息である彼でこれなのだから、アルフレッドはもっと高待遇を受けているかもしれない。

そんなことを考えながら噴水《ふんすい》が奏《かな》でる水のせせらぎに耳をすましていると、食事が運ばれてきた。食堂で出るものとは見た目からして違う。皿でさえとても高価な品物だろう。

美味《おい》しい料理に舌鼓《したつづみ》を打ち、食事を終えると、ユスターは再びメイドを呼んで食器を下げさせる。

「ここ最近、ずっと部屋に籠《こ》もって弁当だったからな。こういう料理も食べたくなる」

満足に彼が言った。

「古城の中にこんな場所があったのね……」

メーシャは物珍しそうに室内を見回す。

「もともとは城だからな。王族用の設備は整っているし、隠し部屋や隠し通路も沢山ある。……まあ、実際に使えるように整備されている隠し部屋なんて、ここくらいだが」

「書類で溢《あふ》れたあの部屋より、落ち着けますね」

ギグフラムもかなりくつろいでいるようだ。

「……さて」

ソファから立ち上がったユスターが寝台に向かう。その上に乗ると、メーシャを手招いた。

「行きましょう、メーシャ」

ギグフラムがメーシャの手を取り、二人でユスターのもとに行く。三人を乗せた寝台は、ぎしりと軋《きし》んだ。

「メーシャ、疲れてるか？　寝たいなら、そうすればいい」

「疲れてるけど、でも……」

メーシャは何気なく、彼らの下腹部を見る。服の上からでも盛り上がっているのがわかった。

「男の体は不思議なもので、少し疲れているくらいが一番勃《た》つのですよ」

「そ、そうなの？」

心身ともに元気でなければ使い物にならないと思っていたメーシャは驚いてしまう。

「お前を抱きたいのは本心だが、これは生理現象だ。放っておけばそのうち鎮《しず》まる。だから、俺たちのことを気にするんじゃなくて、お前がどうしたいのか教えてくれ」

「あなたに無理をさせたくないのです。……でも、あなたも私たちを求めてくれるなら全力で応《こた》えますよ」

二人の男がじっとメーシャを見つめる。内心はどうあれ、このまま寝たいと言えば、優しい彼らはその通りにしてくれるだろう。

——でも。

「わたしは、その……」

アルフレッドが来てからというもの、忙しすぎて彼らに抱かれることはなかった。しかし、メーシャの体は快楽を覚えてしまっている。二人の男に惜しみなく愛を与えられると、体だけではなく胸の奥まで満たされた。その機会を目の前にして、大人しく寝るという選択肢はない。

「触れてもらいたいわ」

言葉を選びながらそう伝える。すると、ユスターもギグフラムも嬉しそうに笑った。

「御意《ぎょい》」

「かしこまりました、メーシャ」

メーシャよりも身分が上の男たちが恭《うやうや》しく言う。まるでお姫様みたいだ。

二人がかりであっという間に服を脱がされ、ギグフラムが顔を寄せてくる。

「あっ……」

少し厚めの唇が重ねられた。彼のふっくらとした唇は気持ちいい。

ギグフラムと向き合うように口づけを交わしていると、ユスターが後ろから抱きしめてきた。メーシャの首筋に顔を埋め、甘噛《あまが》みしながら胸に触れてくる。

「んうっ」

嬌声《きょうせい》を漏《も》らすと、開いた唇の隙間から肉厚な舌が滑りこんできた。ゆっくりと口内を堪能《たんのう》したそれが、上顎《うわあご》をつついてくる。そこを刺激されると腰のあたりがぞわぞわして、内股を擦《す》り合わせてしまった。メーシャの口内でどこが弱いかを把握しているギグフラムは、嬉しそうに上顎《うわあご》ばかりを攻めてくる。

ユスターは背後から優しく胸を揉《も》みしだいた。その指先は、乳嘴《にゅうし》をくりくりと押しつぶしてくる。触れられて、たちまちそこは尖った。もっといじめて欲しいとばかりに主張し始めた先端を、彼は親指と人差し指でつまみ、くいっと引っ張る。

「んっ！」

口内と胸、弱い部分に同時に触れられて、メーシャの体はどんどん熱くなっていった。お腹の奥がむずむずして、じわりと蜜が滲《にじ》んでくる。

「はぁ……っ、ん……」

一番気持ちよくなれる部分に触れて欲しくなったが、彼らは下半身に触れてくることはなかった。久しぶりだからか、ゆっくりとメーシャの体を愛撫《あいぶ》するつもりのようだ。

「んっ……」

一方のメーシャは、久しぶりだからこそ、すぐにでも彼らを欲しいと思ってしまった。しかし、絶え間なくキスをされているので、言葉を紡《つむ》ぐことができない。焦《じ》らされて、熱を持て余した体が切なくなってくる。

メーシャは仕方なく、自《みずか》ら足を開いた。濡《ぬ》れそぼった秘花が露《あら》わになる。恥ずかしいけれど、他にねだる方法が思いつかない。

「……っ、メーシャ。可愛すぎるぞ、お前……」

ユスターは掠《かす》れた声で呟くと、左手の指で胸の先端をしつこく弄《もてあそ》びながら、右手を開かれた部分へと伸ばしていく。蜜をたたえて微かに震える秘裂を指でなぞられ、それだけで達してしまいそうになった。

「あぁあ……っ」

快楽に身もだえしつつ、メーシャは背筋を反らす。

「久しぶりなのに、簡単に指を呑みこんでいくぞ」

ユスターの指が、メーシャの中に挿《い》れられた。人差し指を難なく咥《くわ》えこんだので、すぐさま二本目の指が挿《い》れられる。体の内側に与えられる刺激に、メーシャはうっとりと目を細めた。

するとギグフラムの指もメーシャの中に入ってこようとする。

「――っ！」

ユスターの指を二本と、ギグフラムの指を一本。合計三本の指を挿《い》れられて、狭い蜜口が拡がった。彼らの男性器に比べれば、指三本のほうが細いが、ばらばらに動く指が与えてくる刺激はかなりのものだ。

ユスターの器用な指が媚肉《びにく》を押し拡げるようにかき回すと、ギグフラムの長い指が奥まで抽挿《ちゅうそう》される。気持ちいいのはもちろんのこと、彼らに触れられるのが嬉しくて心が震えた。

「んむっ！　はうっ、んんっ！」

重ね合う唇の隙間から唾液が溢《あふ》れ、つうっと首筋まで伝っていく。快楽に腰を震わせていたところ、指が引き抜かれた。長いキスからも解放されて、思いきり呼吸をすることができる。

「メーシャ、四《よ》つん這《ば》いになれ」

「……うん」

ユスターに言われた通り、手と膝をついた。濡《ぬ》れそぼった蜜口が、雄を誘うようにひくついている。

「挿《い》れるぞ」

腰をぐっと掴まれ、ユスターの怒張がメーシャの中に入ってきた。

「あっ、あああああ……っ！」

挿《い》れられただけで達しそうになる。長い熱杭の先端が、こつんと一番深い部分に当たった。

「はぅ……っ」

「くそ、具合がよすぎる……。動く、ぞ……っ、ク……」

最初は控えめに、されど次第にユスターの腰の動きが激しくなっていった。ずんずんと奥をえぐられ、メーシャは暴力的なほどの快楽に身もだえる。

「……ふふっ。とてもいい顔をしていますよ」

ギグフラムはメーシャを見ているだけでも幸せそうだった。嬌声《きょうせい》を上げる唇に口づけてくる。

「あうっ、んっ、あああ！」

背後位という体勢のせいか、ユスターも自分もまるで獣のようである。

ふとメーシャは、ギグフラムの下肢《かし》に視線を向けた。太い剛直の先端には、滴《しずく》が滲《にじ》んでいる。

（ギグフラムにも、一緒に気持ちよくなってもらいたい……）

勃《た》ち上がった剛直は触れて欲しそうに見えた。だからこそ、それに手を伸ばしてしまう。

「……っ、メーシャっ？」

ギグフラムはぎょっと目を瞠《みは》った。

「ギグフラムも気持ちよくなって……？」

「……ッ、あ……！」

メーシャはとりあえず、上下に手を動かしてみる。それだけで、熱杭は心地よさそうに震えた。

すると、ユスターが腰を揺らしながら助言してくる。

「メーシャ。せっかくだから、舐めてやれ」

「……うん」

「ま、待って。あなたがそこまでする必要はない」

いつも落ち着いたギグフラムが敬語を忘れるくらいに慌てたので、メーシャの悪戯心《いたずらごころ》に火がついた。メーシャは大きく口を開けると、ぱくりと剛直を咥《くわ》えこむ。

「あっ、ああっ！」

ギグフラムもユスターも、メーシャと繋がっている時に快楽の声を上げることはあった。だが、今のギグフラムは、かつてないほどによがり、いつも低い声が上擦《うわず》っている。

自分が彼を気持ちよくしているのだと思うと、メーシャは嬉しくなった。口淫《こういん》の知識などなかったけれど、彼らは挿入するといつも腰を抽挿《ちゅうそう》する。それと同じようにすればいいだろうと、メーシャは顔を上下して唇で太い熱竿《さお》をしごいた。がくがくと、ギグフラムの腰が打ち震える。顔を動かすたびにじゅぼじゅぼと淫猥《いんわい》な音が響いて、溢《あふ》れた唾液は彼の陰嚢《いんのう》までをも濡《ぬ》らした。

「まっ、待って……待って、メーシャ……っ！　駄目……ッ、それ以上は……っ」

ギグフラムがメーシャの頭に手を置く。しかし、無理矢理引き剥《は》がしてくることはなかった。

「メーシャ……っ」

普段は澄ましている彼が酷く取り乱す様《さま》に、メーシャの胸が早鐘《はやがね》を打った。嗜虐心《しぎゃくしん》が煽《あお》られて、もっとあられもない姿が見たくなる。

「ああっ！」

唇を窄《すぼ》めて、与える刺激を強くする。唾液で濡《ぬ》れ光る陰嚢《いんのう》に触れてみると、メーシャの口内で剛直が大きく震えた。

「んむぅ」

どくどくと、濃い雄液が口内に撒《ま》き散らされる。粘着質なそれは甘く、予想外の味をしていた。

「あっ、あぁ……」

びゅるびゅると、長い吐精が続く。口の中いっぱいに出されたけれど、美味《おい》しくてそれを飲んでしまった。

ギグフラムはどこか呆《ほう》けた顔で、肩を上下させながら荒い息を吐いている。それを見ていたユスターが声をかけてきた。

「甘いだろう？」

「美味《おい》しかったわ。こんな味がするものなの？」

「俺たちは精子の能力を失う薬を飲んでいるからな。その薬が効いていると、精子が甘くなる」

それは初耳である。メーシャを妊娠させないように彼らが薬を飲んでいるのは最初に聞かされていたけれど、甘くなることは知らなかった。

「……さて。お前が歯を立ててしまわないように気を遣っていたが、俺もそろそろいいよな？」

「ああっ！」

ユスターは思いきり腰を引くと、ずんと強く打ち付けてくる。激しい抽挿《ちゅうそう》のたび、愛液がしぶいてシーツを濡《ぬ》らした。メーシャの腰ががくがくと震える。

彼の長い熱杭で奥の感じる部分を容赦なく突かれ、官能の波が押し寄せてきた。

「あっ、わ、わたし……っ」

「ああ、一緒にイこう」

奥深くまで繋がったまま、最奥をぐりぐりと刺激されて、メーシャは絶頂を迎えた。怒張をぎゅっと強くしめつけると、熱い雄液が腹の奥に叩きつけられる。ユスターの吐精もまた長かった。

濃い精を注がれ続ける感触に、全身が痺《しび》れる気がする。

ようやくすべてを出し終えたユスターが己を引き抜くと、わななく秘裂から、白濁液が糸を引きながらシーツの上に垂れ落ちていった。

「今度は私の番ですね。……覚悟してください、メーシャ」

平静を取り戻したギグフラムが怪しく微笑む。彼は仰向《あおむ》けになり、自《みずか》らの上にメーシャを導いた。

「いらっしゃい、メーシャ」

促《うなが》されるままに硬く勃《た》ち上がったものの先端を蜜口にあてがうと、ゆっくりと腰を下ろす。圧迫感に歯を食いしばりつつ太い楔《くさび》を根元まで受け入れると、彼の両手がメーシャの尻を掴んできた。

「ひあっ！」

尻の双丘がぐっと左右に割り開かれる。剛直を咥《くわ》えている場所のすぐ側にある窄《すぼ》まりがさらけ出されて、ひやりとした。

「や、やめて！　変なことしないで！」

「変なことではありません。私を気持ちよくしてくださったお礼に、新しい快楽を教えて差し上げるだけですよ」

「やあっ、んっ」

太すぎる熱杭を突き入れたまま、彼はぐいぐいと尻を揉《も》み、左右に開く。そのたびに後ろの窄《すぼ》まりが微かに開いた。

「お前はどこもかしこも可愛いな」

「やっ、見ないで！」

ユスターがメーシャの恥ずかしい部分を観察してくる。彼の視線に気付いたメーシャが嫌々と腰を振るけれど、ギグフラムは臀部《でんぶ》から手を離してくれなかった。窄《すぼ》まりの奥まで見せつけるように、ぐっと双丘を割り開く。

「いやぁ……そんなところ、見ないで……！」

「ン……っ。今、中がしまりましたよ？　恥ずかしい部分を見られて感じましたか？」

「……っ！」

確かに羞恥《しゅうち》と快楽は紙一重だ。恥ずかしければ恥ずかしいほど、快楽が生じてしまう。

「やだぁ、っ、ん、恥ずかしい……っ！」

「そうはいっても、ここ、ひくついてるぞ？」

ユスターの指先が窄《すぼ》まりに触れてくる。

「ひあっ！」

びくんと腰が大きく浮いた。ギグフラムの怒張が半分ほど抜けたところで腰が沈み、杭を打ち付けるように一気に奥深くまで咥《くわ》えこむ。意図してではなく反射的な動きであったが、メーシャ自《みずか》ら腰を揺らしたことで、ギグフラムは小さく呻《うめ》いた。

「……あなたは……ッ、今日は、よほど私を翻弄《ほんろう》したいのですね……？」

「違う……ぅ、ん、あぁっ」

ユスターが面白がって後孔をなぞるたび、腰が動いてしまった。ギグフラムの上でメーシャが腰を振るかたちとなり、自分から快楽を得る有様になる。

「やだぁっ！　はぅんっ、そんな場所っ、触らないで……っ、あうぅ！」

「嫌そうに見えないが？　むしろ、ここは嬉しそうだぞ」

「そうですよ。……それに、ここに触れられるのも……、ン、慣れてください。ハァ……、こちらも慣らせば、三人で一緒に気持ちよくなれるのですよ」

ひくりと窄《すぼ》まりがひくつくと、ユスターの指先が少しだけ侵入してくる。

「え……？」

「安心しろ。今日は軽く触れるだけにしてやるし、実際にする時は楽になる媚薬《びやく》を塗りこんでやる」

「はぅん！」

ギグフラムの太すぎるものを咥《くわ》えこんだまま、後ろの窄《すぼ》まりに指先を挿《い》れられ、前と後ろの両方から形容しがたい悦楽がこみ上げてきた。

それだけでもおかしくなりそうなのに、ギグフラムが結合部に手を伸ばしてくる。

「ああっ！」

みっちり拡がった蜜口の上で膨らんだ秘芽《ひめ》を、ざらついた指先につまみとられ、メーシャはたまらず達してしまった。

「あっ、あぁ、あぁあ……っ」

びくびくと全身を痙攣《けいれん》させ、体の中を満たす剛直とユスターの指先を同時にしめつける。先ほど吐精したばかりのギグフラムはまだ絶頂までは遠いようで、果てて動けなくなったメーシャの代わりに下から腰を突き上げてきた。

「あうっ、はぁん……っ、あぁっ！」

達してとろとろになった粘膜を太いものでずんずんと擦《す》られ、ユスターの指も先ほどより深い部分まで侵入してきた。花芯は相変わらず指先でつままれており、くんっと引っ張られると再び達してしまう。

「ああ、メーシャ……。連続でイく姿も可愛いですね。ぐちゃぐちゃになりながら……っ、ン……、中が何度も私をしめつけてきますよ」

「俺の指も嬉しそうに咥《くわ》えこんでるぞ?」

下腹部の気持ちいい部分を全部弄《いじ》られ、何度も絶頂を迎えた果てに、ようやくギグフラムが精を放つ。もちろんそれで終わるはずもなく、太い楔《くさび》が抜かれると、代わりにユスターの長いものが埋《う》めこまれていった。

「ああう、っ、ん……」

嬌声《きょうせい》を零《こぼ》す唇はギグフラムとユスターに交互に奪われ、底なしの快楽に落とされていく。二人の男に愛され、メーシャの胸は満たされていた。

◆　◆　◆　◆

遅い時間まで抱き合ったあと、隠し部屋で日曜日をだらだらと過ごし、また月曜日がやってくる。

月曜の朝、緊急集会を行うという連絡があり、祭司と文官の研修生たちは講堂に集められた。壇上にはアルフレッドが立っている。彼はとても厳しい表情を浮かべていた。

(もしかして……)

土曜日の特別講義で、他の研修生たちが後片付けをメーシャ一人に押しつけたことに対し、アルフレッドは怒っていた。いくら嫌がらせのためとはいえ、騎士研修生たちに迷惑をかけることになったかもしれない行為である。注意するのもやむなしだ。

アルフレッドは研修生たちを見渡したあと、講師に目配せをする。すると、講師が研修生たちに向かって服を掲げた。

王家の紋章が入ったその服は、アルフレッドが土曜日に着ていたものだ。王子である彼はいつも綺麗な服を身に纏《まと》っていたが、掲げられた服は膝から下が黒く汚れている。

「さて、これは僕が土曜日に着ていた服だ。しかし、膝の下や袖口が汚れているだろう？　この汚れがなんなのか、誰かわかる人はいるかい？」

そう問いかけるものの、研修生たちは首を傾げながら互いに顔を見合わせるだけで、理由を思いつかないようだ。すると、アルフレッドがメーシャに視線を向ける。

「メーシャ・クリストフ。この服が汚れている理由を答えなさい」

指名されたメーシャは立ち上がり、凛《りん》とした声で答えた。

「土曜日に、講堂の後片付けで床掃除をしたためです」

メーシャの発言に、「殿下が掃除？」「どういうこと？」と、教室内がざわつき、研修生たちの纏《まと》う空気が重くなった。

「土曜日の特別講義のあと、片付けの様子を見に行ったところ、騎士練習室に残っていたのはたった一人、メーシャ・クリストフだけだった。あの量の片付けを一人でできるわけがないだろう？見捨てておけず、この僕が自《みずか》ら床に跪《ひざまず》いて掃除をした。王子として生まれた僕には床掃除は初めての経験だったね。こんなに服が汚れるだなんて知らなかったよ」

汚れた服を見ながら、アルフレッドがしみじみと言う。

「我々講師は、研修生全員で片付けるようにと言ったはずだ。それなのに、どうして片付けをしていたのが一人だけなのかわからなくてね。……誰か、理由を説明できる者はいるかい？」

その問いかけに答える研修生は誰もいなかった。皆気まずそうに俯《うつむ》いている。

「そういえば、君たちには自治会という組織があって、その会長が文官研修生の中にいるんだろう？　……カレン・ドレドルはどこだ？　立ちなさい」

名指しされたものの、カレンはなかなか立たなかった。しかし、その場にいた研修生たちの視線が彼女に向けられる。皆の視線の先を追ったアルフレッドが、カレンに声をかけた。

「そこの金髪の君、名前は？」

「カレン・ドレドルです」

観念したように呟いて、彼女が立ち上がる。

「自治会長という立場の君に聞きたい。土曜日に片付けをしていたのが一人だったのは、なぜだ？君はあの講義のあと、なにをしていた？」

「……っ、その……。……メーシャはとても優秀ですが、あたしたちは未熟で、片付けをする時間を惜しんでも勉強をしなければならず……仕方なく彼女に任せたのです」

しどろもどろになりながら、カレンが答えた。

「片付けは重要でないと思っているのか？　だとすれば心外だ。使用した道具を片付けることまで含めて、研修だと考えている。それに、君は文官になりたいのだろう？　あの量の片付けを一人で問題なくできると思っているのなら、君の采配《さいはい》は信用できない」

ぴしゃりと言い切られて、彼女の顔が青ざめる。第三王子から直々《じきじき》に名指しで注意されては、いくら強気な彼女でもすくんでしまうだろう。

「祭司研修生は知っていると思うが、僕が今年講師としてやってきたのは、補佐を見つけるためだ。メーシャ・クリストフはとても優秀であり、補佐候補としては上位だったが、他にも成績優秀な研修生はいる。成績だけでなく、立ち振る舞いも含めて補佐にふさわしい人材を探していたところだったが、君たちには失望したよ」

彼の溜め息が、しんと静まりかえった講堂内に響いた。

「片付けすらできない君たちに、王族である僕が教えることはなにもない。今日限りで僕はここの講義を辞めさせてもらおう。今年の祭司及び文官の研修生たちは使えない木偶《でく》の集まりだと人事に報告しておく。研修が終わっても、最低十年は昇進できると思わないように」

「……っ！」

アルフレッドの言葉にメーシャは息を呑んだ。まさか、ここまでの処罰を与えるとは思わなかったのだ。

たまらず、カレンが声を上げる。

「ま、待ってください、殿下！　片付けを押しつけたくらいで、これほどまでに責められなければならない理由はなんですか？　確かにあたしたちは間違えてしまいました。しかし、あたしたちは未熟だからこそ、ここで研修を受けているのです。挽回《ばんかい》の機会は与えられるべきですわ！」

彼女を後押ししようとしてか研修生たちが頷く。皆が縋《すが》るような視線をアルフレッドに向けていた。

「些細《ささい》な過ちなら挽回《ばんかい》の機会を与えただろう。……だが、君たちの行動の結果、この国の第三王子が床に膝をついて掃除をすることになった。これについては、どう責任を取るつもりだ？　王族に床を拭かせるという行為がどれほどのことなのか、文官研修生である君には理解できないのかい？」

アルフレッドの言葉に、カレンはなにも言い返せなくなる。きちんと研修生全員で片付けをしていたら、王子が雑巾《ぞうきん》がけをする事態にはならなかったのだ。

「先ほど君は、片付けを押しつけたくらいで……と言ったね？　雑用を軽《かろ》んじたせいで、由々《ゆゆ》しき事態に陥《おちい》ることもある。君たちは国の役人として働くことになるが、その給与は国民の税金から出ているのだよ。この研修にかかる費用も血税だし、学ばせてもらっているという自覚を持ちなさい。片付けも含めて、どうでもいいことなど存在しない。……いい勉強になっただろう？」

そう言って、アルフレッドは口角を上げた。しかし、その目は微塵《みじん》も笑っていない。威圧感のある笑顔だ。

「……そして、メーシャ・クリストフ」

「はい」

「あの量の片付けを放棄せず、一人でこなそうとしていた君は見こみがある。成績も優秀だし、僕の補佐は君しか考えられない。これから古城を出て、今後の研修は僕の側で続けてもらう」

突然の通告に、メーシャは頭が真っ白になった。

「そ、その……。わたしはまだここで学ばなければならないことが沢山あります」

「君の実力は僕だけでなく、他の講師たちも認めている。僕がここに来てからというもの、君に特別な仕事を任せていたね？　なにをどの期間でやらせていたのか、講師たち全員で共有していた。日々の研修を受けながら、あれだけの仕事をこなせる君の力を評価して、特例として僕の側で研修を受けることに決まったんだ」

「……っ！」

あの大量の依頼はメーシャの能力を他の講師たちに見せつけるためだったらしい。補佐にする布《ふ》石《せき》だったのかと今更ながらに気付いた。外堀を埋《う》められて、なす術《すべ》もなく言葉を詰まらせる。

もとより、こんな大勢の前でこれ以上の拒絶はできなかった。メーシャには王子である彼の決定事項を覆《くつがえ》す権限はないし、嫌がる素振りを見せればアルフレッドの顔に泥を塗ることになる。さすがにそんな勇気は持っておらず、取れる行動はひとつだけだった。

「メーシャ・クリストフ。王族祭司の補佐候補として、今後は僕の側で研修を行う。……返事は？」

「……っ、御意《ぎょい》にございます」

メーシャは震える声で、恭《うやうや》しく跪拝《きはい》する。

「では、取り急ぎ荷物をまとめるように。僕の従者を君の部屋の前に待機させている。準備ができたら、すぐにでもここを発《た》つ」

「はい」

メーシャは講堂から出ていく。講堂にいた他の研修生たちは、皆気落ちしたようにうなだれていた。メーシャに羨望《せんぼう》や嫉妬《しっと》の眼差しを向けるものはいない。あのカレンとて、生気を失った目で唇を震わせていた。

部屋に戻るなり、メーシャは荷物をまとめ始める。今の時間は講義中なので、居住区域には誰もいない。ユスターとギグフラムに会うこともできなそうだ。

(こんな風に、なにも言えないまま別れるなんて……)

せめて手紙くらい残したかったが、「早急に出立せよとの命令です」とアルフレッドの従者に急《せ》かされ、荷物をまとめることしか許されなかった。

メーシャ自身も動揺していて、現実感がない。まるで悪い夢のようだと思ってしまう。

(手紙はあとで出せばいいわ)

そう考えて、メーシャは部屋を出る。

古城の外には仰々《ぎょうぎょう》しい馬車が用意されており、それに乗るように言われた。おそるおそる乗ると、案の定そこにはアルフレッドがいる。見た目で予想していたものの、これは王族用の馬車らしい。

「わたしも一緒に乗るのですか？　わたしは荷物運び用の馬車で十分です」

「君は僕の補佐になるのだから、この馬車にも慣れてもらう」

アルフレッドに促《うなが》され、彼の対面に腰を下ろすと馬車が動き出す。広い馬車だったけれど、中に乗っているのはアルフレッドとメーシャの二人だけだった。

「先ほどのことに驚いたかい？」

「……はい」

「まがりなりにも僕は王子だ。その僕が研修生の不始末で床掃除をした以上、なにもしないわけにはいかない。そもそも、他の講師にはあれだけで済ませるなんて殿下は優しすぎると言われたくらいだ」

アルフレッドの言うことは納得できる。メーシャ一人に後片付けを任せただけなら、注意で済んだかもしれない。

しかし、結果として第三王子が床を掃除することになったのだ。もちろんメーシャは止めたし、アルフレッドは自《みずか》ら進んで掃除をしたけれど、「王子が掃除をした」という事態に対しての処罰は、王族として行わなければならないのだろう。威厳を保つために必要なことである。

だから彼はあえて怒りを露《あら》わにしたのだ。研修生たちにとって、大きな勉強となったはず。……もっとも、かなり高い代償がついたが。

「今回のことを受け、講師たちは満場一致で君が僕の補佐にふさわしいという結論に至った。それに、特別に僕の側で研修をするというのは、君を守るためでもある。古城であのまま研修を続けたら、逆恨みした研修生が君に危害を加える可能性もあるからね」

それもアルフレッドの言う通りだ。今までのメーシャはわざと嫌われるように行動していたが、今回のことは次元が違う。あの場にいた研修生たちも今は落ちこんでいるが、そのうちメーシャを恨むようになるだろう。特に、名指しされたカレンはさぞかし憎むに違いない。

あまりにも突然で強引だとはいえ、メーシャの安全を考えてのことだし仕方ないと言えた。彼の補佐になるつもりはなかったけれど、受け入れるしかないと覚悟を決める。

「どこに向かっているのですか？」

「僕が拠点にしている離宮さ。ここから半日で着く距離にある。講師の着任期間は祭司として各地を回るような仕事を入れていなかったから、まずは離宮に腰を落ち着けて君に研修を行う。あの古城で習うことはもちろん、それ以上のことも僕がつきっきりで教えよう」

「……！　ありがとうございます」

この国の王子たちはかなり高度な教育を受けていて、皆優秀だ。そんな王族の一員である彼が一対一で指導してくれるというのだから、とてもいい経験になるだろう。

研修生としては光栄だが、別れも告げられなかったユスターとギグフラムのことが脳裏をよぎって眉根を寄せると、アルフレッドが声をかけてくる。

「移動中だが、ただ座っているだけでは勿体《もったい》ない。王族祭司の補佐の心得を教えるから、よく聞いて欲しい」

「はい！」

メーシャはぴしっと背筋を伸ばす。

移動中まで指導してくれるなんて、アルフレッドは真面目である。メーシャのことを育てたいと思っているからこそだろう。こうなったら、彼の期待に応《こた》えられるように尽力したい。感慨にふけるのは自由時間になってからだ。

メーシャはアルフレッドの話に聞き入る。途中で休憩を挟みながら、半日かかるという距離を移動したけれど、集中していたのであっという間に感じてしまった。

離宮は厳《おごそ》かな佇《たたず》まいで、とても大きかった。広い敷地を高い塀《へい》がぐるりと囲んでおり、正門前に護衛騎士がいるのはもちろんのこと、敷地の中も騎士たちが絶えず巡回している。王子が居城にしているだけあって、厳重な警備態勢を敷いているらしい。

「君の部屋は準備させておいた。今日は疲れただろうから、ゆっくり休むといい。研修は明日から始める」

「はい、ありがとうございます」

今日の馬車の中での指導は、彼の中では研修に入らないようだ。明日から、厳しい研修が始まりそうだと思うけれど、だからこそやりがいを感じる。

メーシャの部屋は、古城でのユスターの個室と同じくらい立派で広かった。いい香りのする花が生けてあるし、床に敷かれた絨毯《じゅうたん》は着ている服より高価そうで踏むのを躊躇《ためら》ってしまうほどだ。しかも、寝台には天蓋《てんがい》までついている。

本来なら王族の賓客《ひんきゃく》が使う部屋なのだろう。かなり豪華な作りになっている。勉強用の机や本棚もわざわざ用意されており、きちんとメーシャのために準備をしてくれたのだと思うと、嬉しくなった。

部屋についている浴室で湯浴《ゆあ》みしたあと、長旅で疲れているだろうからと、消化にいいあっさりとした食事を用意してもらえた。もちろん、その心遣いはアルフレッドに向けられたもので、メーシャはついでである。とはいえ、おこぼれを頂戴できるのは素直に喜ばしかった。

今日は怒濤《どとう》の展開で気疲れしていたし、馬車に乗っていた肉体的な疲れもあって、寝台に横になるとあっという間に睡魔に襲われる。

「ユスター……ギグフラム……」

二人の名前を呟いたあと、メーシャはすとんと眠りに落ちてしまった。

◆　◆　◆　◆

――メーシャがアルフレッドの離宮に移ってから、三週間が経った。

古城にいた頃は土日が休みだったが、ここでの休みは日曜日だけだ。それこそ、朝から晩までアルフレッドがつきっきりで研修が行われる。

一対一ということもあり、疑問点はすぐに質問できたし、彼はメーシャが納得いくまで説明をしてくれた。祭司としての指導はもとより、古城の全体講義で行われるような法律や王宮規則も彼が教えてくれる。しかも、国政に関わる貴族と、貴族同士の関係性まで教えてくれた。役人として働く以上、貴族の関係性を知っておいたほうがいいとのことである。

アルフレッドの知識量は凄まじく、彼の教えを受けることで、メーシャは様々なことを吸収していく。あの古城で沢山の講師に教えられていた時よりも、アルフレッドに教えてもらう内容のほうが密度が濃かった。ここで勉強できることを光栄に感じる。

新しい生活にも慣れたメーシャは、ユスターとギグフラムに手紙を出した。

離宮に滞在している以上、極秘事項を漏《も》らされては困るとのことで、手紙には必ず検閲《けんえつ》が入る。たかが研修生であるメーシャは教えを請うばかりで、アルフレッド個人の情報はなにも得ていないが、検閲《けんえつ》を拒《こば》むことはできない。手紙は封をせず侍女に渡し、アルフレッドの側近である老執事が内容を確認したあと投函《とうかん》されることになっていた。

すでに何通か手紙を出したけれど、ユスターたちからの返事はない。彼らもまた、忙しいのだろう。

それでも、一方的でいいから手紙を送ろうとメーシャは毎日のように筆を取った。検閲《けんえつ》が入る以上、三人の関係性を明らかにする内容は書けない。あくまでも日記に毛が生えた程度の中身のない手紙だが、それだけで彼らと繋がっていられる気がした。

二年前、国家試験の勉強に励んでいた頃、アルさん――アルフレッドから手紙が届くと胸が弾んだ。自分の手紙も、そう感じてもらえたら嬉しい。

「これをお願いします」

今日の研修が始まる前に、侍女に手紙を渡す。彼女は人形のように顔色ひとつ変えず「かしこまりました」と言い、手紙を持っていった。おそらく、アルフレッドの側近に検閲《けんえつ》を頼みに行ってくれるのだろう。

研修は離宮の一室で行われるが、そこに向かう途中の廊下で、何人もの騎士たちとすれ違う。彼らは険しい顔をして早足で行き交っていた。なにかあったのだろうかと不安になる。

「メーシャ！」

呼び止められて振り向くと、アルフレッドが小走りで駆け寄ってきた。

「すまないが、今日は自習にして、部屋で待機してくれ」

いつも涼しい顔をしている彼の額《ひたい》に汗が滲《にじ》んでいる。どうやら、なにかあったらしい。

アルフレッドは忙《せわ》しなくどこかに行ってしまい、メーシャは自室に戻るために来た道を引き返した。皆が落ち着かない様子をしている。

ふと、アルフレッドの側近である老執事が前方から歩いてくるのが見えた。忙しいのに手紙の検《けん》閲《えつ》という雑用を依頼してしまうことになって、申し訳なく思う。

声をかけるべきか迷ったけれど、早足で歩く彼にはメーシャとの会話の時間も惜しいだろう。なにも言わずに、すれ違う際に深々と頭を下げる。

(——あら?)

彼が通り過ぎたあと、白い封筒が廊下に落ちていた。それは古城の購買で研修生向けに売られていたもので、ユスターたちに向けて書いた手紙もこのレターセットを使っている。おそらく、メーシャの書いた手紙だろう。

(もう侍女のかたから手紙を受け取っていたのね。落としたことに気付かないほど忙しいみたいだし、あとで落ち着いてからまたお願いしようかしら)

メーシャはそれを拾い上げた。だが、差出人の名前を見て目を瞠《みは》る。

そこにはユスターの名前が記載されていた。宛先《あてさき》を見ると、メーシャの名前が書かれている。どうやら、彼が落としたのは自分が書いたものではなく、メーシャへの手紙だったらしい。

（ユスターたちから手紙がやっと届いたんだわ！）

封筒を見てメーシャは瞳を輝かせた。封が開いているのは、検閲《けんえつ》を済ませたからだろう。

（開けられているなら、読んでしまってもいいわよね？）

側近にはあとで伝えればいいと、手紙を持ち帰ったメーシャは部屋でそれを読むことにする。本来は確認を取ってからのほうが望ましいのはわかっていたけれど、皆忙しそうだし、待ちきれなかったのだ。

手紙を開き、書かれていた内容を見てメーシャの顔色が変わった。

『これで三通目の手紙になるが、返事がないのは忙しい証拠か？　長々と返事を書く必要はない。元気なら元気だと一言伝えてくれるだけでいい。お前のことだから場所が変わっても熱心に学んでいるだろうが、突然のことだったから俺もギグフラムもお前を心配している』

（……え？　三通目って、どういうこと？）

メーシャはユスターからの手紙を受け取っていない。まさか、一通目と二通目は問題のある内容が書かれていて、検閲《けんえつ》にひっかかってしまったのだろうか？

（いいえ、それはないわ。ユスターも王族よ。なにが検閲《けんえつ》にひっかかるかくらいわかっているでしょうし、変なことを書くはずがない。でも、わたしからの手紙も届いていないの……？）

メーシャも自分なりに気を遣って、検閲《けんえつ》に触れそうな内容は書かないように気をつけていた。それに、アルフレッドの側近からは「検閲《けんえつ》の結果、問題なかった。出しておく」と言われていたのだ。

（一体、どういうこと……？）

なぜ検閲《けんえつ》を受けた手紙が届いておらず、相手からの手紙も届けられなかったのか。理由はまったく思いつかない。

(考えていても答えは出ないし、あとで聞けばいいわ。まずは、勉強をしなくちゃ)

アルフレッドからは自習をするように指示されている。手紙のことは気になりつつも、メーシャは机に向かい分厚い本を開いた。

離宮内がなにかと慌ただしかったのは、どうやら急な来客があったためらしい。王族と交流のある貴族が、この離宮にアルフレッドが滞在していると知り、近くに来たから立ち寄ったそうだ。食事を運んでくれたメイドが教えてくれる。

物騒な事件が起こったわけではないと知ってメーシャはほっとした。来客は夕方前に帰ったようで、離宮内も落ち着きを取り戻している。

夕食を終えると、アルフレッドから呼び出しがあった。彼のことだから、今日の自習内容を確認してくるに違いない。メーシャは自習に使った帳面を持つと、忘れないようにユスターからの手紙を挟む。

(手紙のことをアルフレッド様に聞いてみましょう。もしかしたら、わたしの知らない規則があるのかもしれないわ)

メーシャはアルフレッドに指定された部屋へと向かう。彼はすでに部屋で待っており、メーシャを見るなり謝罪した。

「今日はすまなかったね」

「とんでもございません。王子であるアルフレッド様はお忙しいのに、こうしてわたしのために時間を割《さ》いてくださって、感謝しております」

「そう思ってもらえて光栄だ」

アルフレッドはメーシャが持っていた帳面に視線を向けると、手を出してきた。

「これが、今日自習した内容になります」

帳面を手渡すと、彼は微笑む。

「なにも言わなくても成果物を持ってくるなんて、やはり君は優秀だ」

「ありがとうございます」

褒められて、メーシャは嬉しくなる。

「なるほど、このあたりをまとめていたのか。……うん、よくできている。いい機会だから、明日はもっと深い内容を教えてあげよう」

帳面をパラパラとめくりながらアルフレッドが言う。すると、頁《ページ》の間に挟んでいた封筒がはらりと床に落ちた。

「……ん？」

封筒の差出人にユスターの名前を見つけて、アルフレッドはすっと目を細める。

「これはどうした？」

「側近のかたが偶然わたしの目の前で落としたので、拾いました。今日は皆さんお忙しそうだったので、拾ったことも伝えられなくて……」

「そうか。中は読んだのか？」

「はい。わたし宛《あて》の手紙でしたし、開封済みでしたから、検閲《けんえつ》も終わっていると思ったので……」

メーシャの返事を聞くなり、彼は大きな溜め息を吐いた。

「読んではいけなかったのでしょうか？　……わたしが送った手紙も届いていないようですし、これより前に送られてきた手紙も受け取っていません。なぜでしょう？　検閲《けんえつ》を通せば問題ないと考えていましたが、研修生は手紙のやりとりを規制されるのでしょうか？」

思いきって訊ねてみる。すると、アルフレッドは床に落ちた手紙を踏みつけた。品行方正な彼のまさかの行動にメーシャは目を瞠《みは》る。

「側近として長年世話になったが、彼はもう年のようだね。これを落としても気付かないほど耄碌《もうろく》しているなんて、引退してもらうしかないな」

彼はぐりぐりと手紙を踏みにじり、白い封筒が汚れていった。

「ア、アルフレッド様……？」

「そんなにこの手紙が大事なのか？　僕が出した手紙よりも？」

地を這《は》うような冷たい声に、メーシャの体を戦慄《せんりつ》がかけめぐった。

以前、メーシャ一人に掃除させた研修生たちを注意した時の彼も迫力があり、さすがは王族だと思った。しかし、今は違う。凄まじい威圧感が鎌首をもたげながらこちらを見ている気がした。

震える声で、メーシャは言葉を紡《つむ》ぐ。

「友人からの手紙は大切です」

「友人？　本当か？　君は友人と睦《むつ》み合うのか？」

「……っ！」

なぜアルフレッドがそれを知っているのか。その疑問が表情にありありと出ていたようで、彼が答えてくれる。

「あの古城に作られた王族専用の隠し部屋だが、王族研修生の部屋からはもちろん、王族講師用の部屋からも繋がっている。好きな時に使えと、俺もユスターも同じ隠し部屋を与えられていた。もっとも、ユスターがあの部屋を使うことはなかったから、会ったことはなかったが」

「まさか……」

あの隠し部屋はユスター一人のためにしては、かなり設備が整っていたと思った。だが、王子であるアルフレッドも使えるようになっており、彼が頻繁《ひんぱん》に利用していたというなら納得である。

「練習場の片付けを手伝った日、疲れたから久々に隠し部屋でくつろごうと思ってね。扉を開けようとして、なにやら怪しげな声が聞こえてきて驚いたよ。三人で睦《むつ》み合っているとはね。情事に夢中で、僕が覗いているのにも気付かなかっただろう？」

まさか見られていたなんてと、メーシャは青ざめる。

「あの部屋に招かれたんだ。ユスターが王族だというのも聞いているんだろう？　人との関わりを嫌うあいつがそれを話すなんて……よほどメーシャのことが気に入ったようだね。……ああ、それとも、その凶相があいつの心を惹きつけたのかな？」

アルフレッドはメーシャの顔をじっと見つめた。

「ユスターの心は病《や》んでいる。あいつは存在を隠された王族だが、その役目は有事の際に血を残すだけではない」

「え……？」

「僕たちには敵が多い。命を狙われることもある。下位の王子がわざわざ騎士や祭司となり全国を飛び回っているのも、王族みんなが同じ場所に留まらないようにするためだ。……そして、そんな僕たちの命を狙う暗殺者を捕らえた場合、雇い主を聞き出す必要がある。とはいえ、いくら王族に忠誠を誓っているように見える部下でも全面的に信用はできない。では、メーシャ。どうすればいいかわかるか？」

「まさか……」

最悪の想像に行き着く。顔色を失ったメーシャを見て、アルフレッドは微笑んだ。

「ああ、やはり君は優秀だ。その通りだよ。王族自《みずか》らが拷問《ごうもん》すればいいのさ。そして、その汚れ役を押しつけられるのが、王族であることを世間から隠された人間……つまり、ユスターだ。彼が医官になるくらい人体を熟知しているのも、数々の拷問《ごうもん》の成果だ。毒物に至っては、王宮勤めの医官よりもあいつのほうが詳しい」

「ユスターが……」

以前、口紅に使われていた毒の種類を判別できたのも、それだけの経験を積んでいたからなのだろう。わざわざ研修中の彼にそんな仕事が回ってくるのが疑問だったが、すとんと腑《ふ》に落ちる。

「来る日も来る日も拷問《ごうもん》続きとなれば、心が病《や》むのも当然か。そして、あいつの護衛であるギグフラムもその現場を見ていたはずだ。自分が仕えるユスターが苦悩しながらも、なお拷問《ごうもん》する姿を見て、健全な精神でいられるはずがない」

「……っ」

二人はいつもメーシャに優しくしてくれた。あの様子からは予想もできない過去に衝撃を受けたし、彼らのことを思うと胸がつきんと痛む。

「そんな二人だからこそ、君の凶相に惹かれたようだ。……メーシャ。君はそれでいいのかい？あいつらは君の凶相に惹かれただけで、君自身を好きなわけではないのだろう？」

「……いいえ、違います。ユスターもギグフラムもわたしの顔に惹かれたわけではありません」

痛む胸を押さえながら、メーシャはきっぱりと言い切った。アルフレッドが驚いた顔をする。

「彼らはわたしの中身を見てくれました。傷化粧をして凶相の効果を抑えても、彼らのわたしへの態度は変わらなかったのです」

「……ほう？」

「わたしの凶相に惹かれて気が触れた男は、肉欲を満たすためにわたしを襲おうとします。でも、あの二人は違いました。最初に一線を越えた時も、欲望ではなく、わたしの傷を治療するためだったんです。それがわかっているからこそ、わたしも彼らを受け入れました」

メーシャはあの日のことを思い出す。

「治療のためとはいえ、恋人でもないのに情を交わす方法を取らせるほど判断力を鈍らせたのは、わたしの凶相のせいです。だけど、その根底にあったわたしへの思いは、……祭司になるわたしの顔の傷を治療したかったという思いは本物です。ただ凶相に惹かれただけではないんです。だから、わたしは………わたしも……っ」

(——ユスターとギグフラムのことが、好き)

メーシャはそう実感する。

一線を越えた直後は、彼らを惑《まど》わした責任を取ろうと考えていた。友人としては好きだけれど、恋愛感情を抱いているかどうかはわからないと思っていたのだ。

でも、違う。こうして言葉にすることで、メーシャはようやく自分の気持ちに気付いた。最初に彼らを拒絶しなかった時点で、すでに好きだったのかもしれない。

メーシャも二人を好きであり、隠し部屋での情事は凶相が招いた事態ではなく、互いの思い故《ゆえ》の行為だったと言おうとしたその刹那《せつな》、アルフレッドが怒声を上げた。

「それ以上は言うな!」

「っ!」

びくりと肩が跳ねる。声の大きさに耳が痛くなった。

「なぜだ? どうしてだ? 僕のほうが先に君に出会っていただろう? 君を助けたのも僕のほうが先だ。手紙だって、僕が君に送っていたのに……!」

「ア、アルフレッド様……?」

「君を助けたあの日、将来の夢がわからないというから祭司の道を示してあげた。君の村に密偵を派遣し、動向を逐一《ちくいち》報告させていたよ。君が祭司を目指して勉強を頑張っていると聞いた時は嬉しかったし、影ながら応援もしていた。……君が試験に合格したからこそ、わざわざ僕は講師として研修にやってきたんだ」

アルフレッドが距離を詰める。その迫力に怖じ気《おけ》づき、メーシャは思わずあとずさった。

「君が勉強を頑張っていたから、僕も真剣に教えてあげようと思った。わざわざあの古城からここに連れてきたのも、君を守るためだよ。嫌がらせを受けていたのだろう？　一人で練習場を掃除している君を見かけた時、これはいい機会だと思った。そして、ようやくこの離宮で二人きりになれる時間を手に入れたというのに……」

一歩下がれば、彼も一歩詰めてくる。アルフレッドのほうが歩幅が広いので、いくらメーシャが後退しようが、二人の距離は少しずつ近づいていった。

「君は僕のことを初恋だと村娘たちに言っていたようだし、二人で過ごす時間が増えれば、メーシャの気持ちは再び僕に向くと思っていた。……僕がこんなに君を好きなのだから、君も僕を好きになって当然だろう？」

「――っ」

それは、愛の告白だ。一国の王子からの求愛に、頭をがつんと殴られたような衝撃を受ける。

「君の凶相はすごいね。おそらく、僕の心も病《や》んでいるのだろう。君を助けたあの日から、君が脳裏を離れない。毎日、ずっと君のことを考えている。婚約話もあったけれど、君を妻にすると心に決めていたから父上を説得したよ。その代わり、僕は祭司として大量の仕事をこなさねばならず、この二年半は国中を巡っていて、君に会えずにいた。本当は手紙を書くだけではなく、君に会いに行きたかった。会えない間も君を思っていたよ」

切々と語るけれど、その目に宿す光は仄暗《ほのぐら》い。

彼の告白に、メーシャは困惑していた。好きだと言われたからだけではない。彼が凶相に惹かれたというならば、矛盾しているのだ。

「わたしのことを思い続けるなんて、どうして……」

「凶相の効果は君が一番よくわかっているだろう。なぜ驚いた顔をしている？」

「凶相は顔を見なければ効果がないんです。たとえわたしに惹かれたとしても、二年も会わなかったら興味をなくすはずなのに……」

「ああ……きっかけは、凶相だったのかもしれない。でも、それだけじゃなかった。凶相持ちで酷い目に遭っていたにもかかわらず、君はあの時、不幸ではないと言い切った。……その言葉が、僕の心に突き刺さったのだろう」

「え……」

確かに、そんなことを言った気がする。

「僕は王子として生まれ、王子としてふさわしい者であるよう求められた。勉強も剣技も人並み以上どころか最高水準を求められたし、それ以外の振る舞いや一挙一動……それこそ、歩く時や食事に至るまで常に完璧を求められ、気を抜くことは許されなかった」

いつ、どんな時もアルフレッドの所作は美しく人の目を惹きつけた。しかし、それは自然に身についたものではなく、完璧な王子であろうと彼が振る舞っていたからなのである。さりげない動きのひとつひとつが彼の重荷になっていたとは、想像もしていなかった。

「毎日が窮屈《きゅうくつ》で、僕は自分が不幸だと思っていたよ。王子になんて生まれなければよかった、とも。……でも、凶相という厄介《やっかい》なものを持って生まれた君は不幸ではないと言った。僕もこれまでのことを振り返ってみたよ。僕のためにかけられた金や時間や手間は、いかほどのものだろう？　自分を不幸だと思うことは、僕に関わってくれた人たちの思いを無下《むげ》にすることだと気付いた」

紫の目が、すっと細められる。

「情けない話だが、僕はその時初めて、当たり前に与えられていたものの価値を知ったのさ。それを気付かせてくれたメーシャに、僕は惹かれた」

真摯《しんし》な言葉がメーシャの胸を打つ。

（なんてこと……。アルフレッド様は凶相に惑《まど》わされただけではなくて、きちんとわたし自身のことを見て、思っていてくれたんだわ……）

「君に会いに行っていれば違ったかい？　君の心をつなぎ止められたかな？　……でも、仕方なかった。君と結婚するためには、頭がおかしくなるくらい仕事をする必要があったんだ。そのおかげで父上も納得し、婚姻は僕に一任すると認めてくれた。これでようやく……ようやく、君を迎える準備ができたというのに……っ」

「あっ」

メーシャの背中が壁にぶつかり、もう後ろに下がれない。アルフレッドはメーシャの体を挟むようにして、壁に手をついた。逃げ場がなく、彼の鋭い双眸《そうぼう》に見据えられる。

「メーシャ。僕を好きだった癖に、ユスターとギグフラムに心変わりをしたのは許そう。その代わり、今この瞬間から、君は僕のものになるんだ」

「な……っ」

「はぁ……、好きだよ……。研修中だからと自分を抑えていたけれど、もう我慢できない。君の顔を見るたびに、僕の心はかき乱される。すべてを暴露した今、僕を抑えつける枷《かせ》はなくなった」

ぐっと、彼の顔が寄せられる。顔を背けようとしたけれど、それより先に唇を奪われてしまった。

「んうっ！」

ユスターとも、ギグフラムとも違う唇の感触。薄く形のいい唇が、力強くメーシャの口を貪《むさぼ》った。

閉じた唇を冷たい舌で無理矢理こじ開けられ、舌が侵入してくる。

「んっ、んんーっ！」

体を壁に押しつけられ、身動きが取れない。妙にざらついた舌が、メーシャの口内を蹂躙《じゅうりん》する。

舌同士が擦《こす》れると、ぞくりとしたものが背筋を走り抜けていった。

「ンっ、あ……。君の唇はとても美味《おい》しいね、メーシャ。ユスターとギグフラムがこの感触を先に知っていたなんて、殺してやりたいくらいだよ……、ン……ッ、ハア……」

（こ、殺す……!?　ユスターとギグフラムを？）

殺すとは、物騒すぎる単語である。しかし、凶相が彼を惑《まど》わせれば、やりかねないだろう。恐ろしくなったメーシャは下手に抵抗せず、大人しく受け入れる。

口づけが深くなるたび、くちゅくちゅという水音がやけに耳に響く気がした。やがて、彼の手が胸元に伸びてくる。

「んっ！」

メーシャは思わず身をよじり、アルフレッドの手を払いのけた。すると、彼が唇を離して剣呑《けんのん》な眼差しで見つめてくる。

「僕を拒絶するつもりか？」

「ち、違います。ただ、その……。立ったままでは恥ずかしくて、つい……」

彼を刺激しないように言葉を選んで言い訳すると、彼は小さく頷く。

「なるほどね。では、ベッドならいいのかな？　僕の部屋に行こうか」

アルフレッドはメーシャの手を引いて歩き出す。この広い離宮のどこに彼の部屋があるのか、メーシャは知らなかった。ただ、研修に使っていた部屋からは離れているようで、延々と廊下を歩くことになる。

その途中で何人もの使用人たちとすれ違った。尋常ではない様子のアルフレッドがメーシャの手を引いている姿を見ても、彼らは顔色ひとつ変えずに廊下の端に寄って頭を下げる。

離宮の奥に連れていかれると、見張りの騎士が増えた。ものものしい警備に、この先に彼の部屋があるのだろうとメーシャは悟る。

一際豪奢《ひときわごうしゃ》な扉の前に行き着くと、そこには二人の騎士が立っていた。彼らはアルフレッドの姿を見るなり、敬礼して扉を開く。

手をぐっと引っ張られて、部屋の中に連れこまれた。二人が中に入ったのを確認した騎士が、扉を閉める。この国の王子にふさわしい絢爛豪華《けんらんごうか》な内装が目に入るはずだった。しかし――

「え……」

壁にはメーシャの肖像画が飾られていた。まだ幼さを残す十六歳の頃の自分や、国試の受験勉強に励んでいる自分、そして研修初期の自分の姿がある。着ている服で、いつ描かれた絵かを推測するのは簡単だった。

しかし、絵のモデルになった記憶はない。誰に、どうやって描かせたというのだろうか？

アルフレッドはメーシャの手を引いたまま、部屋の奥へと進む。そこには立派な寝台があるが、似つかわしくない質素なシーツが敷かれていた。見覚えがあるものだ。

「これは、まさか……」

「そうだよ、君が古城で使っていたシーツだ。君の香りに包まれて見る夢は最高だったよ」

わざわざ使用済みのシーツを入手する思考回路が理解できなくて、メーシャは硬直する。

とりあえず目に付いたのは肖像画とシーツだけだったが、室内にはそれ以外にもメーシャ関連のものがありそうだと思ってしまった。動揺していると、寝台の上に押し倒される。

「あっ……」

覆《おお》い被さってきたアルフレッドに貪《むさぼ》るようなキスをされた。ざらついた舌が口内を動き回ると同時に、彼の手がメーシャの服を脱がしていく。

「んっ、ん……っ」

先ほどアルフレッドが言った「殺してやりたい」という単語が何度も頭をよぎった。

この凶相に惑《まど》った彼の凶暴性の矛先が自分に向けられるのなら、まだいい。先祖のように監禁されても、無理心中されても、凶相持ちの運命として仕方ないと受け入れられる。

しかし、その狂気がユスターとギグフラムに向かうのだけは駄目だ。そうならないよう、メーシャは自分がどういう行動を取ればいいのか必死で考える。

とにかく、余計な抵抗をしたら彼の機嫌を損《そこ》ねてしまうと、されるがままになった。服を全部逃がされて羞恥《しゅうち》に駆られるが、肌を隠すことはしない。

「ああ、メーシャ。綺麗だ。この前は見ているだけしかできなかったけれど、ようやくこの手で触れられる」

「あぁっ」

アルフレッドの手がメーシャの形のいい胸を包みこんだ。醸《かも》し出す威圧感とは対照的に、とても優しい手つきで、むしろくすぐったいほどだ。彼の掌《てのひら》の中で、硬くなった先端が主張を始める。

生理的な反応だけれど、彼は非常に喜んだ。

「少し触っただけで、こんなになってしまうなんて……。ねえ、どうして……？」

メーシャの顔を見ながら訊ねてくる。

いくら機嫌を取るためとはいえ、いきなり彼のことを「好き」と答えるのは悪手だろう。先ほどメーシャはユスターとギグフラムを好きだと発言しようとして止められたばかりなのだ。

だから、彼が納得し、かつ信憑性《しんぴょうせい》がありそうな言葉を選ぶ。

「は、初恋の人に体を触られれば、反応してしまいます……」

メーシャの回答は正解だったらしい。先ほどまで怖い雰囲気を纏《まと》っていたアルフレッドが一転して、とろけるような笑みを浮かべた。

「誠実で聡明な回答だ。そう、君の初恋が僕だということは、絶対に揺るがない事実だね。……君の恋心の初めてをもらえて嬉しいよ」

まるで恋人にするみたいな、優しいキスを与えられる。ちゅっ、ちゅっと何度も軽い口づけを交わすうちに、彼の手は胸を揉《も》むのをやめて、先端を弄《もてあそ》び始めた。

「ああっ……」

敏感な部分に触れられ、たまらず声を上げてしまう。ユスターとギグフラムに開発された体は、些細《ささい》な刺激にさえも強く反応した。

アルフレッドがくりくりと乳嘴《にゅうし》をつまみながら、引っ張ってくる。ぴりっと強めの刺激が胸先から体を駆け抜けていき、メーシャは思わず腰を揺らした。

「メーシャ、これが気持ちいいのかい？」

「は、はい……っ」

快楽を得ているのは嘘ではないので、素直に答える。

「わかったよ。僕が沢山気持ちよくしてあげるからね」

乳嘴《にゅうし》をねじるようにつままれると、大きな嬌声《きょうせい》が唇から零《こぼ》れた。

押して、引かれて、つぶされて、ねじられて。胸の先端の敏感な部分に様々な刺激が与えられる。

体はどんどん火照《ほて》り、メーシャの奥から蜜が溢《あふ》れてきた。雄の味を覚えた秘裂は、獲物を欲しがるように涎《よだれ》を溢《あふ》れさせ、ひくついている。

アルフレッドは口づけながら、執拗《しつよう》に胸ばかりを攻め抜いた。触れられ続けた乳嘴《にゅうし》は硬くしこり、ぷっくりと充血している。彼の指先で形を変えさせられるたびにじんと痺《しび》れて、これ以上されるとおかしくなってしまいそうだった。

しかも、一国の王子であり、見目麗《うるわ》しいアルフレッドが自分の胸に夢中になる様子は、見ているとどきどきが止まらない。

「もう、やめ……っ、ん、胸ばかり……っ、はぅ、触れられると……っ、あぁんっ」

嫌々と首を振りつつ、メーシャは懇願《こんがん》する。しかし、彼はよりいっそう強い力で乳嘴《にゅうし》を引っ張った。

「ひあっ！」

「胸だけで達しそう？　……いいよ、イってごらん」

「ああっ！」

アルフレッドは胸から手を離さなかった。メーシャの口内で、上顎《うわあご》が感じる部分だと探り当てた彼は、ざらつく舌でそこを擦《こす》りながら胸の先端を指で軽く押しつぶす。その上、乳嘴《にゅうし》をぐっと引っ張られると、それだけで軽い絶頂がメーシャの体を襲った。

「あぁあああ……っ！」

「ふふ……。軽めだけど、上手にイけたね？」

メーシャの頭を撫《な》で、アルフレッドが微笑む。そして、おもむろに寝台から下りた。

(下りた……？　もしかして、やめてくれるとか……？)

寝台から離れていく彼の後ろ姿を見て、メーシャはほのかに期待してしまう。しかし、彼は水差しとグラスを持ってすぐに帰ってきた。水を注いで手渡してくれる。

「……あ、ありがとうございます」

確かに、あえぎすぎて喉はからからだ。メーシャは素直に受け取って、ありがたくそれを飲む。

そんなメーシャの目の前で、アルフレッドは錠剤を取り出すと、それを水で流しこんだ。こくりと、彼の男らしい喉仏が動く様子に、思わずどきりとしてしまう。

「これは、精子の能力を抑制する薬だ。研修生の君を妊娠させるわけにはいかないからね。孕《はら》ませて閉じこめ僕だけのものにしてもいいけれど、優秀な人材は国の宝だ。それに、祭司になりたいという君の夢を奪いたいわけでもない」

「……っ」

性交には必ず妊娠の可能性がつきまとう。避妊薬を飲んでくれることに安心すると同時に、彼を優しいとすら思ってしまった。名前のつけられない、複雑な感情が胸に渦巻く。

「痛っ……」

薬を飲んだアルフレッドが下腹を押さえる。

「だ、大丈夫ですか？」

「薬の副作用だ。即効性がある上に効能も確かだが、痛みを伴う。ユスターたちも避妊薬を飲んでいたのだろう？　副作用を聞いていなかったのかい？」

「知りませんでした……」

メーシャの前で彼らが痛がる素振りを見せたことなど、一度たりともなかった。そんな副作用があったなんてと驚いてしまう。

「ははっ。あいつらも君の前では格好つけたかったらしい。……でも僕はありのままを見せるよ。だって、君はどんな僕でも受け入れてくれるだろう？」

質問のかたちをとっているけれど、許された回答はひとつだけだ。メーシャは「はい」と消え入りそうな声で呟く。

「僕も、どんな君でも愛せるよ。ユスターとギグフラムにどれほど抱かれていようが、ね」

アルフレッドが服に手をかける。王族の服はやたらと飾りが付いており、着脱の際は使用人が着付けると聞いたことがあるが、彼は一人で器用に脱いでいった。

服の下に隠されていた体は、予想以上に筋肉質だった。うっすらと傷痕もある。

そして、彼の下腹部のものは固く勃《た》ち上がっていた。ユスターともギグフラムとも違う形で、まっすぐではなく、緩く弧を描くように反っている。しかも、先端の丸みを帯びた部分が大きかった。

すべてを露《あら》わにした彼は、メーシャの両膝を掴むと、左右に割り開く。

「……っ！」

熱くなっている部分が彼の目前にさらされた。ひくつく蜜口と、内股までべっとり流れている愛液が彼に見られてしまう。

「ずいぶん濡《ぬ》れて、もの欲しそうに震えている。薬はもう効いてきていると思うけれど、念のためにもう少し待とうか」

そう口にして、メーシャの秘処に腰を寄せた。

「えっ……」

待とうかと言いながら、彼は剛直をメーシャにあてがおうとする。

しかし、その大きめの先端が中に入ってくることはなく、柔らかな淫唇《いんしん》に熱竿《さお》をぴたりと添わせるように当てられた。彼はメーシャの膝を掴むと、怒張を秘部に挟む形で足を閉じさせる。そして、膝立ちのまま前後に腰を揺らした。

硬い肉筒がメーシャの秘処を蹂躙《じゅうりん》する。

「あぁっ！」

挿入はされていない。だが、敏感な場所に雄の部分が擦《こす》りつけられる。溢《あふ》れる蜜は彼の楔《くさび》を濡《ぬ》らし、肉と肉が擦《こす》れるたびにじゅぷじゅぷと淫猥《いんわい》な水音が響いた。閉じていた蜜口は微かに開き、敏感な内側も熱竿《さお》の側面で擦《す》られてしまう。

先端の丸まった部分がこりっと陰核をえぐり、じんじんと痺《しび》れた。与えられる刺激は気持ちいいけれど、お腹の奥がきゅんと切なく疼《うず》く。

「あっ、あぁあぁあぁっ！」

「ハァ――、ク……。メーシャ。気持ちいいかい……？」

「あうっ、んっ、は、はい……っ」

「ふふ……。メーシャのここ、もの欲しそうに涎《よだれ》を垂らしてるね。……でも僕は、言葉で聞きたい。この唇で伝えて欲しい」

アルフレッドの指先がメーシャの唇をそっとなぞる。

「僕を欲しいと……言って欲しい」

縋《すが》るような声色に、メーシャの胸がしめつけられた。命令ではなく懇願《こんがん》だ。王子である彼が望めばメーシャは従うしかないのに、彼は強制しなかった。

（わたしの体だけを求めているんじゃない。……心が、欲しいんだ）

先ほどメーシャは、ユスターとギグフラムへの恋心を自覚したばかりである。アルフレッドのことは、どう思っているのか自分でもわからない。それでも、初恋が彼だったのは確かだ。

（二年間もわたしのことを思っていたなんて……）

その二年という時間が、どれほどのものなのかメーシャは知っている。彼と出会ってから、祭司になるために勉強していた期間と同じだ。試験のためにメーシャも頑張っていたが、それ以上に彼が大変だったのは容易に想像がつく。

どこか切ない眼差しに見つめられて、どうしようもなく心が揺れる。――彼の二年間を思うと、冷たくあしらうことはできなかった。

「……アルフレッド様が、欲しいです」

彼の望んだ言葉を口にする。すると、彼が表情をほころばせた。花が咲いたような笑顔に、胸の奥が切なくなる。

「ありがとう、メーシャ」

アルフレッドはメーシャの足を開かせると、とろとろになった蜜口に怒張をあてがった。媚肉《びにく》を押しわけて剛直がメーシャの中に侵入してくる。

「あっ、あああああああっ！」

ユスターのものより長くはないし、ギグフラムのものより太くはない。しかし、彼のものは驚くほど硬かった。ごりごりと、凶悪な硬さの楔《くさび》が柔らかな媚肉《びにく》を強く擦ってくる。しかも熱竿《さお》は反っているので、また違った挿入感がメーシャを襲った。硬すぎるものを根元まで挿《い》れられて、思わず達してしまう。

「――っ！」

たまらず、メーシャはぎゅっと彼にしがみついた。彼の背中に爪先が沈む。

「挿《い》れただけで達したのかい？　僕たちは相性がいいのかもしれないね」

アルフレッドは感悦の表情を浮かべながらメーシャに口づけてくる。絶頂の余韻《よいん》で震える舌はざらつく舌に搦《から》め捕られた。

「ひっ、ぁあああ！」

硬い熱杭が中を行き来すると、凄まじい快楽がメーシャに襲いかかってくる。

「あっ！　ああっ！　ひぅっ！　あぁん！」

ずるりと抜かれたあと、一気に奥まで突かれる。単純な動きのようでも、反った部分にごりっと柔肉を擦《す》られれば、それだけでとてつもない快楽が生じた。何度でも絶頂を迎えてしまう。

「あっ、あ――！」

「ハァ……、中、すごいことになってるね……？　突かれるだけで達しているのかい？」

「はぅん！　あっ……、あ、あぅ……っ！」

苦しいほどの悦楽に包まれて、メーシャは腕も足も彼の体に回し、すがりついていた。彼の背中を爪でひっかいてしまうけれど、体の制御がきかず、どうしたらいいかわからない。

「可愛い……可愛いよ、メーシャ。僕のメーシャ……。君の手足も、そして内側もこんなに僕に抱きついてくるなんて……！　ンっ、もっと、もっと……！　どんどん傷つけていいから……」

アルフレッドは腰を揺らしたまま、メーシャに口づけてきた。凶悪な楔《くさび》がメーシャの中を容赦なく蹂躙《じゅうりん》する。

「ああ、メーシャ！　ンっ、僕のものを、ちゃんとここで覚えて、あいつらのことは……忘れてくれ。思い返す余裕もないくらいに……っ、抱きつぶして、君の体を僕専用に作り変えてあげるよ……っ！　ここも、僕の形にしてあげる……！」

奥まで一気に突かれて、メーシャが絶頂を迎えると同時に彼も吐精した。焼けるかと思うくらいの熱を持った雄液がメーシャの内側に吐き出されていく。

もちろん、彼のものは暴力的なまでの硬度を保ったままだった。抜くことなく、白濁にまみれた内側を再び擦《す》っていく。

「はぁっ、んっ、うぅ……っ！」

「メーシャ、メーシャ……。愛してる。あいつらより、僕のほうが先に……っ、君を、好きだったんだ……。二年以上……、ずっと、君のために頑張ってきた……！　ンッ、この思いが報われないはずはない……！　こんなに、こんなに君を……好きなんだ……っ」

「……っ？」

ぽたりと、メーシャの頬に滴《しずく》が落ちる。それは汗ではなく、彼の涙だった。

（え――）

大人の男の人が泣く姿なんて、葬式《そうしき》でしか見たことがない。だから、メーシャは激しく動揺してしまった。同時に、胸の奥がしめつけられる。

「ハァ……、メーシャ。愛してるよ。君は永遠に僕のものだ……っ」

悲しいほどの愛を囁《ささや》きながら、彼はメーシャを抱き続ける。気を失っても激しい抽挿《ちゅうそう》に現実へ引き戻され、メーシャは明け方近くまでアルフレッドに愛された。

第四章　略奪からの略奪、そして四人の選ぶ道

メーシャがアルフレッドの寵愛《ちょうあい》を受けるようになって、ひと月が経った。

昼間は従来通り、祭司になるための講義が行われる。アルフレッドが研修に私情を挟むことはなかったので、厳しく指導してもらえた。おかげで、メーシャはどんどん知識を身につけていく。

その一方で、夜になると激しく抱かれた。メーシャはもう、自分の部屋に戻ることはない。アルフレッドの部屋がメーシャの寝泊まりする場所になってしまっている。

古城にいた頃は、ユスターたちと平日に睦《むつ》み合うことなどなかった。しかも、アルフレッドが講師として来てからは忙しすぎて、隠し部屋で抱き合っただけである。

二人を相手していたとはいえ、まだ場数を踏んでいないメーシャの体を、アルフレッドは徹底的に抱きつぶした。毎夜訪れる官能の時間に、初心《うぶ》な体は淫《みだ》らなものに作りかえられていく。

メーシャはユスターとギグフラムへの手紙を書かなくなっていた。書いたところで届くことはないし、彼らに向ける言葉が見つからないのである。ユスターたちと離れた場所で、自分はアルフレッドのものになってしまった。事情があったとはいえ、彼らに対する裏切り行為である。

それに、しつこく手紙を書き続けようものなら、アルフレッドの怒りを買うだろう。その矛先がユスターたちに向くことは避けなければならない。ユスターも王族であるが、現王の実子であるアルフレッドのほうが立場が上なのは明らかだ。もしメーシャの心がユスターとギグフラムに向いているとわかれば、アルフレッドがどういう行動を起こすか予想できない。最悪の事態も考えられるし、彼らの安全のためにもメーシャはアルフレッドに従順でなければいけなかった。

——研修が終わるまでの期間、メーシャはこの牢獄《ろうごく》のような離宮で過ごすことになるのだ。

しかし、一年の研修の成果として、最後に論文を提出しなければならない。研修の終了前には論文発表会があり、成績上位者はそこで論文を読むことになっていた。おそらくメーシャは代表の一人として選ばれるだろう。その際は古城に戻り、ユスターたちと顔を合わせることになるけれど、それが終われば彼らと会う機会もそうそうなくなる気がする。

研修が終わり次第、メーシャはアルフレッドの補佐として全国を飛び回ることになる。ユスターとギグフラムの所属がどこになるのか、わからない。だが、アルフレッドはメーシャが彼らと接触するのを許さないはずだ。

(前みたいにユスターやギグフラムと話せる機会なんて、なくなるわ。そして、わたしとアルフレッドが結ばれたと知ったなら、二人はわたしのことを憎むでしょうね。……わたしを嫌いになってくれれば凶相の効果も薄れて、ユスターたちは普通に暮らせるかもしれないわ)

一度はあの二人と結ばれる未来を思い描いたけれど、今となっては叶わぬ夢である。この身はアルフレッドに蹂躙《じゅうりん》され尽くしたのだ。二人のもとに戻れるはずがないし、合わせる顔もない。

(わたしはもう、アルフレッド様のもの。それはわかっているのに――)

いくらアルフレッドに抱かれても、ユスターとギグフラムへの思いが薄れることはなかった。

それでは、アルフレッドのことはどう思っているかといえば、嫌いではない。無理矢理抱かれてしまったけれど、彼の二年間の思いは本当だった。きっかけはこの凶相かもしれないが、アルフレッドはメーシャ自身のことをきちんと愛している。凶相に惑《まど》わされていなければ、あんな行動を起こさなかっただろう。

しかも、彼は時折メーシャを抱きながら感極まって泣くのだ。一国の王子が自分を思い泣く姿に、心が揺さぶられないわけがない。

心が定まる前に体だけ繋がったから、メーシャは自身の胸のうちがわからなかった。日中は勉強で忙しい上に、夜も快楽に落とされてしまうので、落ち着いて気持ちと向き合う時間などない。中途半端な思いを抱えたまま、時間だけが過ぎていく。

——気がつけば、研修は残り三ヶ月となった。

発表会に向けて、メーシャの論文執筆も始まる。メーシャが代表に選ばれることはほぼ確実なので、アルフレッドの指導にも熱が入っていた。

そんなある日の夜、メーシャはアルフレッドに激しく抱かれた。彼に抱かれることはもう日常になっていたけれど、なぜかその日の彼は荒々しかった。乱暴にすることはなかったものの、快楽の連続に何度も気を失いそうになってしまう。これ以上ないほど精を注がれて、中はどろどろだ。

「はぁ……っ、ん……」

ようやく解放された時には喉がからからだった。このまま眠りたいが、その前に水を飲みたい。

しかし、疲れ果てて体を動かすことが億劫《おっくう》だ。

そんなメーシャの様子を見かねてか、アルフレッドが水を用意してくれた。一国の王子に給仕をさせるなんて……と恐縮してしまうが、大人しく彼に甘えることにする。

こくこくと水を飲んでいると、アルフレッドがぽつりと呟いた。

「メーシャ。ユスターとギグフラムのことは、どう思っている？」

「……っ！」

メーシャは手にしていたグラスを落としそうになった。アルフレッドの口からその二人の名前を出されたのは、初めて彼に抱かれた時以来である。

「どうして、そんなことを聞くのですか？」

動揺しながら、メーシャは聞き返した。質問に質問で返すのはよくないことだけれど、彼の真意を読み取れないままでは、回答を間違う可能性がある。慎重に意図を探る必要があった。

「優秀だという理由で古城の外で研修できる人がいるなら、自分たちにもその機会が与えられるべきだと、あの二人はかなり頑張ったようでね。短い期間ではあるが、古城の外で研修する権利を得たらしい。しかも、その場所としてこの離宮を指定したようだ」

「え……っ」

メーシャは驚きのあまり言葉を失ってしまう。

「通常ならありえないことだが、ユスターは王族だからある程度の我《わ》が儘《まま》が通る。しかも、僕のいるこの離宮なら警備は万全だから、場所としても最適だ。なんとか阻止したかったけれど、今まで王族であることを隠して、汚れ仕事を文句ひとつ言わずにやってきたユスターの初めての我《わ》が儘《まま》だ。却下するだけの理由がなくて、僕が折れるしかなかった」

溜め息交じりにアルフレッドが言う。

「まさか、あいつが権力を使ってくるとはな」

「ユスターが……」

彼らは手紙の返事も出さないメーシャを心配して、この離宮に来るのだ。そのために、どれほど頑張ったのだろうか？　ユスターは偉そうにしているけれど、なにもせずに我《わ》が儘《まま》を言うような性格ではない。自分の意思を通し、説得するための努力は惜しまなかったはずだ。

ユスターとギグフラムのことを思うと、胸の奥がつきんと痛む。

（まさか、ユスターたちがここに来るなんて……）

彼らが離宮に来たならば、メーシャとアルフレッドの関係もすぐに気付くだろう。なにせ、ここで働いている者たちは全員知っているくらいなのだ。わざわざ頑張ってここに来た彼らに、あまりの仕打ちである。

（アルフレッド様との関係が、講師と研修生のままだったなら喜べたのに。今のわたしは……）

メーシャはユスターたちを裏切った。心苦しさに、眉根を寄せる。

「……よかった」

メーシャの表情が曇《くも》ったのを見て、アルフレッドは微笑む。

「君が彼らとの再会を喜んだら、どうしようかと思っていたよ。その表情なら大丈夫そうだね。彼らよりも、僕のほうが大切なのだろう……？」

「……っ」

アルフレッドがメーシャの肩に手を回し、耳元で囁《ささや》いてくる。グラスは取り上げられ、サイドテーブルの上に置かれた。

「ア、アルフレッド様……？」

「気分がよくなってきた。……もう一回、君を抱きたい」

「……！　も、もう、今日は沢山しましたから……っ、あ」

メーシャはくみしかれ、熱い口づけを与えられる。抵抗するだけの力も残っておらず、彼に再び抱きつぶされた。

◆　◆　◆　◆

ユスターとギグフラムが離宮に来る日になった。

彼らは研修終了後、「王族祭司が全国を回る際に同行する医官と騎士」への配属を希望しているようで、この離宮で研修を行うらしい。

実際のところ、彼らの配属先は現実味があるのではないかとメーシャは考えていた。王族の血筋は守るべきものだから、アルフレッドが祭司として仕事をする際には、かなりの数の護衛がついているのだろう。この離宮の警備も厳重である。

今後ユスターが自分の素性を明らかにしたならば、ギグフラム以外にも複数の護衛がつくはずだ。もしアルフレッドとユスターが行動を共にするならば、二人の王族を一緒に護衛できるので、同行させる人数が少なくて済む。また、王族祭司専属の医官には、同じく王族のユスターなら信用できると一般的には思われるだろう。

しかし、アルフレッドは彼が同行することを拒否するはずだ。期間が定められている研修は譲歩するとしても、今後ずっと一緒にいるとなれば話が違う。はたして、王子であるアルフレッドの意見が通るのか、それともユスターの希望通りになるのか、それは予想できない。

（でも、わたしがアルフレッド様のものになったと知ったら、ユスターもギグフラムも幻滅《げんめつ》するか

もしれないわね。……いいえ、幻滅《げんめつ》してもらわなければ駄目よ。彼らの心を解放する責任がわたしにはあるわ）

アルフレッドの執着心は凄まじい。メーシャがユスターとギグフラムと一緒になることを望めば、彼らが無事でいられるかどうかわからない。アルフレッドの側を離れるわけにはいかないのだ。

ユスターとギグフラムとて、凶相に惑《まど》った以上、心が病《や》んでいることには違いない。それでも、アルフレッドに比べれば理性がありそうだし、穏便に済ませるためにメーシャはアルフレッドを選ぶしかなかった。

ユスターとギグフラムはこの離宮に到着後、主《あるじ》であるアルフレッドに挨拶《あいさつ》にくるらしい。その場にメーシャも立ち会うようにと言われていた。

その時間まで、メーシャはいつものようにアルフレッドの講義を受ける。普段は集中できるのに、どうしても気分が落ち着かない。彼らに会いたいのか会いたくないのか、自分でもわからなかった。

「失礼します。研修生が挨拶《あいさつ》に参りました」

護衛騎士に部屋の外から声をかけられ、ついにこの時が来たかとメーシャの心臓が跳ねる。

「わかった。入れ」

アルフレッドが落ち着いた様子で返事をすると、護衛騎士に案内され、ユスターとギグフラムが入室してきた。

「……っ！」

彼らの顔を見た瞬間、思わず泣きそうになってしまう。

離宮での研修とあって、身なりはとても綺麗にしていたけれど、記憶にある彼らより少し痩《や》せていたし、目の下にクマができていた。ここに来るために、寝る間も惜しんで努力したのだろう。

ユスターとギグフラムは、アルフレッドの前で跪《ひざまず》く。ユスターの希望で、自分が王族であることをこの離宮の使用人たちには知らせていないらしい。彼が王族であることを知るのは、アルフレッドとメーシャ、そしてごく一部の者だけとのことだ。

ユスターは従兄弟《いとこ》としてではなく、研修生としてつつがなく挨拶《あいさつ》を終えた。ギグフラムもそれに続く。アルフレッドも淡々と答えていた。メーシャはその様子を黙って見守る。

「君たちの研修は、この離宮の医官長と騎士隊長が担当する。僕が君たちを指導することはないので、彼らからよく学ぶように。……ところで、君たちはメーシャと仲よくしていたらしいね？」

ふと、アルフレッドが笑みを浮かべた。

「特別に教えておこう。彼女は研修後に僕の補佐になるが、いずれは結婚するつもりなんだ」

「な……」

ユスターとアルフレッドが驚愕《きょうがく》の表情を浮かべる。そんな彼らを見て、アルフレッドはメーシャに訊ねてきた。

「メーシャ。君は誰のものだい？」

「……わたしは、アルフレッド様のものです」

彼らの前で言わされることに動揺しながらも、メーシャははっきりと宣言した。戸惑いを見せて、アルフレッドの機嫌を損《そこ》ねるわけにはいかない。

「では、僕にキスをしてくれ」

「そ、それは……。人前でそのようなことはできません」

彼らの前で口づけるなんてしたくない。思わず拒否すると、アルフレッドが肩をすくめた。

「昨日はあんなにキスしてくれたじゃないか」

そう言って、アルフレッドは己の首元をユスターたちに見せつける。そこには、口吸いの痕が赤く浮かんでいた。昨晩、彼に「強く吸うように」と命じられ、メーシャがつけたものだ。

「……っ」

すっと、ユスターとギグフラムの双眸《そうぼう》が細められる。

「恥ずかしがり屋の君も可愛いよ。確かに、見せつけることはないね。今夜二人きりになったら、たっぷりキスしてもらうからいいよ」

アルフレッドの口調は、やけに刺々《とげとげ》しい。メーシャに向けたその言葉で、ユスターたちを牽制《けんせい》しているのだ。

「講義の続きがあるから、そろそろ退室してくれないか？　君たちもせいぜい頑張るように」

アルフレッドが合図をすると、護衛騎士がユスターたちに退室を促《うなが》す。

王子と研修生という立場だからか、彼らはなにも言わなかった。去り際に振り返り、メーシャに鋭い視線を投げかけてくる。怒っているのか、悲しんでいるのか、彼らの胸中はわからない。

ただ、メーシャの胸は酷く痛んだ。

◆　◆　◆　◆

ユスターたちが離宮に来たものの、彼らと顔を合わせることは滅多になかった。もう少し顔を合わせる機会があると思っていたけれど、彼らは彼らの研修が忙しいらしく、全然姿を見かけない。本当に同じ離宮にいるのかと、疑問に思ってしまうほどだ。

そんな中、メーシャは論文の執筆に励んでいた。最近のアルフレッドは王宮から書類の仕事が沢山回されてくるそうで、その処理で忙しいようだ。祭司として学ぶべきことは十分教えられていたので、講義を受ける必要はなく、論文に集中できる。

自分の不在時にユスターたちがメーシャに接触することを懸念《けねん》してか、メーシャが論文を書いている部屋の前には護衛が置かれていた。もっとも、むさくるしい騎士が部屋の中にいたら集中できないだろうと、護衛が入室してくることはない。

広い部屋で一人、調べ物をしながら黙々と論文を綴《つづ》っていると、突如窓が開いた。勝手に窓が開くはずもなく、メーシャは驚いて窓のほうを見る。すると――

「ギグフラム……！」

漆黒《しっこく》の髪を風になびかせつつ、ギグフラムがひらりと室内に入ってきた。彼は口元に人差し指を立てると、手早く窓を閉める。

今メーシャがいる部屋は離宮の三階であり、ここには足場になるようなテラスもない。一体、彼はどうやってここに来たのだろうか？

「お久しぶりですね、メーシャ」

廊下の護衛に聞こえないように、ギグフラムは声を抑えて話した。元から低い声だが、より耳の奥まで響く気がする。

「……っ、久しぶり……」

戸惑いながらも、メーシャは答えた。

「昼間は研修ですし、あなたは夜もアルフレッド様の部屋で過ごしているようですので、落ち着いて話す機会がなかなか取れなくて……。ようやく、時間を見つけてここに入りこめました」

「そう……」

「とはいえ、それほど時間に余裕がないので手短に聞きます。アルフレッド様と結婚予定というのは本当ですか？　一体、なにがあったのです？」

じっと、草色の瞳がメーシャを見つめてくる。

懐かしい眼差しに真実を話したい衝動に駆られたけれど、それは優しい彼を苦しめるだけだ。だからメーシャは、彼に嫌われそうな言葉を選んだ。

「この離宮でアルフレッド様と過ごすようになって、恋に落ちたの。あなたたちとの関係は、もう終わり。あれはひとときの気の迷い、遊びのようなものよ。わたしはアルフレッド様と結婚するの」

メーシャは刺々《とげとげ》しい口調で伝えるが、意外にもギグフラムは表情ひとつ変えなかった。

「つまり、私とユスターよりアルフレッド様のほうが好きなのですか？」

「……そうよ。アルフレッド様は第三王子で、ユスターよりも身分が上だもの」

あえて、ユスターたちにはどうにもできない点をあげる。しかし、ギグフラムはさらりと言う。

「なるほど、身分の問題ですか。では、ユスターが王になれば、私とユスターを選ぶのですね？」

「えっ？」

「ユスターには王位継承権があります。継承権が上のものが全員いなくなれば、王になるのはユスターです」

「ま、待って。なにを言っているの……？」

「なにって、王位簒奪《さんだつ》についてですが。人を殺すだけで簡単に王位を継げるんですよ？　あなたを手に入れるためなら、私もユスターもそれくらいやります」

にこりとギグフラムが微笑む。とても物騒なことを話しているのに、彼の笑顔はあまりにも清々《すがすが》しくて、その温度差にメーシャの肝《きも》が冷えた。

「それとも、王ではなく王子という立場がお望みですか？　ならば、ユスターの父上に王位を継がせればいいですね。そうすれば、ユスターは王子になります。殺す人数も少なくて済むので、こちらのほうが早くできそうですね」

ギグフラムはどんどん話を続けていく。

「やめて！　人を殺すなんて、そんなのいけないわ」

青ざめながら、メーシャは制止しようとした。しかし、彼は軽く笑う。

「なるほど、命を奪うのはお嫌いですか。ならば、王にふさわしくない体にすればいいだけです。殺さずに王位を奪う手段なんて、いくらでもありますよ。メーシャ、すべてはあなたが望むままに」

ギグフラムは本気だ。メーシャのために、なんの罪もない王族を害するつもりである。

「……っと、あまり長居もできないので、もうそろそろ行かなくてはいけません。しかし、あなたの考えが聞けたのは重畳《ちょうじょう》でした。そうですか、ユスターより高位の王族がお望みだったとは……」

「ち、違うの。本当は……」

「すみません、メーシャ。もう行きますね。……それと」

冷静さを失っているメーシャの肩に手を置くと、長身の彼は腰をかがめ、すっと顔を寄せてくる。顔を背ける暇もなく、唇を彼に奪われた。

「ん……っ」

舌で唇を割られ、口内をしっかりと味わわれる。肉厚の舌が中をかき回す感触が酷く懐かしくて、メーシャの体から力が抜けてしまった。

短い時間ながらも濃厚な口づけをした彼は、「それでは、また」と言って再び窓から出ていく。

「えっ」

三階から飛び下りたら骨が折れるどころか、命を失う可能性だってある。メーシャが慌てて窓から顔を出すと、彼は器用に外壁の凹凸《おうとつ》に手足をかけて移動し、別の部屋の窓に入っていった。

誰かに見られていないか不安になったメーシャは、窓から周囲を見渡す。しかし、見える範囲に見張りの姿はなかった。ギグフラムのことだから、この時間、誰がどこを巡視しているのか把握していて、死角となる時間を狙ってやってきたのだろう。

彼がここに来たことをアルフレッドに知られたら、どんな行動を起こすか予想できない。その危険がないことに安堵しつつも、くらくらと目眩《めまい》を覚え、テーブルに手をつく。

「一体、どうすればいいの……？」

このままいけば、ユスターとギグフラムは王位継承権が上のものを手にかけるだろう。上手くいくかどうかわからないが、彼らはとても優秀だ。被害者は出るに違いない。

かといって、このことをアルフレッドに相談するわけにもいかなかった。そうすれば、彼はユスターたちを処分するだろう。どうにか丸く収める方法を、メーシャは必死で考える。

（いっそ、わたしのことを嫌ってくれればいいのに、嫌われる方法が思いつかない）

どうやっても、彼らに嫌われることができない。先ほどだって、嫌われようと告げた言葉は裏目に出てしまった。解決の糸口が見えず、袋小路《ふくろこうじ》に入り込む。

（すべての元凶はわたし。わたしがいなくなれば――）

メーシャ一人の犠牲《ぎせい》で済むのならば簡単だ。責任を取って自死することも脳裏をよぎったけれど、それは得策ではない。彼らに好かれたままメーシャが死ねば、「あの世で永遠に結ばれる」とか言ってあとを追ってきそうである。解決していない状態で死を選ぶのは無責任だ。

メーシャはどうしたらいいかわからなくなった。とはいえ、こんなことは誰にも相談できない。検閲《けんえつ》されるので、祖母にも手紙が書けなかった。

（この研修期間中は、ユスターもギグフラムも下手に動けないはず。今すぐに解決策を見つけられなくても、研修が終わるまでに思いつけばいいのよ。……とにかく、必死で考えるしかないわ）

ぐっと拳を握りしめる。それは論文なんかより、もっと難しい課題だった。


ギグフラムが窓から突然訪ねてきたあとは、再び彼らと会うこともなかった。彼らと接触する機会があれば、いい策を思い浮かぶかもしれないのにと歯がゆくなる。

考える時間欲しさに論文を必死で進めたからか、提出期限まで余裕があるのに、すでに書き終わってしまった。アルフレッドに見せると、彼はしっかり内容に目を通したあと言葉をくれる。

「これは素晴らしい。歴代の祭司研修生の中でも一、二を争う出来だろう。しかもこんなに早い時期に書き終えるなんて、さすが僕のメーシャだ」

研修に関しては厳しい彼に褒めてもらえて、メーシャの心は弾んだ。アルフレッドが一対一で指導してくれたおかげである。彼の寵愛《ちょうあい》には戸惑っているものの、研修生と講師という立場では、認めてもらえれば素直に嬉しい。

「そういえば、ユスターとギグフラムは論文執筆に手間取っているようだね。いくら成績が優秀でも、論文を書けなければ失格だ」

「え……？」

あの二人はとても優秀だ。論文なんかに手間取るはずがないと、メーシャは驚いてしまう。

「古城ではなく、この離宮で研修するんだ。前代未聞の事態だし、目をつけられないはずがないだろう？　ユスターの素性を知らないから、ユスターもギグフラムも上官にしごかれているらしい。論文を書く暇もないだろうね」

「……っ！」

メーシャは言葉を失ってしまった。

確かに、第三王子の離宮に勤める人間ならそれなりの矜持《きょうじ》はあるだろうし、新入りに先に出世されるのは癪《しゃく》に障《さわ》るだろう。しかし、ユスターもギグフラムも研修に来ているのだ。論文が書けないほどのしごきは問題に思える。

「まあ、僕が口を出すことじゃない。素性を隠すと決めたのはユスターだし、特例の研修生が目をつけられることくらい、ここに来る前に予想できていただろうしね」

アルフレッドは静観するようだ。医官と騎士の研修に祭司である第三王子が口を出すこともない……というのは、理解できる。

それでも、メーシャは放っておけない。ユスターとギグフラムからは嫌われたいけれど、それとこれとは話が別だ。彼らが苦境に陥《おちい》っているのなら、手を差し伸べたい。自分だって、彼らに沢山助けてもらったのだ。

「ああ、メーシャ。そんなに不安な顔をしなくても君は大丈夫だよ。君も特例でここにいるけど、メーシャが僕のお気に入りだっていうことは皆知っているし、万が一、君に害をなす者がいたら、すぐに処分してあげるから」

メーシャの表情が曇《くも》った理由を勘違いしたアルフレッドが、優しく声をかけてくる。ユスターたちに嫌われるより、解決策を見つけるより、まずは彼らを助けるのが最優先だと心に決めた。

論文も書き終わり、研修生としてアルフレッドに教えてもらうことはほとんどなくなってしまった。あとは、実際に祭司としての活動を始めてから実地で学ぶことばかりである。

メーシャがそういう状況なので、アルフレッドは祭司ではなく王子としての書類仕事に専念する時間が増えた。祭司補佐が手伝う内容ではない上に、メーシャが見てはいけない書類があるので、彼は自分の執務室で黙々と仕事をこなしている。

祭司補佐として全国を回る前に、各地のことを知っていたほうがいいとアルフレッドに言われたメーシャは、この国にある街や村についての本を読んでいた。

論文を書く時は一人のほうが集中できるだろうが、本を読むなら側に使用人がいたほうがいいだろうと、メーシャには侍女がつけられている。日中、メーシャが部屋で一人になることはない。

この離宮には図書室があり、各地方の文献が沢山あった。好きに使っていいと言われていたので、メーシャは頻繁《ひんぱん》に出入りしている。

しかし複数の本を一気に借りるのではなく、わざと一冊ずつ借りては図書室まで行き来していた。まとめて借りればいいのにと侍女に言われたが、貴重な本をなくしたら責任が取れないし、本を戻す場所がわからなくなってしまう可能性もあるからと言い訳をする。

最初のうちは、メーシャが図書室に移動するたびに侍女はわざわざついて来ていた。しかし、あまりにも頻度が多く、一日に何往復もすることになる。離宮内は警護の騎士が常に巡回しているし、そもそも離宮の警備は厳重で、部外者が中に入りこむのは難しい。たかだか図書室に行くのに危険もないだろうと、侍女はメーシャについてこなくなった。

こうしてメーシャは図書室に移動するわずかな時間、一人になれる機会を手に入れた。あえてゆっくり歩き、時に遠回りする。ユスターやギグフラムに偶然会えないかと思いながら、経路を変えつつ毎日何往復もしていると、ふと怒鳴り声が耳に届いた。

「おい、研修生！　これを干しておけ！」

研修生という言葉の響きに、メーシャは声のした方角に向かう。

人気《ひとけ》のない廊下の突き当たりで、ユスターが複数の医官に囲まれていた。薬草がこんもりと積まれた籠《かご》が床に置かれている。天日干《てんぴぼ》しして乾燥させるための薬草だろうが、いかんせん量が多すぎるように思えた。しかも、今日の天気は雨である。

「今は雨です。干せません」

ユスターは堂々と言い返していた。本来の身分はユスターのほうが上だけれど、一応は上官に敬語を使っているらしい。

「うるさい！　やれって言われたら、やるんだよ！　明日までに干し草にしておけ」

「たとえ晴れていても、一日で干し草にはなりませんが？」

「生意気なことを言うな！」

遠くからその様子を見ていたメーシャは、とても嫌な気分になった。しごきどころか、これではただのいじめである。とはいえ、理路整然とした態度を取るユスターはさすがだった。肉体的にはともかく、精神的にはこたえていなさそうだ。

そんなユスターの前に、今度はバサバサと冊子が積まれていく。

「管理日誌だ。つけておけ」

「この量を一人でですか？　通常、管理日誌は二人で記入すると聞いておりますが」

「古城ではなくここで研修するほど優秀なお前なら、簡単にできるだろう？」

管理日誌なるものが、どういうものなのかメーシャは知らない。だが、ユスターが無理難題を押しつけられているのはわかる。

メーシャはわざと足音を立てながら、彼らに近づいていった。

「あなたは……」

医官たちがメーシャの姿を見て、ぴしっと背筋を伸ばす。

研修生であるメーシャよりも、彼らのほうが立場が上だ。しかし、メーシャはアルフレッドのお気に入りで、恋人だと思われている。彼らがメーシャに酷い態度を取ることはないはずだ。

それがわかっているからこそ、堂々と前に進み出た。

「久しぶりね、ユスター。研修の具合はどう？　論文は進んでる？」

「いいや、全然。見ての通り、雑用が多くて書く時間がない」

ユスターがわざとらしく肩をすくめた。

「医官って、雨なのに薬草を天日干し《てんぴぼ》できる方法を知っているの？　わたしにも教えて欲しいわ」

先ほどユスターに無理難題を言った医官を見て告げると、彼は口ごもる。

「いや、これは、その……」

メーシャというより、アルフレッドを恐れているのだろう。医官が戸惑いを見せる。

敬語ではなく、あえて普通の口調でメーシャは話した。アルフレッドの権威《ステータス》を借りている状態だが、使えるものは使わなければ、この状況は打破できない。

「ユスターはわたしの大切な同期なの。厳しい研修は結構だけど、くだらない嫌がらせは感心しないわね。これで論文が間に合わなくて、一緒に卒業できなかったら……わたし、アルフレッド様の前で泣いてしまうかもしれないわ」

「……っ！　す、すみません！」

医官がさっと薬草の籠《かご》を持つ。管理日誌とやらも、別の医官が拾い上げた。

「わたしに顔を覚えられる前に、ここからいなくなったほうがいいと思うわ」

続けてそう言うと、医官たちは蜘蛛《くも》の子を散らすようにいなくなる。こうして廊下には、メーシャとユスターだけが残された。

「お前が泣いたところで、俺のためにアルフレッドが動くとは思えないけどな」

乾いた笑みを浮かべながらユスターが言う。以前と変わらない軽口に、メーシャの胸が痛んだ。

「……わたし、急いでるから」

とりあえずは、なんとかなった。今回のことは、ギグフラムをしごいているという騎士たちにも伝わるはず。アルフレッドの存在をちらつかせれば、彼らも論文執筆に支障が出るほどの嫌がらせはしなくなるだろう。メーシャはユスターの前から去ろうとするが、ぐっと手首を掴まれる。

「ギグフラムから聞いた。俺の継承順位がアルフレッドより上になれば、お前は俺を……俺たちを選ぶのか？　お前はそれを望んでいるのか？」

彼の目は真剣だった。本当に王位簒奪《さんだつ》をやりかねない。だから、メーシャは咄嗟《とっさ》に否定する。

「違うわ。わたしは絶対にあなたたちを選ばない。わたしの心はもうアルフレッド様のものなの」

切り口を変えて、アルフレッド自身が好きだと言わんばかりの回答をしてみた。しかし、ユスターは淡々と言う。

「なんだ、そんなことか。ならアルフレッドさえいなくなれば、俺たちのもとに戻ってくるんだな？」

「な……！」

「お前が誰を好きになっても構わない。お前が好きになった男をすべて処分すればいいだけの話だ。たとえそれが、王子であってもな」

彼の鈍色《にびいろ》の目が燃えるような輝きを放ち、メーシャは思わずぞっとする。彼は本気だ。メーシャを取り戻すためなら、王子であるアルフレッドをも殺すのだろう。

「馬鹿なことを言わないで。……改めて言うわ。わたし、ユスターのことを嫌いになったの。ギグフラムもよ」

頭が上手く回らず、考えなしに嫌いだと告げる。すると、ユスターの手がメーシャから離れた。

「嫌い……？　それは、本当か？」

涼しい顔をしていた彼が、初めて険しい表情を見せた。

「そ、そうよ。嫌いよ」

はっきりと告げてみる。ユスターは嫌いという言葉に傷ついたのか、言葉を失っていた。

「とにかく、嫌い。……じゃあね、さようなら」

そう言い残して、メーシャは早足で図書室へと向かう。ユスターが声をかけてくることも、追いかけてくることもなかった。

(もしかして、嫌いって言うだけでよかったの……？　そんな簡単なことだったの？)

咄嗟《とっさ》に口をついて出た言葉に、こんなにも効果があるとは思わなかった。あれほど悩んでいたけれど、簡単な答えがあったことに拍子抜けしてしまう。

(嫌いと言うだけで傷ついて、わたしを嫌ってくれるなら、それがいいわ。……今度、ギグフラムに会えたら同じように言ってみましょう)

そう考えるものの、胸の奥がざらつく。嫌いと言ったのは自分だけれど、心が切り裂かれたような心地がした。傷つく権利なんかないのに、とても胸が苦しい。

「……っ」

メーシャは胸元を押さえる。探し求めていた答えを得られても、気が晴れることはなかった。

◆　◆　◆　◆

ユスターに「嫌い」と告げてから、数日が経った。ギグフラムにも嫌いだと伝えたいが、忙しいのか相変わらず会えずにいる。

実は先日、この手段はアルフレッドにも有効かもしれないと、一度だけ閨《ねや》で「嫌い」と言ってみた。すると、それまで甘い雰囲気を纏《まと》わせていた彼が豹変したのだ。

「嫌い？　それは一体どういう意味だい？　君は僕を好きだろう？　……好きだよね？　違うと言うなら……僕のことしか考えられなくなるようにしてしまうよ。僕以外の者を見る目も、僕以外に触れる手もいらないよね？　そのすべてを奪ったら、もう雑念に惑《まど》わされないよね」

冗談ではなく本気の発言だった。彼はメーシャの愛を手に入れるためなら、体を傷つけることも厭《いと》わないのだ。

好きな人の体を傷つけるなんて、普通は考えられない。しかし、そういう思考にしてしまうのがこの凶相だ。肖像画に描かれていたご先祖様のように、檻《おり》に監禁されるだけで済んだら幸運なのかもしれない。祖母は例外中の例外だ。

身の危険を感じたメーシャは慌てて言い訳をする。

「き、嫌いと言ったらどんな顔をするのか気になったんです。アルフレッド様のそういう表情も、知りたくて……」

その言葉はアルフレッドをいたく喜ばせたようだ。

「なんだ、そういうことか！　僕のそんな顔も見たいなんて、いじらしいことを言うね。満足してもらえたかな？」

そのあと、上機嫌になった彼に抱きつぶされた。疲れたけれど、五体満足で済んでほっとしている。

そんなわけで、アルフレッドに「嫌い」と伝えるのは悪手だと判明した。ギグフラムに嫌いと伝えたところで、ユスターと同じ反応をするとは限らない。それでも、彼とユスターはどこか似ている部分があるので、効果がありそうだと考えている。

（最悪、論文発表会で古城に戻った時に伝えてもいいわね。それまで、あと一ヶ月半……）

研修もいよいよ終わりを告げようとしている。正式な祭司になれば、アルフレッドの補佐として忙しくなるはずだ。そして、ゆくゆくは彼の妻になる。

これから先の人生を思い描いても、楽しみに思えなかった。

王族祭司補佐の仕事はやりがいがあるだろう。しかし、その終着点はアルフレッドの妻だ。メーシャ自身が自《みずか》ら選んだのは祭司になることだけで、彼の補佐をすることも、結婚することも、すべては成り行きである。そんな自分の人生は、酷く空《むな》しく思えてしまった。


メーシャはその日も、本を読んで自習していた。図書室には足繁《あししげ》く通っているけれど、あれ以来、ギグフラムはもちろんユスターの姿も見かけない。

本を読み終えたメーシャは、喉が渇いたので侍女にお茶の準備をお願いしてから図書室に行く。新しい本を借りて戻ると、テーブルの上に手紙が置いてあった。メーシャはそれに目を通す。

『時間ができたので、突然だが論文発表会の練習をしよう。午後三時に温室で待つ。人がいないほうが集中できるから、一人で来るように。アルフレッドより』

彼の端正な字で、そう書かれていた。どうやら、メーシャと侍女がいない間にここに来たのだろう。間が悪いと思っていると、侍女が戻ってきた。

「お待たせしてすみません。少し足止めされましてお茶が冷めてしまい、淹《い》れ直していたら遅くなってしまいました」

「足止め？」

「些細《ささい》なことです、メーシャ様が気にするようなことはないですよ。さあ、お茶をどうぞ」

「ありがとう。それと、わたしたちがいない間に、アルフレッド様がこの書き置きを残していたみたいで……」

メーシャはアルフレッドの書き置きを見せた。

「まあ、そうなのですね。殿下にわざわざ書き置きをさせてしまうなんて……」

「そうね。わたしも謝っておくわ」

メーシャはそう言って、時計を見る。

「あと一時間後ね。ここから温室まで十分くらいかかるのかしら？　アルフレッド様をお待たせするわけにはいかないし、早めに準備しておくべきよね」

「ええ、それがいいと思います」

メーシャはとりあえずお茶を飲んでから、発表会用の原稿を持つ。論文発表会は、論文すべてを読み上げるのではなく、内容を簡潔にまとめたものを発表するのだ。もちろん、その要約もとっくに書き終えている。

とはいえ、人前で話すのだから、声の強弱や間の取りかたを練習しておくに越したことはない。人前で話すのに慣れているアルフレッドに指導してもらえるのは、かなり勉強になりそうだ。

練習の練習と言わんばかりに、侍女に聞いてもらいながら発表の予行をする。そして、指定された時間の三十分前にメーシャは温室に向かった。

温室は中庭にある。中庭に続く扉の前には見張りがいて、ただの散歩ならメーシャは通してもらえなかっただろう。しかし、アルフレッドからの書き置きを見せると、すんなりと通してもらえた。直筆の文字の効果は絶大であり、見張りたちもアルフレッドの筆跡を把握しているようだ。

中庭に温室があるのは知っていたものの、こうして足を踏み入れるのは初めてだ。髪を揺らす柔らかな風が心地よい。

（そういえば、なんで温室なのかしら……？　もしかして、講堂みたいに声が響きやすいとか？）

不思議に思いながらも、温室の門を開ける。

温室の中は、色とりどりの花が咲き誇っており、その鮮《あざ》やかな色彩にメーシャは目を奪われた。美しい花を見ているだけで心が安らぐ。ここなら、落ち着いた気持ちで発表の練習ができそうだ。もしかしたら、メーシャを気遣って温室を選んでくれたのかもしれない。

また、花以外に薬草も育てられていた。薬草の世話は医官がするので、ユスターはここに何度も出入りしているのだろう。あの時の彼の傷ついた顔が脳裏に浮かぶが、メーシャはふるふると頭を振って雑念を払おうとする。

アルフレッドが来るまでまだ時間があるから、温室の中を散策することにした。どうしてもユスターを連想してしまうので、薬草を視界に入れないように花だけを見る。離宮の中に飾られている花も、ここで育てられているものだ。

温室の中にいるのは自分ひとりで、歩くたびにしゃり、しゃりと土を踏みしめる音が響く。温室は花を育てるための場所で、特に足下が整備されているわけではなかった。所狭しと花が育てられているせいか、視界も悪い。

だからメーシャは、足音をぴったりと重ねながら歩く人物が背後にいると気付かなかった。

「……っ⁉」

角を曲がろうとしたところで、メーシャは背後から来た何者かに羽交《はが》い締《じ》めにされた。強い力で押さえられ、身動きが取れなくなる。

「だ、誰っ？」

振り向こうとしても、体を密着させて羽交《はが》い締《じ》めにされているから、首を動かすこともできない。

しかし、背中に当たる逞《たくま》しい胸板の感触には覚えがあった。

「まさか、ギグフラム……？」

声をかけてみると、前方からユスターが姿を現す。

「ユスター……」

目の前にいるのがユスターなら、後ろにいるのはギグフラムで間違いないだろう。

「どうしてここに……？　……っ、まさか、あの書き置きは……！」

古城で研修を受けていた頃、アルフレッドからの依頼をユスターは手伝ってくれた。その際、彼はメーシャの筆跡をそっくりそのまま再現してみせたのだ。アルフレッドの字を真似ることも可能だろう。

そういえば、お茶を運んできた侍女は足止めされたと言っていた。それも彼らの策略で、偽物の手紙を置くために仕組まれたのかもしれない。

「やめて、離して！　嫌いよ、……あなたたちなんて嫌い！」

メーシャは強い口調で言う。

しかし、今日のユスターは動揺する様子を見せなかった。無言のままメーシャの目の前で小瓶を取り出すと、それを口に含む。

「そ、それはなに……っ、ん！」

彼はメーシャに口づけ、それを口内に流しこんできた。生ぬるい液体が喉を通っていく。

「んむぅ、ん――」

羽交《はが》い締《じ》めにして飲ませるような薬なんて、ろくなものではないだろう。一体なにを飲まされたのかと、メーシャは青ざめる。

まさか、毒だろうか？　凶相を持つご先祖様の中には、思いをこじらせた相手に無理心中された女性もいる。喉奥を指でついて吐き出したいが、押さえこまれているので手が動かせなかった。そんなメーシャに、ユスターが告げる。

「これは自白剤だ」

「えっ？」

「嘘を吐けず、本当のことを言ってしまう薬だ。拷問《ごうもん》の時によく使っていた」

「……っ！」

そういえば、ユスターは王族に害をなす者を拷問《ごうもん》していたとアルフレッドから聞かされていた。

ならば、自白剤を調合できてもおかしくはない。

「ユスター。拷問《ごうもん》なんて、今言うことではないでしょう？　メーシャが怯えてしまいますよ」

「口に含んだことで、俺も少し飲んでいるからな。伝えるつもりはないことまで、べらべらと口を滑らせてしまう」

ギグフラムに咎《とが》められたユスターが苦笑する。

「見ての通りこの薬は回るのが速いから、もう効いているだろう。……さあ、メーシャ。お前の本心を聞かせてくれ。俺のことをどう思っている？　好きか、嫌いか？」

「……っ」

メーシャはぐっと唇を噛みしめた。嘘を吐けないなら、話さなければいい。

しかし、ギグフラムの手がメーシャの胸に触れた。その瞬間、びりっと体を雷で打たれたような衝撃が走る。

「ああっ！」

「この薬の副作用として、催淫《さいいん》効果もある。快楽と痛覚は紙一重だから、俺はいつも痛めつけることで情報を吐かせていたが、お前には本来の効能通り気持ちよくさせて聞き出そう。こういう使いかたをするのは初めてだ。……さあ、どのくらい気持ちよくなれば素直に言うかな？」

ユスターが地面に跪《ひざまず》く。そして、メーシャのスカートの中に潜《もぐ》りこんだ。

「やっ……！」

スカートの中でメーシャの下着は下ろされ、秘められた部分が露《あら》わになってしまう。その一方で、胸元ははだけられ、つんと尖った乳嘴《にゅうし》をギグフラムのざらついた指につままれた。

「はぁ……ぅ」

先端をねじられ、じりじりとした快楽がこみ上げてくる。じわりと秘裂に蜜が滲《にじ》むと、ユスターの舌がそれを舐めとった。

「ああっ！」

ぴったりと閉じた蜜口が、彼の細長い舌でこじ開けられる。まるで味わうように、内側を舌でなぞられた。

「ひあ……っ、やぁ……」

副作用のせいか、少し触られただけなのに、燃えるみたいに体が熱くなる。頭の芯《しん》がぼうっとして、抵抗する力も抜けていった。秘処を舐め上げるユスターの高い鼻が恥丘《ちきゅう》を掠《かす》める感覚すら気持ちいい。

「メーシャ」

ギグフラムに顔を押さえられ、横を向かされる。嬌声《きょうせい》を零《こぼ》す口に、彼の厚めの唇が重なった。そのまま、口内を蹂躙《じゅうりん》される。

「んっ、んん……っ」

口の中と、秘められた場所の両方に舌を差しこまれ、メーシャの膝ががくがくと揺れる。座りこんでしまいたいが、ギグフラムがメーシャの体をしっかりと押さえているので、震えながらも立たされていた。それでも腰が落ちて、自《みず》らユスターの顔に秘処を押しつける形になってしまう。

「ン……っ、ん……」

スカートに隠れて見えないけれど、ユスターの顔がぐちゃぐちゃになっているのはわかった。彼は淫唇《いんしん》を指で割り開くと、今度はぷっくりと膨らんだ花芯にちゅっと口づけてくる。

「ひあっ！」

強い快楽にメーシャは背筋を仰《の》け反らせた。体中を快楽がかけめぐり、理性が薄れていく。

ギグフラムがメーシャの耳元で、そっと囁《ささや》いた。

「ねえ、メーシャ。私のことはどう思ってます？　好きですか？　それとも、嫌いですか？」

「……っ、あ……。……す、好き……っ」

言うつもりはなかった。けれども、自白剤のせいで口をついてしまう。

「メーシャ。俺のことは？」

花芯を舌先でつつきながら、今度はユスターが訊ねてきた。

「ユスターも、んっ、好き……っ、ひあぁあ！」

好きと言った瞬間、花芽を甘《あま》噛《が》みされる。その刺激にメーシャはたまらず達した。

「ふふ……。私たちのことを好きなのですね？　ああ、よかったです」

ギグフラムが心底嬉しそうに微笑む。

「どうして嫌いだなんて嘘を吐いた？」

絶頂を迎え、とろとろになった秘処に指を差しこみつつ、再びユスターが質問してきた。

「……っ、んぅ……。アルフレッド様がっ、あなたたちに危害を加えるかもしれないと思って……！ わたしがあなたたちに嫌われれば丸く済むと思ったの。でも、はぁん、嫌われようとしたら、王位継承順位が上の人たちを殺すって話になって……、それは嫌だから、っ、なんとか、嫌われたくて言ったの……っ」

「そうか……。俺たちのために言ったんだな」

「メーシャは優しいですね」

ギグフラムが頭を撫《な》でながら、深い口づけを与えてくる。

「しかし、俺もアルフレッドと同じ王族だ。あいつは食えない奴だが王子としての立場があるし、俺に危害を加えると思うか？」

「普通はそうかもしれないけど……っ、凶相に惑《まど》わされたらなにをするか、わからないもの……」

「……凶相？ なんだそれは」

ユスターがメーシャの秘処から指を引き抜き、スカートの中から顔を出す。快楽攻めから解放されたものの、自白剤の効果は顕在《けんざい》で、メーシャは聞かれるがままに答えた。

「わ、わたしの家系の女性は、心を病《や》んでいる人を惹きつける容姿を持っているの。それを凶相と呼んでいるのよ。凶相に惹かれた男性は、わたしたちの顔を見れば見るほど心の闇を増幅させてしまうらしくて、人によってはとんでもない凶行に走るの。女性のご先祖様は、凶相に惑《まど》った男性に檻《おり》に閉じこめられたり、無理心中させられたり、足を切られてどこにも行けなくされたり……」

「そんな効果があるのか？」

ユスターとギグフラムが、メーシャの顔をまじまじと見つめる。

「たとえこの顔で惹きつけたとしても、早いうちに嫌われれば問題ないわ。だから研修の初期に、皆から嫌われようとして交流会の不参加を宣言したのよ。和を乱す人って、村ではのけ者にされるから、あれでいいと思ったの」

「なるほど。それで逆に、私たちに興味を持たれたのですね？」

「ええ。あなたたちは妙にわたしへ話しかけてくるし、色々と嫌われようとしたのに効果がなくて……。でも、凶相と言うくらいだから顔が原因なの。顔を汚くすれば効果も薄れるかと思ってわざと傷化粧をしてみたわ。同好会《ファンクラブ》の人みたいに、わたしに興味を持ち始めた人たちには効果があったけれど、あなたたちの態度は変わらなかったの」

「……！　あれは化粧だったのか？　俺が傷と化粧を見間違えるだと？」

驚いた様子でユスターが言う。ギグフラムもまた、信じられないという表情を浮かべていた。

「医官と騎士のあなたたちが間違えるはずないでしょう？　それができなかったのは、わたしの凶相のせいよ。惑《まど》わされて、判断力が鈍ったんだわ」

メーシャが目を細める。

「アルフレッド様からあなたたちのことは聞いたわ。……拷問《ごうもん》する役目を任されてきたから、精神が健全なはずがないって。だから、ユスターもギグフラムもわたしのことを本当に好きではなくて、凶相に惑《まど》わされているだけかもしれないのに……」

わけがわからず、思ったことがそのまま口をついて出てくる。

「凶相を傷で隠しても、わたしへの興味を失わなかったのはどうして？　それは嬉しかったけれど、でも、あなたたちが凶相に惑《まど》わされていることは確かなの。……なんで？　わからない、わからないわ。あなたたちこそ、本当にわたしを好きなの？」

泣きそうになり声が震える。そんなメーシャに、ユスターははっきりと答えた。

「好きだ。傷と化粧を見分けられないくらいだから、確かに凶相に惑《まど》わされている部分があるのかもしれない。普通の俺なら恋をしたところで、王位の簒奪《さんだつ》なんて考えなかっただろう。でも……顔じゃない。好きになったのは、お前の顔じゃないんだ。あの場でカレン・ドレドルにはっきりと言い返したお前に興味を持ったし……お前の側は、とても居心地がよかった」

ギグフラムもまた、迷いなく答える。

「愛していますよ、メーシャ。私も惑《まど》わされているのでしょう。でも、それがすべてではない。あなたと話すようになって、楽しかったんです。……私は護衛としてずっとユスターの側にいました。拷問《ごうもん》の時も一緒でしたから、そんな私にユスターの屋敷の使用人たちは侮蔑《ぶべつ》の眼差しを向けてきました。無理もありません。拷問《ごうもん》なんて、誇り高き騎士の仕事ではありませんから」

「え……」

「メーシャは、私とユスターがそんなことをしてきたなんて知らなかったでしょう。とはいえ、私に普通に接してくれた。それが、どれだけ嬉しかったか……」

メーシャはギグフラムのことを強い人間だと思っていた。いつも笑っていたし、優しくしてくれる。でも、そんな思いを抱えていたなんて、予想もしていなかった。

「あの古城で普通に接してくれる人は他にもいました。でも、最初はあなただった。交流会の夜、私たちからあなたの部屋に押しかけたとはいえ、あなたが初めてだったんです。その初めてというのが、どれだけ私の心を激しく揺さぶったのか、わかりますか？」

「俺も同じだ、メーシャ」

跪《ひざまず》いたままユスターが言った。

「俺たちは他の人間が味わうような普通を経験してこなかった。あの古城でお前と一緒に普通を体験できて、本当に嬉しかったんだ。それに、交流会なんていうふざけた誘いを堂々と断るお前の姿に心を打たれた。脅《おど》しに屈さず、しっかりと自分の意思を持っているお前は格好いいと思ったよ。……だから、お前と一緒に研修を頑張りたいと思ったんだ」

「ユスター……」

彼らは、自分が凶相に惑《まど》わされていることを否定しなかった。しかし、メーシャを好きになった理由は凶相ではないと宣言してくれる。それがとても嬉しくて、メーシャの胸が熱くなった。

「メーシャ。教えてくれ。お前は、俺たちと結婚したいか？」

「できるか、できないかではありません。したいかどうか、あなたの気持ちを聞かせてください」

その回答を口にしたら、誰かが血を流すことになるかもしれない。言葉を呑みこまなければいけないのに、気がつけばメーシャは答えていた。

「したい……」

その回答を聞くと、ギグフラムが強く抱きしめてくる。

「ありがとう、メーシャ」

「どんな手段を用いても、……たとえ誰を殺すことになっても、お前の望みを叶えてやる」

「あっ……」

メーシャの服がするすると脱がされていく。あっという間に全裸にされると、前をくつろげたギグフラムのほうを向かされ、首に手を回すように指示された。

「しっかり掴まっていてくださいね」

彼はメーシャの膝の裏を掴む。メーシャの体を簡単に持ち上げると、蜜口に己を突き立ててきた。

「あうっ！」

抱き上げられたまま挿入されて、奥深くまで彼のものがめりこんでくる。メーシャは手と足を彼の逞《たくま》しい体に回して、必死でしがみついた。

「土の上に寝かせるわけにはいきませんからね。この体勢で我慢してください」

「ひあっ、あんっ！」

ギグフラムはメーシャの体を支えながら、腰を突き上げてくる。太い熱杭が媚肉《びにく》を擦《す》るたびに、脳天まで貫《つらぬ》くような快楽が迸《ほとばし》った。

そして、そんなメーシャの臀部《でんぶ》にユスターが触れる。

「メーシャ。俺も欲しいか？」

「んうっ、ん……！　うん、ユスターとも、繋がりたい……っ」

二人と同時に繋がることはできない。頭では理解していても、薬のせいで理性が吹き飛んで、欲望を口にしてしまう。

すると、ユスターは服のポケットから新しい瓶を取り出した。粘性のある液体を掌《てのひら》に取り出すと、それをメーシャの後ろの蕾《つぼみ》に塗りつけていく。その液体は冷たいのに、塗られた部分がたちまち焼けるような熱を持つ。

「あ……っ⁉　熱い……っ、んんっ」

「ん……、硬いな。ここはアルフレッドに奪われなかったのか？」

「さ、されてない……っ」

「そうか、俺が初めてか」

ユスターは同じ粘液を自分の怒張にも塗りつけると、メーシャの後孔に先端をあてがう。

「ユ、ユスター……？」

「俺もお前と早く繋がりたいし、お前の初めてを奪いたい。……愛している、メーシャ」

その言葉と共に、彼のものが後ろから侵入してくる。

「ひぅん、っ、あ、ぁあああああ！」

本来はなにかを受け入れる場所でない場所を拡げられて、メーシャは大きな声を上げてしまった。

薬を塗られたそこは痛みを感じることもなく、彼をあっけなく呑みこんでいく。

「んくっ、あぅ……」

前と後ろ、両方の孔に熱杭を挿《い》れられてお腹の中がいっぱいになる。そして、そのどちらもが快楽を伝えてきた。

「はうぅ、ん……！」

腰を揺さぶられると、未知の感覚に落とされていく。

ギグフラムもユスターも体を支えてくれるけれど、メーシャの足は地面についておらず、ギグフラムの体に巻きついたままだ。

メーシャの体を支えるのは、二人の男の腕と剛直のみ。自重のせいで前後の楔《くさび》をずっしりと奥まで咥《くわ》えこみ、繋がっているだけで快楽が生まれてしまう。こんな場所で体重を支えているのだと思うと、羞恥《しゅうち》がこみ上げてきた。

「はぁん！」

なにもしなくても気持ちいいのに、腰を動かされたからたまったものではない。前も後ろも硬い熱杭に行き来され、許容量以上の官能が押し寄せてくる。

「メーシャ、すごいです……っ。ユスターが入ってきた瞬間、前が、すごくしまりましたよ……？」

「くっ、お前はこっちも愛らしいな。熱く俺をしめつけてくる」

メーシャの体を堪能《たんのう》しながら、二人は嬉しそうに腰を突き上げる。

「あうっ、んっ、んんっ！」

気が飛びそうになるくらいの快楽だ。メーシャはたまらず、絶頂を迎えてしまう。

「あっ、あ……っ――」

前も後ろも一際《ひときわ》強くしめつけると、切羽詰《せっぱつ》まったようなうめき声が耳に届いた。

「イったのか？」

「どちらで達しましたか？　私のですか？　ユスターのですか？」

「ど、どっちも……！　二人とも、気持ちいいの……っ、あうっ、ん」

メーシャが答えると、彼らのものが一回り大きくなる。

「はぅん！」

「メーシャ！　メーシャ、メーシャ……っ！」

名前を呼びつつ、彼らは夢中で腰を穿《うが》ってきた。ギグフラムに抱きつく四肢《しし》に力をこめると、ユスターが首筋に歯を立ててくる。その刺激だけで、再びメーシャは達してしまった。

「今のはどっちだ？」

「ユスターに噛まれて……っ、あああ！　中っ、大きくしないで……！」

突如、後ろに入っているユスターのものが質量を増した。ギグフラムはといえば、残念そうな表情を浮かべている。

「私のほうでも感じて欲しいです」

「うぁん！　ひあっ、あ！」

ユスターに負けじと、ギグフラムがメーシャの中をぐりぐりと擦《す》った。太いもので奥をじわじわと攻められ、呆気なく絶頂を迎える。

「メーシャ、今度は私ですか？」

「う、うん、ギグフラムのでイったの……」

彼らはメーシャが絶頂を迎えるたび、どちらで達したのかを訊ねてきた。当たり障りなく、二人のものでと答えられればよかったのに、自白剤のせいで素直にどちらが原因かを言ってしまう。それは彼らを煽《あお》ることとなり、ユスターとギグフラムは競い合うようにメーシャに快楽を与えてきた。

前も後ろも執拗《しつよう》に愛されて、快楽以外の感覚が失われていく。度重《たびかさ》なる絶頂で前後の肉壁が波打つと、それに促《うなが》されてか、彼らもようやく頂点に達した。

「メーシャ……っ！」

「――ッ、出る……」

彼らのものが打ち震えながら、メーシャの体を満たしていく。濃い体液を奥まで注がれて、メーシャは頭がくらくらした。

「んっ」

太いものを突き立てたまま、ギグフラムが口づけてくる。先に抜いたのは、ユスターのほうだった。栓《せん》を失った蕾《つぼみ》から、とろりと白濁が糸を引いて流れ落ちる。

ユスターは誰もいない方角に向けて声をかけた。

「見ていたんだろう、アルフレッド？」

「え……」

快楽の狭間《はざま》を漂《ただよ》っていたメーシャは、予想外の名前に現実に引き戻される。ギグフラムは己を引き抜き、メーシャを横抱きにして抱え直した。

ユスターの視線の先を追うと、植物の陰からアルフレッドが姿を現す。

「アルフレッド様……っ」

全身から血の気が引いた。いつから見ていたのか知らないけれど、一番見られてはいけない人物に見られてしまったのだ。

「いやはや、騙《だま》されたね。この便箋《びんせん》、メーシャからのものだと思ったよ」

彼はそう言いながら、ひらひらと手紙を振る。そこにはメーシャの字で、彼を温室に呼び出す言葉が綴《つづ》られていた。おそらく、ユスターが書いたものだろう。

「早めにはっきりさせておいたほうがいいと思った。メーシャには自白剤を飲ませている。お前も、聞きたいことがあれば聞くといい」

ここには、自分たち以外の人間は誰もいない。だからユスターは敬語で取り繕《つくろ》うこともなく、従兄弟《いとこ》に話しかけるような口調で彼に言った。

「メーシャ。君は僕のことをどう思ってるんだい？」

それは、メーシャ自身考えてもわからなかったことだ。しかし、自白剤の効能か、自覚していなかった思いが口をついて出てくる。

「好き……だと思います。アルフレッド様はわたしの初恋でした。二年以上、わたしのことを思い続けて、わたしのために頑張ってくれたのは嬉しかったですし……縋《すが》るような泣き顔が忘れられません」

その言葉に、自分でも驚いてしまった。深層心理が言葉となり、自分の耳に届いたことで、ようやく彼への思いを認識する。

「そうか、僕のことも好きなのか」

アルフレッドはほっとした表情を浮かべた。

「では、メーシャ。君はこれからどうしたい？　僕と結婚したい？　それとも、ユスターとギグフラムと結婚したい？」

「わたしは……」

この返答で運命が決まる。悲劇を避けるために、慎重に答えなければいけない。

それを理解していても、理性は働かなかった。促《うなが》されるままに願望を口にしてしまう。

「どちらかを選べない。……どちらも選びたいです」

「それはつまり、僕たち三人と結婚したいってこと？」

「はい」

言いたくなくても、飲まされた自白剤のせいで止まらない。どちらも選べないから両方選ぶなんて、まるで幼子のようだ。王族相手にふざけた回答をして、メーシャは冷や汗をかく。

しかし、アルフレッドは怒ることはなかった。

「君が僕を好きでなかったり、僕を選ばなかったりするのは絶対に許さない。でも、僕も選ぶというなら…………それが君の望みだというなら、僕は叶えたいと思う」

「え……？」

「君の祖母は五人の夫を持つのだろう？　凶相持ちの女性は複数の男性を愛する才能があるのかも

しれないね。一人の愛じゃ物足りないなら、求めるだけ与えるよ。……ユスター、ギグフラム。君たちはどうだ？」

アルフレッドの問いかけに、ユスターたちが答える。

「もともと、二人で夫になるつもりだった。そこに一人増えたところで、どうってことない」

「メーシャが私を捨てないのなら、それでいいですよ」

「……っ！」

メーシャは愕然《がくぜん》とする。

アルフレッドだけと結ばれるか、はたまたユスターとギグフラムと結ばれるか。自分はどちらか一方を選択するしかないと思いこんでいた。

だが、両方を選ぶという道もあったらしい。

考えてみれば、アルフレッドはメーシャの祭司になりたいという気持ちを尊重し、研修に手を抜くことはなかった。立派な祭司になれるように厳しく指導してくれたのだ。おかげでメーシャは沢山の知識を手に入れることができたし、立派な論文を書き上げられた。

アルフレッドは最初から、メーシャの夢を大切にしている。もっとも、彼を選ばないという選択肢だけは与えられなかったけれど、それ以外は最大限メーシャの望みに寄り添ってくれたのだ。

（まさか、三人とも選ぶことが許されるなんて……）

誰かの思いを捨てるのも、その結果、誰かが犠牲《ぎせい》になるのも嫌だった。しかし、こうして三人と結ばれるのなら、命を落とすものはいない。

「メーシャ。僕のことも選ぶというなら、誓いの口づけを」

アルフレッドがメーシャに近づいて、顔を寄せた。

ギグフラムに抱えられながら、メーシャは目を閉じてそっと唇を近づける。すると、衣擦《きぬず》れの音が聞こえてきた。

「メーシャ。僕のほうにも来て」

アルフレッドがメーシャに向けて手を伸ばすと、楔《くさび》を引き抜いたギグフラムがメーシャの膝裏に腕を通し、抱え直した。幼子が用を足す姿勢にさせられ、メーシャの顔がかっと熱くなる。

「ああっ」

蜜口も後ろの蕾《つぼみ》も、ひくつきつつ白濁液を溢《あふ》れさせていた。明るい日差しの下、あられもない部分がはっきりと彼の目にさらされてしまう。

アルフレッドは、先ほどメーシャがギグフラムと繋がった時と同様に抱えてきた。メーシャも彼にしがみつくと、蜜壺に怒張を突き入れられる。

「あうっ！」

体によく馴染《なじ》んだ、とてつもなく硬い熱杭がメーシャを貫《つらぬ》いた。ぐっと反った部分が媚肉《びにく》を擦《す》ると、それだけで達してしまう。後ろの蕾《つぼみ》が花開き、中に留めていた白濁を蜜のように溢《あふ》れさせた。

「ふふっ……いい子だ。僕のを挿《い》れただけでイったんだね？」

「ああっ、あ――」

毎晩のように一対一で睦《むつ》み合い、彼のものを体に覚えこまされていた。その硬さも凶悪であり、自白剤の副作用で敏感になっている体は簡単にまた果ててしまう。

絶頂の余韻《よいん》で、後ろの蕾《つぼみ》がひくつき、ユスターに注がれたものがどんどん垂れ落ちていった。すると、アルフレッドが言う。

「メーシャは一人では物足りないんだろう？　どちらが挿《い》れるんだ？」

「え……」

「では、今度は私が」

ギグフラムはメーシャの背中側から、勃《た》ち上がったものをあてがってくる。

「ひあぁあああ！」

太いもので、後ろが目一杯拡げられた。火花が散ったみたいに、目の前がちかちかする。

前と後ろを満たす熱に乱れていると、ユスターは地面に落とされたメーシャの服を拾い上げた。

「確か、この中庭にはアルフレッドの部屋に続く隠し通路があったよな？　先に湯浴《ゆあ》みして待っている。俺は後ろでしてしまったから、一度綺麗にしなければ前のほうに挿《い》れられないしな」

「え……」

「ここで立ったままはやり続けないだろう？　先に部屋に行っている」

そう言って、ユスターは一人で先に姿を消してしまう。ガコン、と、少し離れた場所で扉を開くような音が聞こえた。アルフレッドの部屋に続く隠し通路を開けたのだろう。

「ほら、君はこちらに集中して」

「あっ」

ユスターの背中を目で追ってしまったことを責めるかのごとく、アルフレッドが口づけてくる。ざらついた舌が、メーシャの上顎《うわあご》を何度も擦《こす》った。それと同時に、彼のものがメーシャの中を行き来する。

「んっ、んんっ！」

後ろにギグフラムの太いものを受け入れているせいか、余計にアルフレッドのものを硬く感じた。また、後ろはまだ慣れていないので、ギグフラムの楔《くさび》をいつもより大きく感じてしまう。

「先ほどユスターに初めてを奪われたばかりだというのに、こんなに私のものを咥《くわ》えこむなんて……。メーシャの可愛いここ、大きく拡がって頑張っていますよ。健気《けなげ》ですね」

腰を揺さぶりながら、ギグフラムが感嘆の声を上げた。

「メーシャ。前もうねっているよ。……ああ、いつもよりすごいね。僕一人では満足できないなんて、君は本当に欲張りだ。でも、そんな君も……どんな君でも好きだよ」

容赦なく腰を突き入れつつ、アルフレッドが微笑んだ。

硬いものと太いもの、両方の雄杭に翻弄《ほんろう》され、メーシャはかぶりを振る。

「ああっ、あ――！」

再び達してしまった。彼らを同時に受け入れて、計り知れない快楽に沈んでいく。

「いいよ、好きなだけイってごらん？」

「ああ、メーシャ……。可愛い、とても可愛いです」

ずんずんと、容赦なく奥を穿《うが》たれた。自分の体重を支えるのは、彼らの腕と体、そして熱く滾《たぎ》った楔《くさび》。重力が味方をするせいで、繋がった部分から強い刺激が走り抜けていった。腰を突かれるたびに体が浮く。そのあと、ずんと沈んで彼らのものを根元まで呑みこむと、凄まじい快楽が弾けた。

「あうっ、んっ！　あぁあ！」

連続で絶頂を迎えてしまうが、彼らの動きは激しくなるばかりだ。

「ああ、メーシャ……。可愛い、乱れる君は可愛いよ……。君の後ろも、あとで僕に捧げてくれ」

恍惚《こうこつ》とした表情で、アルフレッドが口づけてくる。舌の根まで吸いながら、彼は雄液を吐き出した。それに促《うなが》されるみたいに、ギグフラムも白濁をメーシャに注ぎこむ。

「あ……っ」

何度目かわからない絶頂を迎えると、ようやく彼らから解放された。アルフレッドは壊れ物を運ぶかのように、優しくメーシャを抱えてくれる。

「ユスターが待っている。僕の部屋に行こうか」

「寝台のほうが色々できますしね。……もっと気持ちよくして差し上げますよ、メーシャ」

メーシャの視界はぼんやりとして、隠し通路の場所もわからない。いつの間にか暗い道を通って、アルフレッドの部屋へと運ばれていた。

「君の白い肌に土埃《つちぼこり》がついてしまったね。まずは湯浴《ゆあ》みしようか」

アルフレッドの部屋には専用の浴場があった。メーシャはそこに連れていかれ、三人がかりで体を洗われる。そのあとはもちろん、皆で睦《むつ》み合った。

第五章　研修の終わりと新たな始まり

研修も終わりを迎える時期となり、論文発表会のためにメーシャたちは古城に戻ることになった。四人で睦《むつ》み合って以降、アルフレッドが「研修生の論文執筆を最優先にすること」と正式な命を出したおかげで、ユスターもギグフラムも無事に論文を書き終えることができた。

三人の論文はすでに古城に提出済みだが、他の研修生に比べて出来は飛び抜けているらしく、全員が代表として発表することになった。その発表を見届けるために、アルフレッドも一緒に古城に行く。

王子が移動するので、それなりの人数が同行することになった。その中には護衛の騎士はもちろん、ユスターをいじめていた医官もいる。とはいえ、彼らがユスターたちに接触することはない。移動中は何事もなく、無事に古城までたどり着いた。

三人が古城に入ると、他の研修生たちから遠巻きに見られる。なにせ、古城の外での研修など前例がないのに、特例が三人もいるのだ。しかも、その研修場所は離宮である。役人の仕事の中でも、王族に関わるものは上位の仕事とされているので、羨望《せんぼう》や嫉妬《しっと》の眼差しを向けられた。

じろじろと見られるのは覚悟していたけれど、メーシャに至っては憎悪の対象になっていた。なにせ、メーシャは古城を出る時に目立ちすぎたのである。加えて、文官と祭司の研修生たちには王子に床掃除をさせたという経歴が残り、出世は絶望的だ。

メーシャ一人に掃除をやらせた彼らの自業自得《じごうじとく》であるものの、反省するどころか、メーシャのせいだと責任転嫁したらしい。確かに、そのほうが気が楽だろう。

ユスターとギグフラムは、メーシャが文官と祭司の研修生から逆恨みされていることを把握していて、メーシャの側から離れないでいてくれた。恨まれるのはいいけれど、余計な嫌がらせで発表ができない事態に陥《おちい》るのは困るので、彼らが側にいてくれるのは助かる。ちなみにアルフレッドは講師という立場上、古城ではメーシャと一緒にいられないのを残念がっていた。

あっという間に論文発表会の前日になり、代表者が集められて予行演習が行われた。その中にはあのカレンの姿もあり、それほど成績がよかったのかと驚いてしまう。

予行が終わり解散となったところで、メーシャはカレンに呼び止められた。

「メーシャ。少し顔を貸してくれない？　あたし、あなたと二人で話したいことがあるの」

「私と二人で……？」

彼女の語気は棘《とげ》を含んでいて、穏やかな話ではないと安易に予想がついた。メーシャを庇《かば》うように、ギグフラムが前に出る。

「私も同行します」

「……っ、女同士の話よ。あなたには関係ないわ」

「いいえ、私も同行します」

長身で体格のいいギグフラムが放つ威圧感に、強気のカレンもたじろぐ。その様子を見て、可哀想になったメーシャは声をかけた。

「ギグフラム、いいわ。二人で話してくる」

「しかし……」

「大丈夫よ。さあ、行きましょう」

メーシャはカレンと共に歩き出す。

(どうせ、ろくな話じゃないでしょうけど……この研修ももう終わりよ。最後に恨み言を聞いてあげたら、少しはカレンの気分が晴れるかもしれないわ)

かつて、メーシャ一人に後片付けを押しつけた結果、王子のアルフレッドが掃除をすることになった。その責任として文官と祭司の研修生は、最低十年は昇進を諦めるしかないのだ。因果応報とはいえ、積極的に嫌われようとしていたメーシャの態度が原因の一端なのだから、話くらいは聞こうと考える。

そして二人は、人気《ひとけ》のない裏庭にたどり着いた。そこでようやく、カレンが足を止める。

「話って、なに?」

「城に勤めるお父様から手紙が届いたの。あなたが、アルフレッド様の婚約者に内定したって」

「……っ!」

もうそこまで話が進んでいるのかと驚いてしまう。

「あなたと仲よくしておきなさいと手紙には書いてあったの。だから、今までのことを謝るわ。ごめんなさい」

「え？」

素直に謝られて、メーシャは呆気に取られる。まさか、それだけのためにメーシャを呼び出したのだろうか？

「気にしないで。せっかく準備してくれた交流会に参加しなかったわたしも態度が悪かったわ」

ことを荒立てるつもりは毛頭ないので、メーシャは素直に謝罪を受け入れる。すると、カレンはなにかを差し出してきた。それを見た瞬間、メーシャははっとする。

「これは……口紅？」

「ええ。この意匠、見たことあるかしら？　高級店の口紅を取り寄せたのよ。お詫びに、あなたに差し上げようと思って」

その口紅はメーシャの祖母が使っているのと同じ意匠で——そして、ユスターの部屋で見た毒入り口紅と同じものだった。メーシャはすっと双眸《そうぼう》を細める。

「この口紅をわたしに？」

「ええ、そうよ。受け取ってちょうだい」

「……その前に、今この場であなたが使ってみせて」

メーシャは口紅を受け取ることなく、じっとカレンを見ていた。

「贈り物の口紅よ？　あたしが先に使うわけにはいかないわ」

「そう…………ねえ、カレン。わたし、知ってるのよ。王都で高級店の意匠を模《も》した毒入りの口紅が流通しているって」

「……っ！」

カレンの顔色が変わる。

（やっぱり、これは毒入りの口紅だったんだ……）

彼女に恨まれていることは知っていた。けれども、こんなに陰湿な嫌がらせまでされるのかと思うと、なんだか空《むな》しくなってしまう。

「残念ね。わたし、あなたと仲よくなれそうにないわ」

これ以上、話すことはなにもない。メーシャがその場を立ち去ろうとすると、カレンが手を振り上げる。頬でも叩かれるかと思ったが、手が届くほど至近距離で話していない。高々と手を掲げたまま立ち尽くす彼女を見ていると、人気《ひとけ》がなかったはずの裏庭に次々と研修生たちが入ってきた。

文官と祭司の研修生たちだ。

「えっ⁉」

大勢の研修生たちに、あっという間に囲まれてしまった。彼らは皆、メーシャのことを憎らしげに見ている。

「逃がさないわよ」

勝ち誇ったようにカレンが言った。

「無理矢理それを塗るつもり？　十年昇進できないどころか、罪に問われるわよ」

「あたしはなにもかも上手くいかなくて、あなたばかりが上手くいく。しかも、王族祭司の補佐になるだけではなく、殿下の婚約者ですって？　……ずるいわ。そんなの、許せない。あたしが地獄に落ちるなら、あなたも引きずっていくわ」

カレンは甲高い声で笑う。

「顔が醜《みにく》くなったあなたを、殿下は愛してくれるかしら？　婚約解消どころか、王族祭司の補佐の話もなくなるかもしれないわね？」

「カレン……」

昂揚した様子で話す彼女に、メーシャは哀れみの視線を投げかけた。

――自分だけが不幸になるのが許せないから道連れにする。その非生産的な考えは一生理解できないだろう。不幸が連鎖する世界なんて、おぞましいだけだ。メーシャは大きく溜め息を吐く。

「いいわ。じゃあ、やりなさい」

メーシャは皆に囲まれている。抵抗したところで無理矢理押さえつけられるだろう。どれほどの毒なのかわからないが、変に顔を動かして口腔《こうこう》内や目に毒が入ってしまったら困る。それよりは、大人しく唇に塗られるほうがいい。

毒の口紅をあっさり受け入れようとするメーシャを見て、カレンはひるんだ。

「えっ……？　正気？　この毒で腫《は》れた唇はもう元に戻らないのよ？」

「知っているわ」

ユスターはこの口紅に使われている毒を分析しているし、そのうち治療薬ができると言っていた。そうでなくても、傷化粧を治療しようとした時のように、彼なら色々な治療法を知っているだろう。だから、毒の口紅くらい怖くない。死ななければ、どうにでもなる。

「み、醜《みにく》くなった顔を、殿下に見せられるの？」

「それで嫌われるなら、それでもいいわ」

メーシャはきっぱりと言い切る。

傷化粧をした時、ユスターとギグフラムの態度は変わらなかった。アルフレッドも二年以上、メーシャの顔を見なくてもずっと思い続けていてくれた。彼らはこの顔だけでなく、メーシャ自身を愛してくれている。唇が腫《は》れたところで、彼らの心が変わるとは思えなかった。

（それに、顔が原因で嫌われるなら、それでもいい）

凶相に惹かれただけではなく、メーシャ自身を好いてくれたからこそ、その心に応《こた》えた。顔が原因で興味をなくすというならば、彼らの愛はその程度だったのだと諦めもつく。

（いっそ、治療できなかったとしても構わないわ。顔が醜《みにく》くなれば凶相の効果が薄れて、余計な男を惑《まど》わさずに済むもの。どちらに転んでもいい）

顔が醜《みにく》くなっても、それが原因で嫌われても、たとえ一生治らなくても——メーシャはそのすべてを受け入れる覚悟を決めた。取り乱すこともなく、静かにカレンを見つめる。

「……っ」

狼狽《うろた》えているのはカレンのほうだった。彼女は口紅を持ったまま立ち尽くしている。メーシャの様子に、取り囲んでいる研修生たちも動揺し始めた。

やがて、カレンは他の研修生に口紅を押しつけようとする。

「あなたがやりなさいよ」

「い、嫌よ！　カレンが発案者でしょう？」

「あたしは口紅を用意したじゃない！　あなたたちも、なにかしなさい！」

誰がメーシャに口紅を塗るかで口論が始まる。その様子を見て、メーシャは愕然《がくぜん》とした。

（みっともない……）

メーシャは口紅を塗った結果なにが起ころうが、それを受け入れる覚悟を決めている。アルフレッドたちに嫌われても仕方ないし、治らなくてもいいとさえ思っているのだ。

しかし、加害者となる彼女たちはメーシャの人生を狂わせるだけの覚悟を誰一人として持っていなかった。

（考えてみれば、わたしがされた嫌がらせも、直接的なものはほとんどなかったわ）

メーシャの座る場所に釘を仕込んだり、色々なものが置かれたりする嫌がらせがあったけれど、それらはすべて「置いただけ」であり、最終的にメーシャが行動を起こすことで被害が発生する。

彼らは嫌がらせを企《くわだ》てても、最後の一線を越えるのはメーシャ任せにしていたのだ。聞こえよがしな悪口もあったが、殴ってきたり、階段から突き落としたりというような、直接傷を負わせる行為はない。

口紅を押し付け合い、醜《みにく》く言い争うカレンたちを見て心が冷えていく。これが国家試験を突破して役人になる者たちの姿かと思うと、情けなかった。気がつけば、その思いを口にしてしまう。

「十年昇進できないのだったかしら？　アルフレッド様の判断は妥当よ。あなたたちは人の上に立つ器ではないわ」

メーシャの呟きに、しんとその場が静まりかえる。

「わたしに口紅を塗った実行犯の罪が一番重くなり、それを見ていただけなら軽く済むとでも思ってるのかしら？　それとも、これだけ人がいるなら、この場にいませんでしたと言い逃れできると思ってる？　その程度の気持ちで、この場にいるの？」

そう言って、自分を取り囲む者たちの顔を見回した。

「わたしの人生を狂わせるだけのことをするのに、誰も覚悟を決めていないじゃない。なんて不様なの？　わたしにその口紅を塗って、その咎《とが》を負う気概《きがい》のある人はいないの!?」

問いかけても、返事はなかった。メーシャの声だけが静かな裏庭にこだまする。

「国試は難しいから、受験のために勉強したのでしょう？　それにかかったお金も、時間も、少なくはないわ。勉強を教えてくれた家庭教師もいたでしょうね。自分だけでなく、お金を出してくれた家族や勉強を教えてくれた人のおかげで、わたしたちは研修生としてここにいるのに……その成果がこれ？　毒入りの口紅を塗って嫌がらせしましょうって？　愚かすぎるわ！」

その言葉に、研修生たちは顔色を変えた。

「この研修には税金が使われているのよ。それに、わたしたちが受かったおかげで、落ちた受験生もいる。……ねえ、税金を払っている国民に、研修でこんなことをしていますって胸を張って言える？　落ちた受験生たちに、研修で嫌がらせをして他人の足を引っ張っていますって話せるの？　こんなことをするために、国家試験を頑張ったの？」

メーシャ一人に、カレンを筆頭とした大勢の研修生たち。一対多数で圧倒的有利なはずなのに、彼女たちはメーシャになにもできずにいた。

ここまで言われてもなお、誰もメーシャに口紅を塗ろうとはしない。

「なんて情けないの……」

これ以上、ここにいても仕方がない。メーシャは立ち去ろうとするが、誰一人として引き留めるものはおらず、追いかけてもこなかった。

城に入り、寮に向かおうと廊下を曲がると、そこに三人の男が立っている。

「ユスターにギグフラム、それにアルフレッド様まで……!?」

メーシャを心配して、陰から様子を見ていたのだろう。ユスターとギグフラムはわかるが、まさかアルフレッドまでいるとは思わず、メーシャは驚いてしまう。

「君には護衛をつけているからね。報告を受けて、駆けつけた」

そう言ったアルフレッドの服は、腕の部分に皺《しわ》ができていた。王子として、いつも綺麗な装《よそお》いをしているのに、どうしたのだろうか？

服の皺《しわ》が気になったメーシャが見つめていると、それに気付いたユスターが口を開く。

「最悪の場合は出ていくつもりだったが、まずはメーシャがどう動くのか見守るべきだと思ってな。アルフレッドは堪《こら》え性がなく、何度も出ていこうとしたから、押さえるのが大変だった」

どうやら、ユスターに腕を掴まれていたらしい。かなりの力だったことは、彼の服に強く残った皺《しわ》で安易に予想がつく。

「見守るべきという意見もわかるが、あんなの黙って見ていられるわけがないだろう？」

「でも、メーシャ自身がああいう風に言い返したからこそ、あの場は収まった。自分の立場を考えろ。王子であるお前が出ていこうものなら、遺恨が残ったぞ」

「それはそうだが……」

仲がいいのか悪いのか、言い合う従兄弟《いとこ》同士の隣で、ギグフラムは弓を片付けていた。騎士研修生だから常に帯剣しているけれど、彼が弓を持ち歩く姿は見たことがない。

「あなたが弓を持っているなんて、珍しいのね」

「ここは武器庫のすぐ側なので、拝借してきました。メーシャにあの口紅を塗ろうとしたら、射るつもりでしたよ」

「あの小さな口紅を狙えるの？」

「さすがに口紅は的《まと》が小さすぎますよ。しかし、頭なら簡単です」

「……っ」

にこやかに言われて、メーシャの背筋を冷たいものが走り抜ける。どうやら、カレンたちは命拾いしたみたいだ。彼女たちのためにも、口紅を塗られなくてよかったと思ってしまう。

「格好よかったぞ、メーシャ」

ふと、ユスターが褒めてくれた。

「ええ。堂々と言い返すあなたはとても勇ましくて、私の出番はありませんでしたね」

「僕たちの助けがなくても、一人で切り抜ける君は凛《りん》として素敵だった。惚れ直したよ」

三人から賞賛の言葉を受けて、メーシャの胸が温かくなる。それと同時に、ある感情が芽生《めば》えた。

（わたし……初めて、自分を好きになれた気がする）

今までの人生において、メーシャは自分の凶相を疎《うと》ましく思っていたから、自分自身のことを好きだと感じたことはなかった。嫌いではなかったけれど、好きにもなれなかったのだ。

それでも今、彼らのメーシャを認めてくれる発言が胸にすっと染みこんで、体中に拡がっていく。喜びに笑みを零《こぼ》すと、三人がはっとした表情で息を呑んだ。

「……メーシャ。明日は発表会だから、今日はさすがに遠慮しよう。しかし、離宮に戻ったらしばらくは君を寝かせられないから、覚悟しておいてくれ」

アルフレッドがメーシャの手を握ってくる。

「か、覚悟って……!?」

不埒《ふらち》な想像が頭をかけめぐり、メーシャは頬を染めた。

「健康を保つにはある程度の睡眠が必要だから、俺はきちんと寝かせると約束する。そこで盛っている男はしばらく接触禁止にしたらどうだ？」

「……っ！　これは失礼した。先ほどの言葉は撤回《てっかい》しよう」

ユスターを睨《にら》みながら、アルフレッドが言い直す。そんな二人をよそに、ギグフラムがメーシャの耳に唇を寄せ、囁《ささや》く。

「この調子でユスターたちが喧嘩《けんか》するのもいいですね。その間、私があなたを独り占めできますから。お望みなら、私一人で三人ぶん頑張りますよ？」

彼は耳打ちしたあと、軽く耳朶《じだ》に唇を落としてから顔を離した。耳が熱くなって、メーシャの顔がさらに赤くなる。

そんなメーシャの顔と同じように、いつの間にか空も赤く染まり、一日が終わろうとしていた。

◆　◆　◆　◆

発表会は研修生全員が入れる大講堂で行われた。代表に選ばれた研修生の発表は素晴らしく、メーシャは聞き入ってしまった。

それでも、メーシャたちの内容には敵《かな》わない。メーシャの番となったが、この古城で学べること以上の要素を盛りこんだ発表内容に、彼女を快《こころよ》く思っていない研修生たちも拍手せざるを得なかった。嫌われている自分が発表しても拍手されないと思っていたメーシャは、大講堂を埋《う》め尽くすような拍手の音に思わず感動してしまう。

昨日、メーシャを取り囲んだ文官と祭司の研修生たちも、渋々ながら拍手をしていた。メーシャの素晴らしい発表に拍手していないのは、たった一人――カレン・ドレドルだけだった。彼女は鋭い眼差しをメーシャに向けてくる。

ユスターとギグフラムの発表も無事に終わり、論文発表会は幕を閉じた。閉会の言葉のあと、アルフレッドが壇上に進み出る。王子が登壇する姿に、何事かと研修生たちはざわついた。

そんな中、アルフレッドの凛《りん》とした声が響き渡る。

「さて、発表会は終わったが、君たちに伝えておくことがある。……メーシャ・クリストフ。こちらに来なさい」

「……！　はい」

メーシャは言われた通り、アルフレッドの隣に立つ。すると、彼は肩を抱き寄せながら発言した。

「非公式な場であるが、メーシャ・クリストフは僕の婚約者であると宣言する。今この時をもって彼女に害をなすものは、王族であるこの僕に楯突《たてつ》く不届き者とみなす。以後、心得るように」

まさかこの場で宣言するとは思わなかったので、メーシャは驚いてしまった。昨日のようなことがないように、釘をさすつもりなのだろう。

アルフレッドの言葉に、文官と祭司の研修生たちは青ざめている。彼とメーシャの婚約は正式に発表されておらず、内定の状態だった。しかし、こうして王子自《みずか》らが発言したとなれば、内定は内定でも意味が違ってくる。文官と祭司の研修生たちは、アルフレッドにそこまで言わせる行動を取ってしまったのだと自覚した様子だ。

その一方で、医官と騎士の研修生たちは一斉に立ち上がり、祝福の言葉を述べて拍手と万歳《ばんざい》を行う。

「殿下、おめでとうございます！」

「心から祝福します！」

彼らとて、堂々と交流会を辞退した協調性のないメーシャに思うことはあるだろう。それでも、負の感情を露《あら》わにするより、王子の婚約者となったメーシャにすり寄るほうが得だと考えたらしい。

騎士たちは声も大きいので、大講堂内は祝福の言葉で埋《う》め尽くされていく。この場で祝福しないのは失礼に当たると、渋々ながら文官と祭司の研修生たちも万歳《ばんざい》に参加していた。

座っていた研修生たちは一斉に立ち上がり、祝福の言葉を述べて拍手と万歳《ばんざい》を行う。

そんな中、ユスターとギグフラムは万歳《ばんざい》もせずに、不満げな眼差しをアルフレッドに向けている。

その視線を受け、アルフレッドが再び口を開いた。

「ああ、もうひとつ伝えておくことがある。ユスターとギグフラムは前へ」

この二人が呼ばれたことに、講堂内が再びざわついた。彼らが前に出てくると、アルフレッドが宣言する。

「ここにいるユスターだが、複雑な事情で身分を隠していてね。実は、彼は我が父上の弟……つまり、叔父上の子息であり、王位継承権を持つ立派な王族である。僕の従兄弟《いとこ》だ。今後は王族医官として、王族祭司である僕に同行し、一緒に仕事をする。彼への態度も改めるように」

メーシャを婚約者だと発表した時と同じくらい、講堂内が驚きに包まれる。ただの同期だと思っていた研修生が、なんと王族だったのだ。想定外のことに驚愕《きょうがく》するのも無理はない。

一番驚いているのは、アルフレッドの護衛として離宮から同行していた医官と騎士だった。彼らは講堂の端で待機していたが、ユスターの正体に青ざめている。知らなかったとはいえ、離宮の医官たちがユスターにした行為は、不敬罪に問われてもおかしくないのだ。

「騎士研修生であるギグフラムは、ユスターの護衛だ。研修生としてここにいたが、彼の実力は王宮にいる騎士たちと変わらない。長年の護衛を務めた彼は勲章《くんしょう》を与えられているので、彼にも敬意を払って接するように」

勲章《くんしょう》持ちだと聞いて、ギグフラムをしごいていたと思われる離宮の騎士たちもまた顔色を失う。

メーシャは、ギグフラムが勲章《くんしょう》をもらうほどすごい騎士だと初めて知った。騎士の中で勲章《くんしょう》を授与されることは最大の誉《ほま》れであり、この国に沢山いる騎士たちの中でも、勲章《くんしょう》を持っているのは限られた者だけなのだ。

「そういえば、そんなものもありましたね」

飄々《ひょうひょう》と言いながら、ギグフラムは着ていた服の釦《ぼたん》を外し、内ポケットから勲章《くんしょう》を取り出す。彼はその勲章《くんしょう》を胸の上に付け、皆に見えるようにした。

ユスターもまた、声を上げる。

「俺とギグフラムもメーシャと婚約していると、ここに宣言しておく。一妻多夫制度を利用し、三人で彼女の夫となる予定だ」

「……っ」

メーシャに害をなすものが出ないよう研修生たちを牽制《けんせい》したアルフレッドはともかくとして、なにもユスターまで今ここで婚約を公表する必要はない。しかし、アルフレッドだけが婚姻関係だと宣言したことが気に食わなかったのだろう。目立つことが好きではないというのに、わざわざ言ってのけた彼に驚きつつも、可愛いと思ってしまう。

「では、今日はこれで解散する。各自寮に戻り、修了式に向けてしっかり体を休めるように」

アルフレッドがそう告げると、驚きの連続で呆然としていた研修生たちが講堂から出ていく。

（論文発表より、なんだか今が一番疲れたかも……）

そんなことを思いながら、メーシャはユスターたちと一緒に寮へ向かう。大多数の研修生がメーシャに向ける眼差しは、いつの間にか嫉妬《しっと》から畏怖《いふ》に変わっていた。

◆　◆　◆　◆

論文発表会から、研修の修了式まで三日ある。その期間中に、研修生たちは寮や古城を掃除し、荷物をまとめることになっていた。

修了式では配属先も発表されるので、皆どこか落ち着かない様子である。メーシャとユスター、そしてギグフラムは配属先がわかりきっているので、雑念に囚われることなく過ごすことができた。

……とはいっても、ユスターは王族であり、それを公表したばかりだ。彼が掃除をしようとすれば、どこからともなく研修生が現れて、掃除用具を奪っていく。結局、彼は自分の部屋くらいしか掃除していないし、それだってほぼ王族の使用人がしているようだ。

メーシャはといえば、王族たちの婚約者ではあるものの、高い身分を持つわけではない。それでも、異様に気を遣われて掃除をさせてもらえず、手持ち無沙汰《ぶさた》になったメーシャは自《みずか》らアルフレッドに雑用を申し出た。

仕事がないほうが辛いというメーシャの心情を理解してか、アルフレッドは書類運びを任せてくれる。迅速な書類の受け渡しができるように、アルフレッドには専属の配達人がいるが、わざわざメーシャに書類を預けてきた。

それはつまり、メーシャが中身を見てもいいということだ。彼はあえて、メーシャが読んでも問題ない書類を預けてくれる。書類を運ぶ前に中身を見て、王族祭司はこんな仕事をしているのかと学べるのは、とても有益だった。

その日も、メーシャは書類を持って古城を移動する。ユスターとギグフラムも一緒だ。アルフレッドがメーシャを婚約者だと宣言した以上、変なことをしてくる者は現れないだろうが、万が一という可能性もある。それに、ユスターたちも手持ち無沙汰《ぶさた》なので、広い古城内を歩くのはいい運動になると思っているようだ。

メーシャが階段を上《のぼ》っていると、背後から声をかけられた。

「お待ちなさい、メーシャ・クリストフ」

振り返ると、カレンがいた。彼女だけは、未だにメーシャを憎しみの目で見つめてくる。

「まだ、なにか用?」

階段の上段から、メーシャは彼女を見下ろした。

「あたしは、あなたが許せない!　素晴らしい成績も、輝かしい進路も、そして殿下の寵愛《ちょうあい》まで独り占めするなんて……!」

どうやら彼女はメーシャに恨み節をぶつけたいようだ。

「どうして、あなただけがそんなに恵まれているの?　教えてよ!」

「どうしてって……」

メーシャはカレンを見つめた。少し頬がこけたものの、彼女の肌は陶器のようになめらかで、着ている服も最上級のものだ。離宮にいた頃に貴族についても学んだが、彼女の実家であるドレドル家はかなりの富豪貴族である。

カレンは恵まれた環境にいるのだ。それなのに、貴族ではないメーシャのことを羨《うらや》んでいる。その様子が、メーシャにはとても惨《みじ》めに思えた。

「カレン、あなたは自分が恵まれていないと思っているの？　ドレドル家の令嬢として生まれて、なに不自由なく暮らしてきたのでしょう？」

「……っ、うるさい！　うるさい、うるさい！　そもそも、あなた、殿下だけでなくユスター……様とギグフラム様まで手玉に取るなんて、どれだけ男たらしなの？　もしかして、娼婦並みの技術を持っているのかしら？　優秀なあなたは、そっちもすごいの？」

「しょ、娼婦……」

とんでもない言葉が出てきたと思うと、ギグフラムが一歩階段を下りる。

「メーシャを侮辱《ぶじょく》するつもりですか？　それが、どういうことかわかっているのですか？」

勲章《くんしょう》を胸につけた彼は、厳しい声色で彼女に問いかけた。

「……っ、うるさいわ！　あなたは関係ないから黙っていて！」

「関係あります。メーシャは私の婚約者でもあるのですから」

そんなやりとりをしていると、周囲に研修生が集まり始めた。何事かと見物に来たらしい。

ユスターはといえば、ゴミでも見るような目つきでカレンを見下ろしていた。彼女はメーシャに吠える。

「この娼婦っ！　汚らわしい！　いくら王族と繋がりを持ちたいからって、あたしにはあなたみたいな真似はできないわ」

事実がどうであれ、大勢の前で娼婦だと罵《ののし》れば、メーシャにそういう印象を持ってしまうものが現れるかもしれない。そこまで考えてやっているのなら、大したものだと思う。

人だかりができたあとに再度娼婦と発言したことに、ユスターは怒りを覚えたようだ。

「王族の婚約者を娼婦だと侮辱《ぶじょく》して、文官としてまともに働いていけると思うのか？」

「ふんっ。どうせ、あたしたちはろくな場所に配属されないでしょう。だったら、文官になっても意味がないわ。こちらから辞めてやるわよ」

「カレン……」

その言葉を聞いた時、メーシャの心の中でなにかが吹っ切れた。

「そんな簡単に辞めてしまえるの？　昨日も言ったけれど、この研修には税金が使われているし、あなたがここにいる代わりに落ちた受験生だっているのよ。講師の先生たちだって、一年かけて教えてくれたわ。わたしたちにかけてくれた手間も時間も、そんなに簡単に捨てられるものなの？」

「……っ」

「辞めると言えるあなたは、とても恵まれているわ。しかも、文官を辞退したところで迎えてくれる立派な家があるのでしょう？　なにが不満なの？　わたしだけが恵まれてるって、わたしの抱えている事情も知らないで勝手に決めつけないで。我《わ》が儘《まま》も大概にしなさい！」

ぴしゃりと言い切ると、カレンが驚いたように目を瞠《みは》る。

カレンは知らないけれど、凶相持ちのメーシャはそれはもう苦労してきたのだ。アルフレッドとの出会いだって襲われそうになったのがきっかけだし、村の外では顔を隠して生きてきた。アルフレッドとユスター、そしてギグフラムと婚約した結果だけを見て「恵まれてる」と言われると怒りがこみ上げてくる。

——それに、昨日の出来事がメーシャの考えかたを変えた。

一人であの場を収めたメーシャは、アルフレッドたち三人の言葉を受けて、ようやく自分を好きになれた。生まれて初めて、自分で自分のことを認めてあげることができたのだ。

三人の寵愛《ちょうあい》がメーシャを支える自信となり、胸を張ってカレンに言い放つ。

「わたしが娼婦ですって？　ずいぶんと卑しい考えかたをするのね。わたしが選ばれたのは、それだけの器を持つ人間だからよ。第三王子も王弟の子息も勲章《くんしょう》持ちの騎士も、わたしは全員を平等に愛するだけの器があり、彼らを惹きつけるだけの魅力がある。だからこそ、わたしは愛されたの。ただ吠えているだけのあなたとは違うわ」

生まれ持ったこの顔も凶《わざわ》いの相ではなく、魅力だと思うようになった。自分の家系の女性は、心を病《や》んだ人間の愛を受け入れるだけの器を持つからこそ、そういった人々が異様に惹かれるのだ。

「わたしには選ばれるだけの器があるの。見た目も、中身も。そういう自分を作り上げたのは、過去の経験よ。その大変な経験を、恵まれているという言葉で片付けて欲しくないわ」

吹っ切れたメーシャの凜《りん》とした声が響き渡る。

その堂々とした態度に、見守っていた研修生たちは圧倒された様子だった。自信に満ち溢れた言葉は、本当にそうなのだと思わせる説得力がある。そもそも、その言葉を裏打ちするように、アルフレッドとユスター、そしてギグフラムの三人がメーシャの婚約者だという事実があるのだ。

メーシャにそこまで言われたカレンは、わなわなと肩を震わせていた。メーシャはゆっくりと階段を下り、彼女のいる場所の一段上で足を止める。身長は同じくらいだけれど、段差のぶんメーシャの頭の位置が高くなった。

「ここまでわたしに執着するなんて……あなたも、わたしのことが好きなのね？」

「……は？」

「ごめんなさい。わたしはもう、婚約者がいるのよ」

そう言って、メーシャはカレンの顎《あご》にくいっと指をかけて見つめ合う。目を丸くしたカレンの頬が微かに染まったのは、怒りか、それとも——

「わたしはこんなに魅力的だもの、同性に好かれるのも無理はないわ。でも、好きな子をいじめるなんて子供のすることよ？　もう少し大人になりなさい？」

振り切ったメーシャは、カレンがここまで自分に執着するのは、自分を好きだからに違いないと思いこんでいた。彼女の顎《あご》に指をかけたまま、子供を窘《たしな》めるように言い放つ。その凶相を——否《いな》、王族までをも惹きつける凄まじい魅力を持った顔を間近で見せながら。

「あなたの人生よ。文官を辞めるなら好きにすればいいわ。ただ、あなたの受験に関わった人たちと、あなたのために周囲の人間がかけた時間のこともよく考えて決断しなさい」

メーシャはそう言って、くるりと踵《きびす》を返し階段を上《のぼ》っていく。カレンは腰が砕けたかのように、へなへなと座りこんでしまった。彼女は立ち去るメーシャの凜《りん》とした背中を黙って見つめている。

人だかりから離れた場所まで歩いてきたところで、ギグフラムが言った。

「メーシャ。先ほどの、とても素敵でした。今夜、私にもあれをしてください」

「あれ？」

「これですよ」

ギグフラムがメーシャの顎《あご》に指をかける。すると、ユスターが彼の手を払いのけた。

「こんな場所でするな。……しかし、いい顔つきだったぞ。ますます惚れた」

腕を組みながら、ユスターが感心したように言う。

第三王子と、王弟の子息と、勲章《くんしょう》持ちの騎士。彼らと結ばれた理由は容姿だけではなく、自分に魅力があるからだと吹っ切れたメーシャは、艶《あで》やかな笑みを浮かべる。それは、まるで女王のごとき絢爛《けんらん》華麗《かれい》な姿だった。

◆　◆　◆　◆

修了式も無事に終わり、メーシャたちは離宮に戻ってきた。

メーシャの配属先はアルフレッドの離宮であり、彼の補佐が仕事である。ユスターとギグフラムも同じく離宮に配属され、王族祭司と行動を共にし、同時に全国を巡視する役目を賜《たまわ》った。

アルフレッドたちは、自分の家族にメーシャと婚約すると告げたらしい。王族が一夫多妻ではなく、一妻多夫を選ぶのは前代未聞だと驚かれたそうだが、優秀な彼らが選んだのだからと理解を示してくれた。

メーシャもまた、家族に手紙で近況を知らせた。祖母からは「王族二人と勲章《くんしょう》持ちの騎士を射止めるなんて、さすがはわたくしの孫ね」と賞賛の返事が届いた。彼女がいくら年を重ねても魅力的なのは、自分に自信があるからだろう。メーシャも祖母のようになりたいと思う。

両親からも手紙が届いたが、なんと、父親は「アルさん」の正体を知っていた。メーシャがアルフレッドに助けてもらった日の夜に、彼から聞いたそうだ。最初はメーシャが祭司になるのを反対していたのに一晩で考えが変わったのも、その時にアルフレッドに説得されたからなのだとか。

口止めされていたため、「アルさん」については知らないふりを続けたが、まさかアルフレッドがメーシャと結ばれるとは思っていなかったようで、驚いていたけれど祝福してくれた。

そんなこんなで、今年度の研修終了と共にアルフレッドの講師としての半年の任期も終わり、今後は王族祭司として各地の祭りを取り仕切ることとなる。かなり忙しい日程となるが、四人で一緒にいられる仕事なのでそれを苦だとは思わなかった。

いよいよ祭司の仕事が始まると、メーシャは期待に胸を膨らませる。大きな祭りへの出立を数日後に控えた彼女は、アルフレッドの部屋にいた。もちろん、ユスターとギグフラムも一緒である。この離宮では、夜になると自然とアルフレッドの部屋に集まるのが日課となっていた。

しかし、アルフレッドはどこか機嫌が悪そうである。

「講師の任期中は政務が入らないように調整していた。あの事件があって、メーシャを連れてこの離宮で研修をすることになったけれど、それでも仕事は入らないはずだった。……だが、ある時を境《さかい》に書類仕事が沢山舞いこんでくるようになったんだ。その時点ではメーシャに教えられることはすべて教えていたし、研修に問題はなかったのだけどね……」

アルフレッドは鋭い視線をユスターに投げかける。

「本来、入ってくるはずのなかったあの仕事。君が裏で手を回していたというのは本当かい？」

寝台の上でメーシャに膝枕をされながら、ユスターが答える。

「ああ、ばれたか。アルフレッドに仕事を回せなくて、城が忙しいという情報が入ってきたからな。メーシャが優秀すぎて、研修内容はすでに終わっているから仕事を回せるんじゃないかと教えただけだ」

しれっと答えるユスターに、アルフレッドは表情を凍らせる。

（そういえば、講師の任期中だったのに、顔も合わせられないくらい沢山仕事が入ってきていたわよね……。まさかユスターの仕業《しわざ》だったなんて）

アルフレッドは基本的に真面目で、王族としての責任感も強い。講師の任期中とはいえ、研修生が学ぶことはすべてメーシャに教え終えていたし、そこに王族の仕事が流れてきたら、そちらを優先するだろう。

「メーシャと一緒にいる貴重な時間を……！」

「それでも、夜は一緒にいられたんだろう？　なあ、メーシャ」

「んっ」

ユスターがメーシャの肩に手を回し、ちゅっと口づける。それを見たアルフレッドは、なにかを言いかけるけれど、ぐっと言葉を呑みこんだ。その直後、意味深な微笑を浮かべて、ギグフラムに耳打ちをする。

(アルフレッド様のあの顔……)

嫌な予感がするとメーシャは思った。ギグフラムは寝台に上《のぼ》ると、寝ているユスターを起こして羽交《はが》い締《じ》めにする。

「おい、ギグフラム。なにをする」

「楽しそうな話を聞きましたので」

アルフレッドはメーシャの肩にぽんと手を置いた。

「メーシャ。まずは、彼のものを舐めてあげるように」

「わ、わかりました」

メーシャはユスターの下衣を脱がせる。彼のものはまだ大きくなっておらず、柔らかなそれを口に含んだ。

「……ッ」

メーシャの口腔《こうこう》が熱杭を扱《しご》き、舌先で裏筋を舐め上げると、たちまち硬くなっていく。数え切れないほど、四人で睦《むつ》み合ってきた。色々な行為もしている。でも、こうして身動きが取れないユスターのものを口淫《こういん》するのは初めてで、メーシャはなんだかどきどきした。

「はぁっ、む、ん……」

彼のものは口に咥《くわ》えきれないほど大きくなってくる。すると、アルフレッドがメーシャに囁《ささや》いた。

「先端の窪《くぼ》んでいる部分にも舌を差しこんで。ほら、前に僕が教えてあげただろう？」

メーシャは言われた通り、先端の小さな窪《くぼ》みを舌でつついた。アルフレッドだけに抱かれていた頃、濃密な口淫《こういん》のやり方を教わっていたのだ。それを思い出しながら実行すると、ユスターの腰が跳ねる。

「うあっ！」

男性器は敏感な部分だけれど、特に吐精孔は感じやすいようだ。いじりすぎると痛くなることもあるようで、メーシャはあまりそこを攻めることはない。しかし、アルフレッドに命令されてしまえば、逆らうわけにはいかなかった。

「……ッ、あ……」

ユスターが熱い吐息を零《こぼ》す。彼のものを口で扱《しご》いている間に、メーシャの服はアルフレッドに脱がされていった。下着を脱がされると、秘処からつうっと糸が引く。

「ああ、舐めただけで濡《ぬ》れちゃったんだね。とってもいやらしくて可愛いよ」

「んっ！」

アルフレッドがメーシャの背中に口づけを落とす。余裕のあるアルフレッドとは対照的に、ユスターの息はどんどん上がっていった。

「メ、メーシャ……っ、ゥ、あ――。や、やめてくれ……ッ、ン。駄目だ、こんなの……っ」

頬を上気させながら、ユスターは上擦《うわず》った声を出す。いつも自分を攻めている彼が感じている姿に、メーシャはますます気分が昂《たか》ぶった。

「嫌なの……？　んっ、気持ちよく、ない……？」

「ち、違う、ァ、あっ、よすぎて……っ、駄目だ……っ」

震える切なそうな声に、胸の奥がじんと熱くなる。

「気持ちいいなら、問題ないだろう？　ははっ、ユスターのこんな顔が見られる日がくるなんて、思ってもいなかったよ」

意趣返しができたアルフレッドは嬉しそうだった。

「ほら、メーシャ。ユスターがよがっているところ、ちゃんと見てあげないと」

「あっ、やめろ、見るな……っ、ンン――」

敏感な部分へメーシャの舌が入りこむ快楽に、ユスターは顔をゆがませている。嬌声《きょうせい》を零《こぼ》す口元は開きっぱなしで、彼の端整な顔が快楽に惑《まど》う様子にメーシャはどきりとした。

夢中になっていると、アルフレッドが一度寝台から離れてなにかを持ってくる。瓶の蓋《ふた》が開く音が背後から聞こえたあと、後ろの蕾《つぼみ》にぬるりとしたものが塗りつけられた。

「あぁん！」

「メーシャのこっちも気持ちよくしてあげるね」

ぬるぬるとした液体がメーシャの後ろに塗りこまれていく。そこがじわりと熱を持つと、もっと熱い塊《かたまり》が窄《すぼ》まりに押し当てられた。

「いくよ、メーシャ」

「あ……っ、あ、あぁああああ！」

メーシャの後ろをアルフレッドの剛直が貫《つらぬ》く。窄《すぼ》まりを擦《す》られる感触に、メーシャは思わず達していた。その瞬間、メーシャの舌が吐精孔から離れ、ユスターの雄杭に軽く歯を立ててしまう。

「も、もう……もう駄目だ。あっ、メーシャ……もう、もう……っ」

ユスターがかぶりを振る。彼のものはメーシャの口内で大きく震え、白濁を吐き出した。口いっぱいに甘い味が広がる。

「はぁっ、はぁ……っ……」

肩を上下させながら荒い息を吐くユスターは、放心状態のようだ。ギグフラムは、ようやく彼を解放する。

「いい経験ができて、なによりです」

ギグフラムはそう言うと、後ろを貫《つらぬ》かれたままのメーシャを見た。

「メーシャのここは触れられてないのに、こんなに蜜が溢《あふ》れていますね。このままにしておくのは可哀想です。私がここを気持ちよくして差し上げますね」

ギグフラムが衣服を脱ぎ捨てると、赤黒く、そして太いものが現れる。アルフレッドは、メーシャの秘処がギグフラムによく見えるように体勢を変えた。アルフレッドと背面座位の体勢で繋がったまま、両足を大きく開かされる。

惜しみなくさらされた蜜口に、ギグフラムは自身の怒張をあてがった。そして、慎重に腰を進める。

「あぁあああ――」

後ろにアルフレッドの硬いものを受け入れながら、前にギグフラムの太すぎる剛直を受け入れていく。ギグフラムの腰が密着すると、彼の茂《しげ》みがメーシャの充血した花芯を擦《す》った。

「ひぁん！」

一際《ひときわ》敏感な部分に与えられた刺激に、メーシャは軽い絶頂を迎える。

「私のを受け入れて達するなんて……嬉しいですよ、メーシャ」

ギグフラムがゆっくり動き始めた。アルフレッドが小刻みに腰を揺らし、ギグフラムが大きく抽《ちゅう》挿《そう》をする。前と後ろを別々の動きで攻められて、メーシャはわけがわからなくなってしまった。

「あっ、あぁん！　んぅっ、あぅっ！」

「……っ」

放心状態だったユスターが、ようやく正気を取り戻したらしい。彼はぐったりとした様子で横たわっていたが、上半身を起こす。その頬は、少し膨れていた。

「メーシャ。初めての経験で、彼の先っぽは敏感になっていると思うよ。舌で優しく舐めて、もう一度慰《なぐさ》めてあげるといい」

からかうような口調でアルフレッドが言う。

「では、そうしやすいように体勢を変えますか」

メーシャはアルフレッドの膝の上に乗せられたまま、背後から彼に、そして正面からギグフラムに突かれる体勢だった。ギグフラムはメーシャの腰を掴むと、繋がったまま仰向《あおむ》けになる。

「んうっ！」

ぐりっと、剛直が体の中で変則的な動きをして、達してしまう。

「あうっ、あぁ……」

メーシャは快楽にたゆたいながら、ギグフラムの体を挟むようにして両手をついた。四《よ》つん這《ば》いになり、突き出された臀部《でんぶ》をしっかりと掴んだアルフレッドが再び腰を穿《うが》つ。

「ひぁう！　あっ！」

先ほどとは違う角度で、二本の剛直に蹂躙《じゅうりん》される。その快楽に押しつぶされそうになりつつ、メーシャはユスターに手を伸ばした。

「くそ……」

舌打ちするものの、ユスターはメーシャの好きなようにさせてくれる。彼の熱杭は、先端が充血しているように見えた。少し拡がった窪《くぼ》みから、透明な雄液が滲《にじ》んでいる。メーシャはいたわるみたいに、そっと舌を這《は》わせた。

「クッ――」

いつもは、口に含んだだけでは、そこまで強い反応は見せない。しかし、今は敏感になっているのだろうか、咥《くわ》えただけでユスターは切なそうな声を上げた。

「ん……」

避妊薬を飲んだあとの精液の味はとても美味《おい》しい。メーシャは夢中になって、微かに甘い彼の楔《くさび》を舐めしゃぶった。

「あッ、メーシャ……っ」

ユスターがメーシャの頭に手を置く。

ギグフラムは下から腰を突き上げ、アルフレッドは後ろから抽挿《ちゅうそう》してくる。誰かの指がメーシャの花芯をつまみ、他の誰かの指がメーシャの乳嘴《にゅうし》をつねった。口内でも感じやすい上顎《うわあご》に、ユスターは熱杭の先端を押しつけてくる。

「あぅん、ん！」

気持ちいい部分を一斉に攻められて、頭の中が真っ白になっていく。

「ん――っ！」

びくびくと体を震わせながら、メーシャは達した。ぎゅうっと前後の熱杭をしめつけると、雄液が中に注ぎこまれる。前と後ろ、同時に満たされる感覚は天にも昇る気持ちだった。

「はぁ……ん」

メーシャは激しい絶頂を迎えつつも、まだ吐精をしていないユスターのものを舐め続ける。すると、彼はメーシャの頬に手を当て、自分のものを口から引き抜いた。アルフレッドとギグフラムも怒張を引き抜き、ぽっかりと開いた両孔から白濁がとろりと溢《あふ》れていく。

「……きちんと、お前の中に挿《い》れさせろ。先ほどのお返しに気持ちよくしてやる」

ユスターはやや心許《こころもと》ない足つきで、寝台を下りた。そういえば、この部屋に入ってくる時に彼は布袋を持っていた気がする。ユスターがその布袋から取り出したのは、見覚えのある植物だった。

「それは……」

「最近、忙しかったせいか、肌が荒れているみたいだからな。綺麗にしてやる」

ユスターは器用に植物を熱杭に巻きつけていく。その植物がなにかわからないアルフレッドに、ギグフラムが説明をした。

「なるほどね」

アルフレッドは一目見ただけで、巻きかたを把握したのだろう。ユスターと同様に、結び目を作りながら植物を己のものに巻いていく。

「ま、待って……。どうしてアルフレッド様まで……？」

「せっかくなら両方したほうが効き目がありそうだろう？」

寝台の上で、まずはアルフレッドがメーシャの後孔に熱杭をあてがった。楔《くさび》を受け入れるだけでも精一杯な後ろの孔に、ツタを巻きつけた剛直が入ってくる。結び目で作られた凹凸《おうとつ》が窄《すぼ》まりを擦《す》り、気を失うかと思うくらいの快楽が脳天まで突き抜けていった。

「ひあぁぁああ！　無理、無理……っ」

「無理……？　そう言って、僕のをもう根元まで呑みこんでしまったよ」

アルフレッドはメーシャの後ろに挿《い》れたまま、仰向《あおむ》けになる。すると、ユスターが覆《おお》い被さってきた。

「あっ……ま、待ってユスター！　そんなの、同時に挿《い》れられたら……！」

「遠慮するな。先ほどのお返しだ、受け取れ」

「……っ、あぁああ！」

秘裂にユスターの怒張が差しこまれる。こりっとした結び目が媚肉《びにく》をひっかく感触に、結合部の少し上から水しぶきが上がった。さらさらとしたそれは、ユスターの下腹を濡《ぬ》らす。

「ひあっ！　あうっ」

前から後ろから腰を動かされるたびに、得も言われぬ官能が生み出されていく。壊れた水栓《すいせん》のように、メーシャは何度も潮を噴いてしまった。ユスターはもちろん、アルフレッドの腰までぐしょぐしょに濡《ぬ》れている。

「やぁっ、あ……。恥ずかしい、止まらないの……っ。見ないで……！」

粗相《そそう》みたいで羞恥《しゅうち》がこみ上げるが、下腹部が燃えるように熱く、溢《あふ》れる体液を止めることはできない。メーシャの中はうねりながら、彼らのものに絡みついた。

「メーシャ……！」

ユスターがキスをしてくる。舌を絡められても、絡め返す力さえメーシャには残っていなかった。ふと、横目でギグフラムを探すと、彼は苦戦しつつもツタを己に巻きつけている。ギグフラムのものはただでさえ太いのに、さらにツタを巻いた彼自身を挿《い》れられたらどうなってしまうのだろうかと、少しだけ不安になった。

「……おい、なにを考えている。そんな余裕があるのか？　こっちに集中しろ」

「ああっ！」

考え事をしていたのを咎《とが》められ、ユスターに舌の根まで強く吸われた。

「あうん！　あっ、あ……、もう、もう……！　結び目が、んっ、中を、いっぱい擦《こす》るのが……ぁああああん、駄目、これ……っ、ぁああ」

結び目の部分を媚肉《びにく》に擦《す》りつけるみたいにユスターが腰を揺らす。アルフレッドのほうは、結び目の部分が窄《すぼ》まりを何度も出たり入ったりするように抽挿《ちゅうそう》していた。

「あっ、あっ、イっちゃう……！　またイっちゃう――」

メーシャの体が弓なりに反る。再び、熱い雄液が両孔に注がれた。すると、ようやく巻き終えたギグフラムが寝台に近づいてくる。

このまま気を失えば、彼らも無体をしないだろう。しかし、毎夜三人の相手をしていて体力がついてしまったが故《ゆえ》に、メーシャはまだまだ元気だ。三人の男が満足するまで相手をすることができてしまう。

快楽でとろけた表情を浮かべると、その頬をギグフラムに撫《な》でられた。

「可愛いですよ、メーシャ。愛しています」

「僕も愛しているよ。……覚えておいて。最初に君を好きになったのは、この僕だってことを」

「俺も好……――心から愛している、メーシャ」

愛の言葉を囁《ささや》かれて、メーシャも返す。

「わたしも、みんなを愛してるわ」

この三人を平等に愛せる器量こそが、メーシャが彼らを惹きつける一番の理由だ。愛を囁《ささや》き合いながら、官能の夜に溺れていく。

――それは、四人が望んだ幸せの形であった。

エピローグ

低く、くぐもった苦しげなうめき声が室内に響いた。脂汗を流しながら苦しむ男性を眺め、ユスターは口角を上げる。

王族であることを隠す役目は、第二王子の三男坊に移った。とはいえ、彼はまだ幼子である。王族の命を狙う不届き者の拷問《ごうもん》などできるはずがないので、その仕事だけはユスターが続けていた。

罪人を初めて死に至らしめたのが何歳の時だったか、覚えていない。ただ、王族であることを隠匿《いんとく》されているのに、汚れ仕事だけ押しつけられる不条理を素直に受け入れることは難しかった。

これが自分の役割なのだと拷問《ごうもん》を繰り返す日々。おかげで人体に詳しくなったけれど、だからこそ人を救う医官になりたいと考えるようになった。

第二王子に三男が誕生したことにより、王族であることを公表することも、国家試験を受けることとも可能になった。早速試験を受け、一発で合格した。いくら王族であっても、成績が悪ければ容赦なく落とされるので、ユスターはきちんと実力で合格を勝ち取っている。

厄介事《やっかいごと》を避けるために、古城での研修中は身分を隠すことにした。難関試験を乗り越えた研修生たちが、やや浮かれた様子で講義を受けているのを微笑ましく感じたのを覚えている。

そんなある日、ユスターはメーシャを見つけた。自治会の会長と名乗る女を相手に、堂々と意見を言う彼女の姿は、とても眩しい。今まで暗闇の中にいたユスターにとって、メーシャは光そのものに見えたのだ。

気がつけば、自分から彼女と接点を持とうとした。ギグフラムもメーシャのことが気に入ったらしく、わざわざ三人ぶんの食事を準備して彼女の部屋に押しかける。

それからメーシャと話すようになったものの、彼女の側は居心地がよく、どんどん惹かれていった。後々彼女が凶相持ちだと知ったが、そうでなくてもメーシャを好きになっていたと思う。

アルフレッドのことは予想外だったけれど、三人で一緒にメーシャと婚約した。愛する彼女を妻にできるのは、本当に幸せだ。

光を手に入れたユスターは、もう拷問《ごうもん》を苦痛に感じなくなった。新しく王族であることを隠す子供にこの役目を渡すのも可哀想だし、ずっと引き受けてもいいと思っている。

そして今日は、アルフレッドの弟である第四王子の飲み物に毒を混入させようとした使用人を尋問することになった。アルフレッドの許可を得て離宮の隅に作った拷問《ごうもん》部屋で、ユスターは任務を遂行する。その腕は確かで、すぐに黒幕の名前を聞き出すことができた。あとは、用済みになった罪人を処分するだけである。

そこで、ユスターは新しく調合した毒薬を試してみることにした。どれくらいで効果が出てくるのか、どういう反応を見せるのか、実際にこの目で確かめてみたい。服毒させてしまえばもう護衛は必要はないと、側にいたギグフラムを退室させ、罪人と二人きりになる。

ユスターは沢山の毒を作る必要があった。すべてはメーシャとの未来を守るためだ。メーシャに害を加える者は消したいし、彼女の凶相に惑《まど》わされた者が新たに現れようものなら、処分しなければならない。メーシャの愛を受ける男は、これ以上いらないのだ。

「昨日のメーシャはとても可愛かった。……いや、あいつはいつでも可愛いが昨日は特別だ。羽虫が飛んできただけで驚いて、俺の服の袖をぎゅっと掴んで……ああ、本当に可愛い」

自分が拷問《ごうもん》をした男を前にしてのろけるなんて、狂気の沙汰《さた》である。それでも、ユスターはそんな自分がおかしいとは思えなかった。メーシャのことで頭がいっぱいである。

「そうそう、一昨日《おととい》のメーシャも可愛かったんだ。雨が降っていたんだが――」

命の灯火《ともしび》が消えていく様子を観察しながら、ユスターは極上の笑顔でメーシャがいかに愛らしいかを語る。天国と地獄が入り交じった拷問《ごうもん》部屋は狂気に満ちていた。これほど倒錯《とうさく》した場所が離宮に存在するなど、メーシャは一生知らずに過ごすのだろう。

「ああ、そうだ。今朝の話なんだが……」

嬉々としたユスターの声がいつまでも響いていた。

◆　◆　◆　◆

メーシャと婚約している三人の中で、ギグフラムだけが王族ではない。メーシャは平等に接してくれるけれど、彼女を抱く時にギグフラムは必ずアルフレッドとユスターの様子を窺《うかが》い、彼らの邪魔をしない絶妙な間合いでメーシャを愛した。

アルフレッドとユスターは我が強い。王族特有の傲慢《ごうまん》さがあるのだろう。ギグフラムまで欲望のままメーシャを抱いたら、彼女が大変である。三人の男を相手にするメーシャをいたわるために、一歩下がった視点で状況を見定め、彼女に触れていた。

もちろん、それで満足しているわけではない。だからギグフラムは、メーシャと二人の時間を設《もう》けることで、アルフレッドとユスターと平等になると自分の中で定めた。

……そう、ギグフラムが決めたのであって、彼らに聞いたわけではない。わざわざ確認を取る必要もないと思っていた。

ギグフラムは離宮の警備をすべて把握している。誰がどの時間どの部屋にいるか、見張りの騎士はどの順路をいつ通るのか、完璧に記憶していた。だから、この離宮の中でだけは、メーシャと二人きりになれる時間と場所を把握できる。アルフレッドとユスターを出し抜けるのだ。

メーシャも、ギグフラムがアルフレッドたちに遠慮していることに薄々気付いていたのだろう。彼らに内緒で二人きりで過ごすのに最初は戸惑いを見せたものの、受け入れてくれるようになった。彼女と過ごせる時間は日によって異なるので、話すだけで済ませる時もあれば、抱きしめる時もあるし、睦《むつ》み合う時もある。

そして今日は、彼女を抱く時間がある日だった。場所は例の温室だ。

こうしてメーシャが自分だけにその身を捧げてくれることを、幸せに感じている。彼女への思いは止まることを知らず、日に日に募《つの》っていく気がした。

——ギグフラムは、メーシャが望むなら、なんでもするつもりである。

もしギグフラムに王になれと望むなら、謀反《クーデター》すら起こす。仲間であるアルフレッドとユスターをこの手にかけることも厭《いと》わない。彼らは尊敬する王族であり、大切な仲間でもあるけれど、ギグフラムが優先するのはメーシャだった。それほどの覚悟で彼女を愛している。

ひとかけらでもいいから、メーシャを食べたいとさえ思うほどだ。彼女の一部がこの体を構成すれば、いつでも一緒にいられる気がする。自分を食べてもらってもいい。自分の体が彼女に吸収されるなど、考えるだけでも興奮した。

食べたい、食べられたいなんて、普通の人間なら想像もしないだろう。その常識を失うくらい、ギグフラムはメーシャに惑《まど》っていた。

もっとも、彼女は絶対にそれを望まない。自分の意思よりもメーシャのことが大事だから、ギグフラムは自分の欲望を押しつけようとは思わなかった。彼女の望むように愛し、大切にしたい。今も、これから先の未来も――それこそ生まれ変わっても、ずっとメーシャと結ばれていたい。

万が一、メーシャが世界を滅ぼすことを望む日がこようものなら、ギグフラムはそれを達成するつもりだ。血の臭いのする焦土《しょうど》の上で跪《ひざまず》き、愛を囁《ささや》く。

丁寧な口調と柔らかな物腰のギグフラムが猛獣のような内面を持っていることをメーシャは知らない。

――今日も世界は平和である。メーシャが悲劇を望む日が来ない限り。

◆　◆　◆　◆

この離宮には有事の際に王族が使う隠し部屋と隠し通路が沢山あった。ユスターとギグフラムはその存在を知っているだろう。

彼らには、数ある隠し部屋の中でも、地下牢には絶対に近づかないようにと言っていた。地下牢を使わせないため、ユスターの任務に使う拷問《ごうもん》部屋をわざわざ別に作ったくらいだ。

アルフレッドがその地下牢に行くのは、実に久しぶりのことであった。実はメーシャと再会してからというもの、一度も行っていない。ここにいるペットの世話は使用人に依頼していたので、死んではいないはずである。

すえた臭いのする地下牢にたどり着くと、そこには一人の痩《や》せ細った男性が鎖で繋がれていた。髪の毛はすっかり抜け落ち、かつての面影《おもかげ》もない。

――彼はメーシャと初めて出会った日に、彼女を襲おうとした男性だった。街の警吏《けいり》に引き渡していたが、思うことがあり離宮まで連れ帰ってきたのだ。

あの運命の日、街を巡回していたアルフレッドは人混みの中にメーシャを見つけた。思わず足を止めて彼女に見惚《みと》れていると、裏路地に連れこまれるのが見えて、人混みをかきわけながら慌てて追いかけたのを覚えている。その後メーシャを助けたわけだが、凶相のことを聞かされ、なぜ彼女に惹かれたのか納得した。その凶相に魅了されたのだろうと。

そんな危険な顔は見ないようにすればいい。しかし、アルフレッドは彼女の顔から目が逸らせなかった。心が惑《まど》わされるのを快感に思ってしまったのである。今まで経験したことのないほど刺激的な感情をもっと味わいたくなった。

そういった折、彼女の言葉がアルフレッドの心に刺さった。

『でも、不幸ではありません』

今まで築いてきた価値観が音を立てて崩れていく。そして、それに気付かせてくれた彼女自身にどうしようもなく惹かれた。

その当時、アルフレッドには婚約話が持ち上がろうとしていた。国のための結婚であり、自分の任務だと思うと、特になにも感じない。相手は誰でもよかった。

しかし、どうせ結婚するのなら、メーシャがいいと思ってしまった。王族として、なにを我慢してもいい。でも、彼女だけは手に入れたい。

そのためには王である父親を説得する必要があった。尋常ではない量の仕事をこなし、自分が本気であること、政略結婚などしなくても、国に貢献する能力があることをアルフレッドは示す。

メーシャを自分の補佐にするために、それまで補佐をしていた者に密かに毒を飲ませた。見事彼は体調を崩し、派閥《はばつ》に囚われない補佐を探すという大義名分で、アルフレッドは半年間だけ講師になる権利を得た。

もっとも、アルフレッドが陰ながら努力していた時期は忙しすぎて、メーシャに会うこともできず、手紙を送るのが精一杯だった。それに王子がただの一般人に個人的な手紙を送ることは許されない。だからアルフレッドは素性を隠し、本名も名乗らず一方的に手紙を送り続けた。

返事はもらえなかったけれど、メーシャの村に密偵を派遣し、時には彼女の肖像画を極秘裏に描くことを命じる。メーシャの初恋が自分であることを知った時には、やはり彼女は自分の運命の相手なのだと強く思った。

本来、直接顔を見た者にしか凶相の効果はなく、肖像画を見ても意味がない。それでも、アルフレッドはずっと会っていないメーシャを思い続けた。

そんなアルフレッドは、手紙を送り、密偵を派遣する以外にも、自分とメーシャが繋がりを持っていることを確信したかった。それに適任だったのが、メーシャを襲おうとした男性である。アルフレッドは王に認めてもらおうと忙しく働いている時期も、時折地下牢に下りては彼と話をした。

「ねえ、メーシャは可愛かったよね？」

「はい、その通りです」

「メーシャは僕のこと、好きだと思う？」

「もちろんでございます、殿下」

アルフレッドの問いかけに、彼は望む答えを返してくれた。もっとも、最初からこうだったわけではない。長年の躾《しつけ》の成果である。

「あの日のことを聞きたいな。話してくれ」

「かしこまりました。あの日、麻薬で錯乱《さくらん》していた私は、路地裏を歩いていたところ、メーシャ様の姿を見かけ――」

アルフレッドは彼の口からあの時の出来事を聞くのが好きだった。メーシャに会えない間も、彼から話を聞いて寂しさを紛らわせていたのだ。あの日のことは脳裏に焼き付いているけれど、他人からの視点で聞きたいのである。

しかし、彼は必要なくなった。なにせ、自分とメーシャは婚約するに至ったのだ。思い出話は、今後はメーシャから直接聞けばいい。

アルフレッドは、もう何度聞いたかわからないその話を聞き終えると、剣を抜く。

「ひえっ！　な、なにか、なにか間違えてしまったのでしょうか……？」

久々に躾《しつけ》をされるのかと、五体満足とは言えない体の彼が怯えた。

「いいや、違うよ。君の役目は終わったんだ。解放してあげるよ。喜んでくれ」

「か、解放……？」

「僕のために生かしてきたけれど、メーシャを襲おうとした君を許すわけにはいかない。抵抗するなら痛くするけど、大人しくするなら一瞬で終わらせてあげよう。……さあ、どちらを選ぶ？」

「た、助けて……助けてください……」

「そのような選択肢はない」

冷たく言い捨てて、アルフレッドは剣を振りかぶる。

その日、地下牢からペットがいなくなった。痛めつけたのか、一瞬で終わらせたのか、ペットの最期を知るのはアルフレッドだけである。

「さて……」

生きている人間がいなくなった地下牢を見回す。ここは、人間を拘束《こうそく》して飼うにはいい場所だ。もしメーシャが自分を捨てるというならここに繋ぐし、万が一彼女が姿を消そうものなら、誰でもいいから共通の知人を繋いで、彼女が見つかるまでの間は思い出話を聞き出すつもりだ。

——その役目は、ユスターか、ギグフラムか、はたまた研修生の中の誰かか。

もちろん、メーシャがアルフレッドを拒絶しない限り、そして逃げない限り、そんな日は来ない。

「まあ、僕がこんなに愛してるんだ。僕を愛さないはず、ないよね」

狂気を孕《はら》んだ声が地下牢にこだました。

◆　◆　◆　◆

メーシャは王族祭司の補佐として忙しい日々を送っている。

ある日の夜、仕事を終えたメーシャがアルフレッドの部屋に行くと、机の上に変わった栞《しおり》が置かれていることに気付いた。手作りのようで、赤い葉が貼られている。落ちた葉を押し花ならぬ押し葉にして、栞《しおり》に貼り付けたのだろう。

なぜか気になってその栞《しおり》を見つめていると、後ろから声をかけられる。

「その栞《しおり》がどうかしたかい？」

仕事を終えたアルフレッドがいつの間にか部屋に入ってきていた。どうやら、彼の気配がわからないほど集中して栞《しおり》を眺めていたらしい。

「なんだか気になってしまって……」

「そうか。じつはその葉は、君と出会った祭りの会場で拾ったものだ。赤い色が鮮《あざ》やかだったし、持ち帰って栞《しおり》に加工させたのさ。君と会えない間もずっと君のことを考えていたけれど、その栞《しおり》を見れば、あの祭りのことを鮮《あざ》やかに思い出すことができたよ」

「……っ！」

メーシャは息を呑んだ。そういえば、彼と出会ったのは秋だった。木が赤く染まっていた気がする。

「とても綺麗に加工したんですね」

指先で、そっと栞《しおり》を撫《な》でた。

思い返せば研修が始まる前、メーシャは枯れ葉を踏み分けながら、こんな風にならないようにしようと心に誓った。

一度枝から離れた葉はもう元の木に戻れず、地上で朽《く》ち果てるだけである。凶相持ちの自分が心を病《や》んだ男に囚われることを、木から離れる枯れ葉に見立て、取り返しのつかない状況にならないよう気をつけようと思っていたのだ。

しかし、アルフレッドは枯れ葉を拾い、栞《しおり》に加工して大切にしていたらしい。そのことが、どうしようもなくメーシャの胸を震わせた。

（葉は木から落ちたのかもしれない。――でも、わたしは今、満たされている）

メーシャは枯れ葉に愛《いと》おしげに口づける。

「栞《しおり》に妬《や》けてしまうよ。僕にもキスをして」

アルフレッドがメーシャから栞《しおり》を取り上げてしまう。唇を突き出す姿は子供のようで、メーシャは微笑みながら彼に唇を重ねるだけのキスをした。すると、ユスターとギグフラムが部屋に入ってくる。ユスターのほうは、大量の書類の束《たば》を持っていた。

「おい、アルフレッド。お前に頼まれていたやつ、全部終わらせたぞ」

彼は不機嫌そうにテーブルの上に書類を置いた。アルフレッドが片眉を上げる。

「驚いた。通常業務をこなしつつ、これを短期間で終わらせたのかい？」

「俺は有能だから当然だ。それに、メーシャと早く結婚したいからな」

「えっ？」

一体なんの仕事を頼まれていたのかと、メーシャはテーブルの上の書類に視線を向ける。それに気付いたギグフラムが答えてくれた。

「アルフレッド様もユスターも王族ですし、私の家系もそれなりに由緒《ゆいしょ》正しいものですから、結婚式は大規模なものになります。どこまで招待するか、人数はどれだけになるか……それが決まったら、招待状の手配もしなければなりません。上質な紙選びはもちろん、文面も考えなければいけませんね。料理に使う食材もその季節に合わせたものを確保しなければ……式場を飾る花の手配も必要です。他にも色々、決めることが沢山あるのですよ」

「こういうことは文官に丸投げするんだが、それぞれの担当に投げて取り纏《まと》めて……というだけでも無駄に時間がかかる。それなら俺一人でやったほうが正確で速い」

「えっ……ユスター一人でできるものなの？」

驚きながら聞くと、当然と言わんばかりに彼が頷く。

「アルフレッドもできるぞ。まあ、アルフレッドは王子であるぶん、そちらの通常業務が多いからな。その点俺なら、病人さえいなければ多少は時間に融通《ゆうずう》が利く」

「す、すごいのね……」

彼らが優秀なことはわかっていたけれど、そんなことまでそつなくこなせてしまうのかと、ユスターとアルフレッドの顔を見比べて呆気にとられる。

「僕は文官に頼んでもよかったんだよ？　そう急がなくても、メーシャは逃げるわけじゃないし」

アルフレッドはメーシャの肩を抱き寄せた。

「俺は早くメーシャと戸籍でも繋がりたいからな。戸籍もなにもかも、メーシャを構成するすべてを俺のものにしたい」

「……っ！」

アルフレッドに肩を抱かれつつも、ユスターの台詞《せりふ》に赤くなる。それが面白くなかったのだろう、アルフレッドが剣呑《けんのん》な眼差しをユスターに向けた。

二人が睨《にら》み合うと、さりげなくギグフラムがメーシャの手を取る。

「まだ湯浴《ゆあ》みしていないのでしょう？　一緒に行きましょうか。隅々まで洗って差し上げますから、私の体も洗ってくださいね」

するりとアルフレッドの手をはねのけ、ギグフラムはメーシャを部屋続きの浴室へと誘う。

「あっ、待ってメーシャ。僕も行くよ」

「まったく、ギグフラムは要領がいい」

言い争いを始めそうだったアルフレッドとユスターが、慌てて追ってきた。二人の雰囲気が悪くなりそうなのを察知して、あえてギグフラムはこういう行動を取ったのだろう。ギグフラムのこういうところはすごいと思う。

なんだかんだで、三人で調和《バランス》がとれている気がした。もう少し先の話になるだろうけれど、結婚して恋人から夫婦になる日が楽しみである。

浴室に入る前、アルフレッドが近くにあった棚の上に栞《しおり》を置くのが見えた。メーシャはふと立ち止まり、その栞《しおり》に……赤い葉に視線を向ける。

（わたし、幸せだわ――）

枯れ落ちても鮮《あざ》やかなままの赤が胸いっぱいに広がり、心の中を染め上げた。

この作品に対する皆様のご意見・ご感想をお待ちしております。

おハガキ・お手紙は以下の宛先にお送りください。

【宛先】

〒150-6008 東京都渋谷区恵比寿 4-20-3 恵比寿ｶﾞｰﾃﾞﾝﾌﾟﾚｲｽﾀﾜｰ 8F
（株）アルファポリス　書籍感想係

メールフォームでのご意見・ご感想は右のＱＲコードから、
あるいは以下のワードで検索をかけてください。

アルファポリス　書籍の感想　検索

ご感想はこちらから

わたしのヤンデレ吸引力《きゅういんりょく》が強《つよ》すぎる件《けん》

こいなだ陽日（こいなだようか）

2020年 10月 31日初版発行

編集－反田理美
編集長－太田鉄平
発行者－梶本雄介
発行所－株式会社アルファポリス
〒150-6008 東京都渋谷区恵比寿4-20-3 恵比寿ｶﾞｰﾃﾞﾝﾌﾟﾚｲｽﾀﾜｰ8F
TEL 03-6277-1601（営業） 03-6277-1602（編集）
URL https://www.alphapolis.co.jp/
発売元－株式会社星雲社（共同出版社・流通責任出版社）
〒112-0005 東京都文京区水道1-3-30
TEL 03-3868-3275
装丁・本文イラスト－すがはらりゅう
装丁デザイン－AFTERGLOW
（レーベルフォーマットデザイン—ansyyqdesign）
印刷－図書印刷株式会社

価格はカバーに表示されてあります。

落丁乱丁の場合はアルファポリスまでご連絡ください。

送料は小社負担でお取り替えします。


ISBN978-4-434-27991-1 C0093